BIBLIOTHÈQUE ALLEMANDE
Dirigée par Nicole Bary

L'ANGE DE L'OUBLI

Maja HADERLAP

L'ANGE DE L'OUBLI

Traduit de l'allemand (Autriche)
par Bernard Banoun

Postface par Ute Weinmann

Éditions Métailié
20, rue des Grands Augustins, 75006 Paris
www.editions-metailie.com
2015

Titre original : *Engel des Vergessens*

ISBN : 979-10-226-0151-1
ISSN : 1248-4695

De la main, grand-mère me fait signe de la suivre.

Nous allons au garde-manger en passant par la cuisine noire. Une fumée de longtemps colle à la voûte comme une résine sombre et graisseuse. Il y a là une odeur de charcuterie et de pain encore chaud. Une vapeur aigre flotte au-dessus des baquets où l'on entasse les déchets alimentaires, pour les cochons. Aux endroits où l'on passe et repasse tout le temps, le sol en terre battue est brillant, comme si on l'avait astiqué.

Dans le garde-manger, grand-mère prend dans un pot du saindoux solidifié qu'elle étale dans un fait-tout, puis elle plonge une cuiller dans la confiture de pommes et retire une couche de moisissure blanchâtre qu'elle jette sur les déchets. Les étiquettes, qu'elle a collées sur les pots avec une mixture de farine, de lait et de salive, portent le mot *Malada.* La *malada* de grand-mère est marron foncé, son goût est doux-amer.

Elle place quelques œufs dans ma jupe que je tiens relevée. Dans le courant d'air, des flocons de suie se détachent des murs du fumoir et se déposent sur les miches de pain rangées debout sur une étagère en bois. Près de l'entrée, en dessous de l'orifice du four, il y a un petit tas de cendres balayées.

Grand-mère travaille à la cuisine. Les mets qu'elle prépare ont la saveur de la cuisine noire, de cette grotte sombre, mal éclairée, que nous traversons plusieurs fois par jour. Tout ce qui se mange prend, me semble-t-il, l'odeur et la couleur du fumoir. Le lard et la farine de sarrasin, le saindoux et la confiture, même les œufs sentent la terre, la fumée et l'air saturé d'aigreur.

Quand grand-mère fait la cuisine, elle attribue à chaque mets une propriété. Ses plats possèdent une force cachée, ils ont le pouvoir de relier l'ici-bas à l'au-delà, de guérir les plaies visibles et invisibles, et ils peuvent rendre malade.

Je bois du café de malt au biberon qu'elle cache pour moi sur l'étagère inférieure du buffet de la cuisine. Tu as beau être trop grande pour le biberon, dit-elle, je te le préparerai aussi longtemps que tu le demanderas. Pour qu'on ne me voie pas, je m'allonge sur la banquette de la cuisine et je tète le café tout juste passé. Bien trop grande, répète grand-mère. Si on vient, tu poses tout de suite le biberon par terre.

D'après grand-mère, ma mère ne sait pas s'y prendre pour la cuisine. Elle n'a pas l'idée de comment on cuisine, et ce que les bonnes sœurs lui ont appris à l'école ne convient pas pour chez nous. Elle ne sait pas non plus qu'il y a des plats pour les morts et d'autres pour les vivants, qu'avec des mets spécialement confectionnés on peut guérir ou perdre les gens, toutes ces choses que ma mère ne veut pas croire.

Moi, je crois grand-mère sur parole et je tourne avec ferveur la manivelle quand elle torréfie l'avoine pour le café. Je l'écoute me parler de tous ces gens pour lesquels elle faisait la cuisine à la maison, jadis, du temps où il y avait encore des valets et des servantes et plein d'enfants. Elle dit aussi qu'elle volait de la nourriture pour elle et les autres, qu'elle guettait la moindre épluchure de patate, tout ce qui semblait comestible, jadis, du temps où elle lavait les casseroles, oui, une chance, dit-elle, qu'on l'ait eu mise là, aux cuisines, au camp, je sais.

Après la vaisselle, elle pose les coupelles émaillées et les casseroles à sécher sur le rebord de la fenêtre. Elle vide dehors le baquet en fer plein d'eau de rinçage. Ses longs doigts rougis sont violets après la plonge. On dirait les serres d'un rapace. Il lui arrive de me tapoter la tête avec. Munie d'un pique-feu, elle soulève du dessus du fourneau une plaque en fonte de la taille d'une assiette puis elle brise les bouts de braise pour qu'ils refroidissent plus vite.

Sitôt qu'elle se met en mouvement, je lui emboîte le pas. Elle est ma reine des abeilles et moi son abeillaud. Je respire à plein nez le parfum de ses vêtements, l'odeur de lait et de fumée, une pointe d'herbes amères que garde le tissu de son tablier. Elle mène la ronde et je dansotte à sa suite. Je règle mes petits pas sur ses pas traînants, je fredonne une douce mélodie de questions dont elle joue la basse.

Nous allons dans la grande pièce jeter un coup d'œil à la centrifugeuse à lait derrière la porte, plusieurs fois par semaine nous la faisons tourner pour séparer la crème du lait. Dans la chambrette, qui est derrière, nous ouvrons les fenêtres, nous aérons les lits dans lesquels nous dormons, nous secouons les couettes remplies de feuilles de maïs séchées, nous retournons pour les examiner les bouquets d'herbes posés sur le rebord de la fenêtre ou suspendus, nous montons l'escalier un peu effrayant des combles, nous jetons un regard dans la mansarde où, des années plus tôt, raconte grand-mère, des fantômes s'étaient réfugiés auprès des dormeurs et les avaient chassés de leur chambrette.

Grand-mère sort d'un pas dansant et va face à la grange rattacher des branches de la corète contre le tronc du quetschier. Près du tas de fumier, elle parle au sureau pour qu'il fleurisse plus vite. Puis elle revient me chercher. Nous traversons la cour pour aller prendre du fourrage dans la cave du bas puis au grenier. Elle ouvre de grands sacs, des bahuts, des jales, elle remplit de fruits frais et de fruits séchés les poches de son tablier, elle répand du blé et du maïs pour les poules. Son front est aussi plissé que le toit du grenier. Elle marche devant moi d'un pas vif pour aller vers le ruisseau inspecter les claies en bois où l'on fait sécher les quetsches et les poires l'automne.

Deux fois par semaine, je l'accompagne pour sa tournée dans l'appentis à outils et au grenier où elle contrôle les pondoirs des poules. Si au bout d'une semaine un nid est toujours vide, elle cherche le volatile qu'elle soupçonne de fainéanter. Elle attend que l'animal s'approche, elle l'attrape par surprise et plante l'index et le médium dans le cul de la poule caquetante. Si un éclat blanc apparaît entre ses doigts, c'est que la coquille est encore molle et que l'œuf sera là le lendemain ou le surlendemain.

Un jour, à ma grande joie, elle sort d'une poule un œuf qui lui coule dans les mains. Cela me fait rire. La petiote aux œufs, me lance grand-mère. Elle me raconte que ce surnom, c'est mon grand-père qui me l'avait donné, à l'époque où il restait couché, malade, sur la banquette du poêle, chargé de me surveiller. J'étais encore une pitchounette d'un an à peine et j'avais découvert les œufs dans le tiroir inférieur du buffet de la pièce, je les faisais rouler un à un sur le plancher et dès que le jaune sortait de la coquille, je m'écriais *sonči gre*, petit soleil se lève ! Grand-père me regardait faire et cela le réjouissait tellement qu'il m'avait laissée m'amuser avec tous les œufs de la jatte et avait interdit à grand-mère de me gronder. Tandis qu'elle nettoyait le sol barbouillé de cette omelette, il lui avait demandé d'avoir pitié de moi et de lui. J'avais eu beau le distraire, il était mort peu après.

Les seuls moments où grand-mère apprécie d'être aidée par ma mère, c'est lorsqu'elle pétrit la pâte. Elle la regarde touiller la farine. Dans le pétrin, ça gargouille et ça clapote. La sueur perle sur le front de ma mère et tombe dans le futur pain. Elle se redresse et, de l'avant-bras, essuie son visage en sueur. Elle a les joues rouges, les manches de son corsage sont retroussées, j'aperçois dans l'encolure son maillot qui dépasse. Elle demande quelle est la proportion de seigle et de froment et celle de levain et d'eau, elle aimerait bien savoir combien il faut de kilos de farine. Grand-mère dit qu'il faut en verser jusqu'à recouvrir la rainure, là, sur la paroi du pétrin. Ma mère se penche à nouveau au-dessus de la pâte. Quand elle commence à se détacher de ses doigts, quand le bois du pétrin ne grince plus, sa tâche est accomplie. Grand-mère fait une entaille en croix sur la pâte et la recouvre pour la laisser lever.

Grand-mère nourrit le four avec des petits ventres de pâte grisâtre, et deux heures plus tard le four restitue les miches cuites. Grand-mère essuie avec un torchon les pains retirés brûlants de la gueule du four, fait un signe de croix dessus et place le pain dans mon tablier. Je l'emporte à refroidir dans la grande pièce, où je le fais glisser sur la table ou sur la large banquette du poêle. L'odeur de pain chaud envahit la maison entière. Grand-mère arpente les pièces comme si elle voulait s'assurer que les bouffées parfumées du levain ont bien atteint tous les recoins.

Du pain, au camp, il n'y en avait pas plus que ça à manger, pas plus que ça, dit-elle en indiquant avec le pouce et l'index la taille des morceaux de pain distribués aux prisonniers. C'était censé suffire pour un jour, parfois pour deux. Plus tard, nous n'avons même plus eu droit à ça, dit-elle, et alors nous avions des visions de pain. Je la regarde. Elle emploie ses mots de toujours, *je bilo čudno*, dit-elle, c'était bizarre, et elle entend par là que c'était terrible, mais ce n'est pas *grozno* qui lui vient.

Il y a dans ses poches de tablier des miettes de pain et de vieilles croûtes de pain. Quand elle traverse la cour et va à l'étable, elle distribue le pain aux bêtes. Aux poules elle lance les miettes à la volée, les vaches et les cochons, elle leur enfourne les croûtes dans le museau. Il ne faut pas oublier le pain pour les bêtes, dit grand-mère, car le pain que tu distribues t'est rendu.

Le jour des Morts, elle pose sur la table une miche et une jatte de lait pour les défunts. Pour qu'ils aient de quoi manger s'ils viennent pendant la nuit et qu'ils nous laissent tranquilles, dit-elle.

J'imagine les morts mangeant de leurs mains invisibles, mais, le lendemain matin, tout paraît intact. Le couteau est toujours à côté de la miche, le lait toujours sur la table, pas un souffle ne semble les avoir effleurés. Je demande s'ils sont venus. Oui, répond grand-mère. Elle s'y connaît, me dis-je, elle qui est familière de la mort. Puisqu'elle la voyait, cette mort, à l'époque, quand elle se montrait chaque jour, chaque heure.

Ma mère travaille dehors. Pendant le petit déjeuner, je la vois par la fenêtre de la cuisine s'activer à l'étable. Une hotte en osier sur le dos, elle va et vient entre le fenil et l'étable, elle se penche, jambes écartées, sur les seaux fumants et prépare à la main la bouillie des cochons en y mêlant par poignées du foin coupé et tamisé. Quand il lui arrive de passer devant la maison, un outil à la main, elle a l'habitude de s'approcher de la fenêtre de la cuisine pour regarder après moi. Elle frappe à la vitre et appelle, où est ma *kokica*, ma poulette. Parfois, elle ne fait que plisser les yeux et passe sans un mot.

Les tabliers qu'elle porte sont plus clairs que ceux de grand-mère et elle aime chanter en travaillant.

Le côté d'où m'arrivent ses chansons me dit où elle se trouve. Si elle est de bonne humeur, elle m'appelle par des noms affectueux qu'elle emploie aussi pour les bêtes, pour que je la rejoigne, que je l'aide dans une tâche ou me blottisse contre elle. Elle a de fougueuses effusions de tendresse. Elle s'empare de moi comme grand-mère attrape les poulets, elle me tire à elle et, si j'essaie de lui échapper, elle me chatouille et me mordille. Quand elle a le cafard, elle ne me laisse pas l'approcher. Son chagrin exerce sur moi une forte attirance. Dans ces moments-là, je voudrais pouvoir me promener sur elle comme une chatte qui s'aventure sur un arbre et la regarder d'en haut dans les yeux, depuis le sommet de la tête, lui lécher les joues, lui frôler le nez ou, si elle se secouait pour essayer de me faire tomber, m'agripper à son dos. Mais il faut dire que ma mère ne comprend pas grand-chose de ce que je souhaite. Il suffit que je lui effleure les hanches pour qu'elle me repousse comme une hargneuse mère-animal ses petits et me demande quand j'ai l'intention de faire le travail dont elle m'a chargée. Tout de suite, dis-je, en espérant que grand-mère a entendu et va se charger de tout, chose qu'elle fait d'ailleurs volontiers pour agacer ma mère.

Je trouve parfois ma mère en larmes dans la chambre des parents. Ces jours-là, elle est assise sur le lit, ses bottes en caoutchouc aux pieds. Ça ne lui plaît pas que je la surprenne dans cet état. Qu'est-ce que tu cherches, demande-t-elle. Toi, toi ! Son désespoir doit être bien grand, car les bottes et son tablier maculé détonnent sur le couvre-lit clair en lin brodé de fleurs colorées qu'elle a étendu sur le lit conjugal.

Les soirs où il fait doux, elle est assise dans la prairie derrière la maison, elle regarde le ciel ou bien elle est appuyée au balcon en bois sur la façade sud de la maison aux anciens, où on ne peut pas la voir. Un jour, elle est à genoux dans l'entrée devant un réfrigérateur qu'on vient de livrer. À la cuisine, grand-mère rouspète, a-t-on besoin d'un engin pareil, ça ne fait que coûter de l'argent. Ma mère essuie le réfrigérateur avec un chiffon blanc qu'elle trempe plusieurs fois dans une bassine remplie d'eau chaude et essore. De nos jours, lance-t-elle d'un air de défi, toutes les maisons doivent avoir un réfrigérateur comme ça. Mais non, répond grand-mère, elle n'a jamais eu de réfrigérateur et personne n'a jamais eu l'usage d'un engin pareil.

Un soir, dans la chambrette que je partage avec grand-mère, ma mère fixe au-dessus de mon lit deux petits cadres avec des anges. Depuis que j'ai un petit frère, je ne dors plus dans la chambre à coucher de mes parents dans la maison aux anciens, j'ai rejoint grand-mère et cela me plaît, car grand-mère est le bâton d'enfance auquel je me retiens. Ma mère plante dans le mur deux petits clous pour suspendre les cadres en me disant qu'elle m'apporte deux protecteurs qui veilleront sur moi. Une tête aux boucles dorées avec des ailes qui lui poussent dans le dos est censée faire attention à moi. Imprudent, me dis-je, ce jeune homme chaussé de minables sandales ouvertes qui conduit deux enfants sur un pont suspendu ; un profond défilé de montagne s'ouvre en dessous. Ma mère prie avec moi *sveti angel varuh moj, bodi vedno ti z menoj, stoj mi dan in noč ob strani, vsega hudega me brani, amen* et dit que les anges voient dans l'âme des hommes et peuvent lire leurs plus secrètes pensées.

Comme je crois que mes pensées ne sont pas là pour être épiées et que je crains que ces anges ne soient trop naïfs et trop inexpérimentés pour veiller sur moi, je les observe avec scepticisme, ces deux êtres joufflus et potelés. Ils tournent vers le ciel un regard rêveur et transfiguré, quand ils ne sont pas à demi nus ils portent de riches vêtements, ils jouent sur les instruments les plus étranges et c'est au ciel qu'ils sont chez eux, pas sur terre. Je me demande si ces êtres ailés veulent vraiment tout savoir, s'ils veulent voir ce que je veux cacher aux humains. Ces garçons chanteurs aux allures de fille ont beau me plaire, j'aurai beau les voir se regrouper par myriades sur les autels des églises et sur les fresques, comme les hirondelles l'été sur les fils électriques avant leur envol vers des contrées plus chaudes, je ne suis pas à l'aise.

Un matin après m'être levée, je constate avec effroi que mon père a l'air d'être tombé du ciel ou d'un pont. Il gît sur le sol de la cuisine, le visage ensanglanté. Grand-mère lui glisse un coussinet sous la tête et étend sur lui une couverture de laine. Ma mère a posé près de mon père un baquet rempli d'eau froide. Quand elle veut lui essuyer les joues, il se défend d'un geste de la main.

On ne va quand même pas le laisser couché ici, dit ma mère d'une voix aiguë.

Laisse-le donc, s'il veut, décide grand-mère en écartant ma mère.

Quand mon père m'aperçoit plaquée contre le fourneau, hagarde, il sourit. Un filet de sang lui sort de la bouche, coule sur sa joue et disparaît dans le col déjà imbibé de sang de sa chemise en tissu clair.

Il s'est cassé les dents, se lamente ma mère en se précipitant hors de la cuisine. Puis elle s'arrête à la porte de la maison et tripote les fleurs qui commencent à s'ouvrir dans les jardinières. Je demande ce qui s'est passé. Papa a fait une chute à moto, sanglote ma mère, il faut prévenir un docteur. Et elle part à toute vitesse.

Dans l'après-midi, on conduit mon père chez le docteur. Un voisin vient le prendre en voiture.

Il a eu beaucoup d'anges gardiens, dit ma mère. Je me demande si les anges ont amorti sa chute de moto ou s'ils ont réveillé un voisin qui aura trouvé mon père gisant dans la prairie et l'aura aidé à se relever ? Je décide de prendre le temps plus tard de réfléchir à cette histoire d'anges, après tout, ils ne sont peut-être pas aussi inutiles que je croyais.

Mon père aime bien porter des knickerbockers en velours côtelé. Quand il marche, la boucle qu'il a oublié de fermer dans la précipitation se balance sur son mollet. Il marche d'un pas énergique avec l'allure de quelqu'un qui, de joie ou d'impatience, pourrait se frotter les mains sans arrêt. L'été, il saute nu-pieds dans les sabots placés devant la porte d'entrée. L'hiver, il brûle tellement de passer ses pieds couverts de chaussettes en laine sous la bride des sabots que des boudins de tissu se forment aux talons, souvent reprisés. Quand il traverse la cour à la hâte, tout se met en mouvement. Attaché à sa chaîne, le chien Piko court dans tous les sens, les chats s'approchent de la porte de l'étable, les truies poussent des grognements aigus dans leurs stalles. Ma mère court vers l'étable avec des seaux où clapote la ration pour les cochons.

Mon père a déjà détaché les vaches et les mène à l'abreuvoir. Il n'a pas eu le temps de ramasser la baguette de coudrier posée près de la porte de l'étable, en criant il dirige à la main les bêtes qui trébuchent. Parfois cela ressemble à un cri d'allégresse.

Les vaches ne tiennent pas sa cadence. À peine ont-elles regagné leur place qu'il perd patience et lance une bordée de jurons comme s'il voulait chasser des mouches qui l'agaceraient. Quand il porte le foin dans l'étable en criant depuis le seuil le nom de la vache qui doit le laisser passer, la vache s'écarte en effet pour qu'il puisse remplir la mangeoire. Ses mouvements sont amples et rythmés. Le nettoyage des stalles des cochons doit aller fluidement, la fourche à fumier se planter avec élan dans la litière et la pelle racler le sol de l'étable à un rythme régulier. Et les bouses fumantes n'attendent qu'à être sorties de la rigole et passées presque telles quelles sur le tas de fumier. À la trajectoire du fumier on peut savoir de quelle humeur est mon père. Si le fumier décrit un grand arc et atterrit sur l'arrière du tas de fumier, il est serein, s'il flanque les bouses sur l'avant du tas, il est en colère.

Les cochons se pressent contre la grille mobile des auges. Ma mère repousse la grille d'un coup de botte et fait patienter les bêtes. Eh, vous allez bien attendre encore un peu, dit-elle en versant d'un grand geste la soupe dans l'auge. À peine la grille part-elle en arrière que les cochons fondent sur la bouillie en grognant.

Ma mère commence la traite. D'un coup de chiffon, elle nettoie les pis de la première vache puis se cale sur le tabouret et appuie la tête contre le flanc de la bête. Elle attrape la mamelle et provoque un jet vigoureux de lait qui se projette bruyamment contre le fond du seau. À ce signal, tout s'apaise. Les cochons font moins de bruit en mangeant, les poulets rentrent la tête, les chats se sont assis sans bruit devant leur jatte, le lait mousse dans le seau. Une fois qu'elle a fini de traire la première vache, ma mère donne à boire aux chats. Elle verse le lait dans un récipient que mon père a taillé dans un morceau de bois. Les langues roses des chats lapent le liquide blanc, leurs museaux sont tout blancs. Les langues rattrapent et lèchent le lait qui coule sur les poils.

Enveloppée d'un nuage de bien-être, je promène les yeux sur les murs souillés. Mes mains ont l'odeur des cochons qui, après avoir mangé, espérant que je les gratte, ont pressé leurs corps massifs contre la grille. Le chien Piko a essuyé sa sueur sur ma jupe. J'ai des poils de chat mouillés par le lait collés sur les joues. Je demande à ma mère quand naîtra le prochain veau, car j'aime nourrir les bêtes au biberon. Je suis toujours amusée par leurs mouvements de va-et-vient avec la tête quand ils tètent. Je les nourris et puis je me fais lécher les mains par eux et j'arrête seulement lorsque j'ai peur de voir mon bras entier disparaître au fond de leur gosier derrière la langue rugueuse. Ne sois donc pas si impatiente, dit ma mère. Mon père s'arrête à la porte de l'étable et regarde le ciel. Il va faire beau, dit-il, demain il faudra faire vite, il va faire beau !

Au printemps, quand les week-ends sont chauds, il est assis sur le banc près du rucher et observe le vol des abeilles. Une main posée sur l'accoudoir, il semble n'avoir rien contre le fait que je m'asseye près de lui. Il regarde les planchettes d'abordage placées devant les trous de vol des ruches où les butineuses viennent se poser avant d'exécuter leurs danses. Cette année, la récolte sera bonne, dit-il, ou bien, la deuxième ruche me fait souci. À la fin de l'hiver, au moment du dégel, il a dégagé la neige devant le rucher pour que le soleil réchauffe plus vite le sol. Il a confectionné des petits cadres en bois, tendu des fils et y a soudé les feuilles de cire. Il a apporté les rayons dans le rucher et balayé le sol du rucher jonché de bestioles mortes. Le dernier jour de janvier, il m'a envoyée au rucher écouter si la colonie d'abeilles donnait signe de vie. Je lui ai parlé d'un mystérieux bourdonnement et il a fait mine d'être très soulagé. Il me demande maintenant si je serais prête à l'aider pour le contrôle de printemps et à enfumer les abeilles. Je fais oui de la tête et aussitôt je sens que j'ai commis une erreur, mais c'est trop tard pour battre en retraite.

L'intérieur du rucher est dans la pénombre. Au fond de la maison de bois, une lumière laiteuse tombe par une petite fenêtre salie à côté de laquelle se trouvent deux armoires où grand-mère range ses vêtements. Sur la partie avant, les ruches sont empilées en une large paroi bourdonnante. Au printemps, les ruches sont encore recouvertes de couvertures en laine. Les extracteurs se trouvent derrière, dans une pièce séparée, des feuilles de cire neuves sont empilées sur une petite table près de la porte.

Mon père est content que j'entre avec lui dans le rucher. Il n'aime pas travailler seul, dit-il en me plaçant l'enfumoir entre les mains. D'un geste prudent de la main, il ouvre la première ruche et je projette des bouffées de fumée à l'intérieur. Je ressors à toute vitesse. Mon père retire de la ruche les rayons un par un, avec une plume d'aigle il fait tomber les abeilles accrochées au cadre et sort du rucher pour contrôler les rayons un par un. À distance respectueuse, j'attends que mon père revienne à l'air libre, tenant un rayon où se pressent les abeilles, et que d'un mouvement de tête il me fasse signe de m'approcher pour que je jette un coup d'œil sur ce grouillement. Le premier qui trouve la reine pousse un cri de joie. J'allonge le cou et me penche sur la colonie, dès que j'ai vu la reine je crie *matica, matica.* Mon père soupire et, avec la pointe de la plume d'aigle, il cherche les alvéoles royaux. Parfois il balaie une colonie qui, épuisée par l'hiver, comme il dit, s'est posée devant le trou d'envol d'une autre ruche, et il espère que les abeilles affaiblies seront accueillies par la colonie voisine. Il me conseille de me tenir tranquille et d'éviter tout mouvement rapide. Il a choisi le bon jour, dit-il, les abeilles sont sorties, je n'ai pas à me faire de souci, on ne se fait pas piquer un jour comme ça. Je ne partage pas tout à fait son assurance, car je l'ai vu plus d'une fois avec des enflures causées par des piqûres d'abeilles. Il adore souffler sa fumée de cigarette sur le dos des abeilles, il dit qu'elles aiment ça tout particulièrement et que les plus exaspérées des bêtes sont engourdies par son tabac. Il sourit en me voyant rentrer la tête de peur d'être attaquée par les ouvrières furieuses.

Grand-mère a l'habitude d'entrer dans le rucher pour s'enquérir de l'état des abeilles. Elle prend dans un tiroir de l'armoire à vêtements un carnet jauni à couverture marron où elle note le nombre des colonies et des reines de l'année. L'aigle du Reich allemand resplendit sur la couverture du carnet. En dessous, il est écrit Livret de travail, nom et siège de l'entreprise, nationalité : Deutsches Reich. Ce carnet avait appartenu à grand-père, dit grand-mère, il ne s'en était jamais servi. On y lisait qu'il avait repris la ferme le 1er janvier 1927 et s'était marié le 27 février 1927, quant au reste, dit grand-mère, c'était elle qui l'avait noté sur l'intérieur de la porte de l'armoire, où sont indiquées au crayon les dates de noces et de décès des membres de la famille.

Grand-mère ne jette rien, dit mon père, même les trucs d'Hitler elle s'en sert jusqu'à ce qu'ils soient fichus. Mais non, rétorque grand-mère, le manteau d'hiver qu'elle gardait dans cette armoire, par exemple, elle ne l'avait porté qu'une seule fois et ne le remettrait plus jamais. Elle ouvre la porte de l'armoire et désigne un manteau foncé en laine gris-vert plié et posé sur le plancher de l'armoire. Elle avait réussi à se le procurer à Ravensbrück, dit-elle, et ensuite ne l'avait plus lâché des yeux. Elle l'avait porté lors de l'évacuation du camp, ce manteau. Il était resté son plus beau manteau d'hiver. Oui, oui, dit mon père en retournant à ses abeilles. Je lance un regard plein de curiosité vers le manteau avant que grand-mère ne referme l'armoire et n'aille chercher un pot de miel dans la pièce où se trouve l'extracteur. Je suis surprise qu'elle ait employé le mot procuré que je n'ai encore jamais entendu dans sa bouche. Je me dis que ce doit être lié à cette mystérieuse activité qui l'a maintenue en vie à l'époque.

Dès qu'on sent l'été approcher, quand l'herbe est si haute que les prairies deviennent impraticables, une fois passées les averses les abeilles attirent à nouveau l'attention sur elles. Ces jours-là, nous entendons parfois le vrombissement d'un essaim qui vole en direction d'une grosse branche touchant presque la maison ou qui s'immobilise en une grappe bourdonneuse sur un arbre à l'écart de la ferme. On appelle mon père à tous les coins de la ferme pour qu'il aille rattraper les fugueuses et l'ancienne reine.

Muni d'une caisse en bois et d'un escabeau, mon père accourt vers les arbres aux bourdonnements suspects. Cette fois, il s'est enfoncé sur la tête un chapeau blanc pourvu d'un tissu et tout le monde feint de ne pas entendre qu'il demande de l'aide pour ramener l'essaim.

Une fois, ma mère, voulant se rendre utile en fixant le châssis sous les abeilles de l'essaim, se fait piquer par plusieurs abeilles et s'évanouit. Mon petit frère et moi, nous nous tenons, effrayés, près de notre mère étendue par terre. Mon père lui a posé sur le front un tissu humide et il la redresse lentement jusqu'à ce qu'elle reprenne connaissance et vomisse. De ce jour, ma mère a peur des abeilles, et moi aussi j'ai du mal à surmonter ma méfiance.

Quand on a provoqué quelque chose, il faut le supporter, dit ma mère un jour que j'ai croisé sans réfléchir la trajectoire de vol des abeilles.

Cette fois-là, c'est moi qui aide mon père à extraire le miel. Il a emporté dans la pièce de l'extracteur tous les rayons présentant un renflement et a commencé à dégager avec une large fourchette la couche supérieure de cire sur les rayons. Ensuite, pour ôter la cire, il racle la fourchette sur le bord d'une coupe en terre cuite ornée de motifs de fleurs qu'on utilise seulement pour la récolte du miel. Je mets dans ma bouche quelques petits bouts de cire et je les mâche pour extraire les restes de miel. Quand un petit morceau de rayon se détache du petit cadre au raclage, mon père me le tend pour que je mette dans ma bouche le bout de rayon dégoulinant de miel. Breuvage rutilant et collant, ce miel s'écoule sur mon palais et me remplit de ravissement.

Mon père dépose dans l'extracteur les rayons raclés dans lesquels le miel est maintenant visible comme un souple liquide résineux, puis il commence à tourner la manivelle. Dès que le miel se met à couler et mon père à chanter les louanges de sa couleur, grand-mère rentre dans le rucher. Elle sort le livret marron et commence à évaluer et à noter le nombre de litres par ruche.

L'extraction terminée, j'entre dans la partie avant du rucher où quelques ouvrières volent en tous sens. Mes doigts sont poisseux et humides. Soudain, les abeilles se jettent sur moi et, alors que j'essaie encore de les chasser de mes cheveux, je sens les piqûres sur le cuir chevelu qui se rétracte de douleur comme après un choc brutal. Je me mets à crier en espérant ne pas perdre connaissance. Grand-mère et mon père accourent et me parlent doucement, mais la douleur qui envahit maintenant mon corps entier est plus forte que tous les mots d'apaisement.

Quand j'en ai fini de pleurer, mes paupières sont gonflées par les larmes et les piqûres d'abeille. Mon crâne est parsemé de bosses qui font mal et sont palpables sous mes cheveux. Pour me réconforter, grand-mère a placé un biberon de cacao sur la table et m'applique des compresses froides sur le front et les tempes. Michi, un cousin de mon père, entre dans la cuisine au moment où je porte le biberon à la bouche. La grande fille boit encore au biberon, c'est pas possible, lance-t-il d'un ton réprobateur. Un tel étonnement se mêle à son reproche que, malgré ma situation fâcheuse, je comprends que je devrai bientôt, à mon âge, me contenter d'une tasse. Laisse-la tranquille, dit grand-mère, elle a été piquée par des abeilles. Puis elle montre à Michi les traces de piqûres en écartant mes cheveux mèche par mèche, du geste qu'on a pour classer des fiches dans un casier. Michi s'assied à côté de nous sur la banquette de la cuisine et, pour me réconforter, caresse mes joues brûlantes.

Ma mère répète avec moi la récitation des poèmes slovènes que je dois apprendre par cœur pour l'école. Faisons-le ensemble, je vais apprendre avec toi ! Tandis qu'elle repasse, je lis des passages de livres de poèmes et de manuels scolaires. Elle et moi, nous voilà qui faisons pousser les fleurs, qui chantons avec les coqs et sonnons les cloches de l'église. Nous coassons avec les grenouilles, nous chantons et dansons à leurs noces. Avec les corbeaux nous nous moquons des épouvantails, nous faisons des bulles de savon qui montent comme le soleil, la terre et la lune, qui n'ont pas besoin de roues pour tournoyer ni d'ailes pour voler. Nous embarquons le printemps et ses guirlandes de fleurs sur un navire et voguons vers le lointain. Des heures durant, assises dans les prairies de la langue, nous parlons au rythme des rimes. Nous en concluons que la nature devrait être parée de vers et les fleurs tressées en couronnes. Les rimes nous font bondir d'une strophe à l'autre comme les papillons de calice en calice, sans peur de tomber. Elles mènent tout à bonne fin, elles changent les larmes en rire, le silence en bombance. Ce qui était desséché refleurira, ce qui était pétrifié apprendra à danser. Nous sommes confiantes que tous les enfants rejetés auront droit, comme Videk, à un maillot offert par les animaux de la forêt et qu'ils mangeront les fruits du jardin sauvage. Ma mère prise les poèmes où l'hiver menace de venir chercher les enfants paresseux et où les oiseaux promettent aux parents de se charger d'éduquer les enfants.

Au printemps, elle pique dans mes cheveux des fleurs de pissenlit et me dit de me réjouir des choses simples. Pour être gaie, dit-elle, elle ne demande rien de plus que la nature, les chansons et l'église catholique. La seule voie pour vivre dans la grâce, c'est l'ardeur au travail et le respect des commandements de Dieu. Il faut respecter les fêtes catholiques, aller à la Sainte Messe et faire ses prières matin et soir. Il faut s'arrêter devant les croix en bois qui se dressent au bord des chemins et des prés, se signer devant les autels. Pour ma mère, la pièce idéale est celle où se trouve l'autel. Il lui faut des images saintes accrochées au mur au-dessus de son lit. Le coin du Bon Dieu doit être paré de petits nuages et de fioritures divines. Elle lit des brochures et des livres qui parlent de martyrs mutilés et assassinés ou ayant renoncé volontairement à la vie et aux plaisirs pour monter au ciel de leur vivant. Elle raconte que la Sainte Vierge peut apparaître à qui se montre plein d'ardeur au travail et possède un cœur pur. Elle nous envoie régulièrement à l'église, moi et mon plus jeune frère, et trouve normal que nous devions parcourir à pied sept kilomètres jusqu'à Eisenkappel. Le chemin qui mène à Dieu est toujours pierreux, dit ma mère.

Mais moi, je crois qu'elle recoure à cette profusion de chants et de miracles pour lutter contre l'influence de grand-mère sur moi. Viens, dit-elle, si tu m'obéis et si tu fais tes devoirs, tu pourras aller regarder la télévision chez Michi.

Je me rends utile, et parfois, le soir, je traverse la prairie et un petit bois avec mon frère pour aller chez les gentils voisins chez lesquels nous avons le droit de regarder la télévision, assis sur le canapé. Il n'est pas rare que nous attendions vainement de discerner des créatures humaines derrière la neige en noir et blanc sur l'écran.

Certains jours, Michi, aidé de mon père, essaie de régler l'appareil pour améliorer la réception. Les hommes arpentent les alentours de la maison en portant l'antenne qui ressemble à un arbre de Noël dépouillé, tandis que nous, par la fenêtre, nous leur crions Maintenant, maintenant, dès que les silhouettes commencent à se dessiner plus distinctement sur l'écran. Bientôt Kekec le berger pourra recommencer à fredonner sa chanson du soleil et à jouer sur sa flûte merveilleuse, à ensorceler humains et bêtes et à chasser du village de montagne les forces obscures.

On ne capte pas toujours la télévision slovène, en tout cas pas officiellement. La politique n'acceptera pas d'organiser ça pour les Slovènes de Carinthie, dit Michi à mon père. Ce serait la huitième merveille du monde. Il ne nous reste plus qu'à nous satisfaire d'ombres vagues sur l'écran et à nous sentir comme des pirates dans le brouillard.

Grand-mère a ses arrangements à elle avec la nature. Pour elle, mieux vaut amadouer les champs et la forêt que les parer de rimes. Pour la nature, un poème ne signifie rien, dit-elle, face à la nature il faut se montrer déférent.

Chaque année, elle garde au grenier des joncs qu'elle retire des gerbes que chaque année, le dimanche des Rameaux, on consacre à l'église. Avec les tiges de joncs, elle confectionne de petites croix et, le printemps venu, nous allons les planter dans la terre des champs labourés pour que le blé pousse et que la récolte de pommes de terre soit bonne. Quand un orage s'annonce, elle pose des bouts d'osier sur les braises et les transporte à travers la maison dans une poêle en fonte. La fumée âcre est censée clarifier l'air et rendre clémentes les puissances de l'atmosphère. La foi en Dieu, on la porte dans son cœur, dit grand-mère, il ne suffit pas de l'afficher à l'église. L'église, on ne peut pas compter dessus, on ne peut pas lui faire confiance.

Grand-mère ne se fie qu'aux signes inhabituels qui se montrent au ciel et qu'elle sait interpréter. Elle croit aux semaines des Quatre-Temps et au 8 mai, date à laquelle, chaque année, elle va à la messe dire merci pour la fin du nazisme. Elle croit à la langue qui s'adresse à la volonté, pas à l'oreille humaine. Elle dit que les mots possèdent un grand pouvoir, qu'ils peuvent ensorceler les objets et guérir les humains, qu'un pain sur lequel on a prononcé une formule, qu'on a pourvu d'une requête intentionnelle, peut secourir dans la maladie et la détresse. Elle raconte que son fils aîné avait été mordu par un serpent. Sa plaie ne voulait pas guérir et les médecins étaient démunis. Elle était allée chez le vieux Rastočnik pour qu'il jette un sort sur son pain et conjure le serpent venimeux. Mais il avait refusé par crainte de renforcer au contraire le mal. Sur quoi elle avait continué son chemin jusque chez la Želodec, qui lui avait consacré son pain. Serpent venimeux, retire ton venin de cet être, avait demandé la Želodec à l'esprit du serpent. Je ne conjure pas sa chair, je ne conjure pas son sang, je conjure la convulsion terrible, telles avaient été les paroles par lesquelles la Želodec avait consacré le pain. Et puis, après avoir mangé chaque jour une bouchée de ce pain et récité un Notre Père sans finir par un amen, son fils avait guéri. Le venin l'avait quitté. Et le verbe était devenu pain et l'avait habité aussi souvent qu'il avait mouillé de sa salive le verbe guérisseur. Le pain prononcé, le verbe consommé.

Un orgelet, l'inflammation qu'il m'arrive d'avoir à la paupière, grand-mère peut m'en débarrasser par la prière. Il faut que je réponde *ne verujem* – je ne crois pas – à ses prières d'intercession et que je croie à la guérison, dit-elle. Elle prononce sa formule de conjuration en faisant de la main au-dessus de mon œil malade les mouvements d'une faucheuse. *Ječmen žanjem*, dit-elle, *ječmen žanjem*, tandis que moi, je répète que je ne crois pas qu'elle fauche de l'orge. En avouant mon doute, je dis la vérité, et le sortilège verbal fonctionne, du moins est-ce ce que j'imagine, mais sans en être sûre.

Grand-mère me confie aussi que sa mère lui a transmis en guise de dot une bénédiction domestique, un toit de mots au-dessus de sa tête. Elle doit la réciter dans les temps de détresse ou bien la clouer à la porte de la maison pour que celle-ci soit protégée de la grêle, de la foudre et de tous les malheurs. Cette bénédiction, elle la gardait dans une enveloppe qu'on n'avait pas le droit d'ouvrir si on n'était pas invité à le faire. On pouvait lire et toucher les prières sur le papier, mais il était mieux de les apprendre par cœur parce que leur effet résidait dans le parler, pas dans l'écrit.

J'imagine les mots qui sortent de la lettre, passent par mes yeux et m'entrent dans la tête pour s'élever de là vers des hauteurs inconnues ; les mots qui, même si on ne les touche pas, peuvent déployer leur effet depuis l'enveloppe ; les mots qui par la voix de qui les profère prennent sous leur aile verbale ceux qui les invoquent.

Grand-mère raconte que la vieille Keber avait aussi remis à mon grand-père, avant qu'il rejoigne les partisans, enveloppée dans un tissu de velours, une bénédiction pour le protéger de la mort subite, de la trahison et des méfaits. Il devait réciter journellement cinq Notre Père et cinq Ave Maria. Il avait prié chaque jour et avait survécu comme partisan. Il était revenu des forêts. Tout comme cet homme ayant survécu à la guerre dont se souvenait Romana de Remschenig, dit grand-mère. Romana n'avait même pas dix ans au moment de son arrestation. À la prison de Klagenfurt où on lui faisait subir un interrogatoire, on l'avait tirée par les cheveux à l'instant où l'on introduisait dans la pièce un partisan qu'elle ne connaissait pas et sur lequel on avait trouvé le *ščit božji*, le bouclier divin, comme il disait. La Gestapo avait demandé au partisan à quoi cela servait, Je suis placé sous la protection de Dieu, avait-il répondu. Sur quoi ils l'avaient frappé jusqu'à ce qu'il s'effondre sous les coups, en sang. La fillette avait dû assister à tout cela, mais le partisan avait survécu et avait été transporté hors de la pièce, sans connaissance. Il a été protégé par la parole, dit grand-mère.

Je frémis. Je demande au bouclier divin de me protéger pour que je ne pense pas à ce qu'il pourrait bien détourner de moi. N'y pense pas, dit grand-mère, tu en as trop entendu et tu as cru trop de choses. Elle sourit de son petit sourire retenu et me pousse hors de notre chambre vers la cour.

Piko va et vient à sa chaîne en aboyant. Les poules courent et caquètent bruyamment sur la prairie en pente derrière notre maison. Elles ouvrent les ailes et essaient de voler.

Ça doit être un autour, dit grand-mère, voilà maintenant qu'il vient chasser devant chez nous ! Elle va prévenir les chasseurs pour qu'ils abattent le rapace. Ma mère apparaît derrière la maison, portant sur le bras un coq ensanglanté. Il s'est battu contre l'autour qu'elle a carrément dû arracher du coq tellement ce bandit s'était agrippé à ses ailes, raconte-t-elle en posant sur le sol l'animal blessé. Le coq s'ébroue et étend ses ailes sanglantes. Il claudique vers le poulailler en criaillant.

Je demande à ma mère si elle va panser ses plaies.

Allons, ça finira par guérir, dit-elle, inutile de mettre un pansement.

Une fois que nous sommes seules, je veux savoir ce qu'est un partisan. Ma mère est surprise. Encore grand-mère qui t'a raconté ses histoires ? Elle me répond que les partisans vivaient dans des abris souterrains pour se cacher des Allemands. C'est une vieille histoire, je n'ai pas à m'en occuper. Grand-mère a dit que grand-père aussi était un partisan, ajouté-je.

Ma mère rentre dans la maison sans un mot. Juste après, je vois grand-mère qui sort. Ce n'est pas toi qui me dicteras comment je dois traiter la petite, pas toi, lance-t-elle d'un ton réprobateur avant de s'asseoir près de la fontaine devant la maison. Ma mère reste debout sur le seuil. Je tourne la tête vers elle sans lâcher grand-mère des yeux. Le toit bas de la maison semble vouloir toucher le sol. Pendant quelques minutes, l'eau clapotante envahit notre silence.

Grand-mère décide de se charger de mon éducation. Elle trouve que c'en est assez de ces chansons inutiles et de ces balivernes. Mon enthousiasme pour les livres que je rapporte de l'école lui paraît suspect. Que veux-tu faire de ces niaiseries, dit-elle quand elle me surprend à lire, une fille doit savoir faire autre chose que lire. Danser, par exemple, c'est tout aussi important. Après la libération des camps, elle a appris à danser aux jeunes filles. Dès que quelqu'un se mettait à jouer de la musique, elle attrapait une femme et commençait à tournoyer avec elle. Tous ces rires et ces cris de joie après avoir échappé au diable, dit grand-mère.

Quand une polka ou une valse passe à la radio de la grande pièce, elle me prend par la main, me montre les pas de danse et me fait tournoyer avec elle. Je m'agrippe à son avant-bras et regarde ses jambes chaussées de pantoufles qui bougent au rythme de la musique. J'ai vite fait d'apprendre les pas de polka et de valse. Les jours de fêtes, quand mon père joue de l'accordéon styrien à boutons, ma grand-mère, dans un élan de fierté, m'invite à danser. Cela plaît aussi aux voisins qui viennent chez nous en de telles occasions. Dire qu'on revoit des danses dans la grande pièce, s'exclament-ils, la danse leur manque depuis tellement longtemps !

Tandis que je virevolte avec grand-mère, je me figure ce à quoi pouvaient ressembler ces danses de jadis que chacun prétend se rappeler dans notre grande pièce. Tous ceux qui dansaient, du temps que les filles étaient encore à la maison, les filles qui ont été dispersées aux quatre vents et dont, pour deux d'entre elles, raconte-t-on, seules les cendres sont revenues dans leur vallée encaissée. J'aime l'allégresse qui règne dans la grande pièce de la maison, grâce à elle on croit possible de perpétuer quelque chose du passé, et je suis contente du sourire de ma grand-mère.

Sa deuxième leçon porte sur les jeux de cartes. Dès que, rentrant de l'école, je la trouve occupée à repriser des chaussettes ou à filer la laine, elle me dit d'approcher, viens, on va faire une partie ! Son jeu préféré, elle l'appelle "les bâtisses", l'officier bat le valet. Nous sommes des paysans qui jouons nos fermes, nous alignons les fermes de notre vallée et nous y choisissons les candidats, les fermes des combes voisines, les domaines qui ne sont plus exploités et restent à l'abandon. Grand-mère joue tantôt au nom de ceux qui n'ont pas de toit, tantôt des plus gros paysans de la région. Moi, je joue au nom des ouvriers agricoles dont les enfants sont à l'école avec moi et qu'il me semble connaître. Nous alignons succès et faillites comme nous avons auparavant aligné les fermes, nous tapons nos cartes sur la table et nous nous moquons des perdants qui viennent de voir disparaître tout ce qu'ils possédaient. Grand-mère sait la valeur de chacun des biens, elle connaît l'exposition des champs et des prairies, le rendement des vergers, la qualité de toutes les viandes de porc. Dès qu'elle en a assez de jouer aux bâtisses, elle propose un *schnapser*, et nous jouons alors pour quelques sous sans causer nul dommage.

Le troisième exercice m'instruit de la manière dont on reçoit les visiteurs.

Même s'ils sont pressés, il faut les inviter à s'asseoir, car des voisins qui n'ont pas pris place causent des nuits d'insomnie, affirme grand-mère. Il faut toujours avoir au garde-manger un bon saucisson, du fromage blanc et du pain pour les hôtes, en aucun cas du lard dévoré par les asticots, comme certains paysans en servent à leur table quand une visite arrive sans crier gare. Personne ne doit pouvoir dire que nous sommes radins, ce serait la pire chose qu'on puisse dire sur notre ferme.

Grand-mère reçoit souvent la visite d'hommes d'un certain âge habitant les environs. Flori passe presque tous les jours, également parce qu'il fait des avances à ma mère. Il a du respect pour grand-mère et ne lui met pas la main sur les seins à la moindre occasion comme il le fait avec les femmes plus jeunes. Pas une fois il n'a posé ses doigts crochus sur moi, dit grand-mère, et gare à lui s'il essaie ! Avant la guerre, Flori vivait dans notre ferme, raconte-t-elle, à deux reprises pendant la guerre elle l'avait prié de rester le soir dans la grande salle. La première fois, elle les avait invités, lui et les voisins préférés, à tenir le guet toute la nuit avec eux, car grand-père avait appris que notre famille devait être déportée le lendemain matin. Elle avait préparé le meilleur jambon et les voisins avaient tout mangé, mais le lendemain, on n'était tout de même pas venu les chercher. Un an plus tard, elle avait prié Flori de déclarer à la police que les partisans avaient forcé grand-père à les accompagner, qu'il ne les avait pas rejoints volontairement. Mais plus personne n'avait cru Flori quand il avait raconté cette histoire.

Tschik est un autre habitué de la maison, il n'a pas les doigts crochus comme Flori, mais un trou dans la paroi nasale. Il ne cesse de caresser ses cheveux sombres et lisses. Un jour que je lui demande d'où lui vient ce troisième trou dans le nez par lequel il souffle la fumée de cigarette, il me révèle qu'il est tombé la face sur un clou. Plus tard, il me dit qu'en réalité, il a sauté du balcon et a fait une si mauvaise chute sur la tête qu'il en a gardé cette blessure.

Tschik loge à la scierie sur le domaine Rastočnik. Un tuyau de poêle sort par la fenêtre de sa chambrette. Il appelle grand-mère *teta* bien qu'elle ne soit pas sa tante. Il soupire quand la conversation vient à porter sur un événement qui semble les unir. Ce jour où on les a emmenés, oui, en ce temps, ce jour d'octobre où on les a arrêtés, il était là lui aussi. Il avait été transporté à Moringen, au camp pour enfants, là où on avait mis aussi Johi Čemer et les deux petits Auprich, Erni et Franz.

Une fois par an, nous avons la visite d'un Tsigane qui gare sa carriole sur le chemin d'accès en contrebas de la maison. Il vend des édredons, des nappes et de la vaisselle. Quand il déploie sur la table de ferme sa marchandise enveloppée dans du plastique et que le plastique luit au soleil par-dessus les étoffes brodées et imprimées, il règne presque une atmosphère de fête dans la pièce. Il nous présente sa marchandise et sa jeune femme nous tire les cartes. Elles disent que je trouverai un homme riche, que j'aurai une maison et que je serai heureuse. Grand-mère est satisfaite. Tu vois, tu n'as pas à te faire de souci pour une maison, dit-elle. Elle veut que la Tsigane lui dise le jour de sa mort et la jeune femme répond qu'elle ne peut pas lire le jour d'un décès dans les cartes. Ça ne fait rien, dit grand-mère, de toutes les façons elle a fait cuire un pain particulier qu'elle a déposé dans l'armoire. Quand il se mettra à moisir, elle mourra. Elle se fait ensuite montrer des serviettes de toilette et en achète quelques-unes au colporteur.

On les traite sans lésiner. Grand-mère dit que je dois être consciente que ce pauvre homme a eu la vie dure et elle le prie de me montrer le numéro sur son avant-bras. Il retrousse la manche, il découvre un numéro et j'ai l'impression en cet instant que le numéro se détache de son avant-bras et se met à planer. Dans mon souvenir, le matricule du camp se sépare de celui qui le porte, comme dans un rêve que j'ai peut-être fait où un numéro flottait en tous sens jusqu'à trouver un bras approprié sur lequel se poser comme un papillon noir.

Moi, j'avais le matricule 24 834, dit grand-mère, et je lui trouve en cet instant un air tout à la fois de tristesse et de défi.

Elle invite aussi les Témoins de Jéhovah à entrer quand ils se présentent à deux ou trois à la porte de la maison et souhaitent qu'on leur permette de nous expliquer la création du monde. Elle met le couvert tandis que les Étudiants de la Bible nous décrivent le paradis, les sources et fleuves qui ne tarissent jamais, l'opulence, la fertilité des champs et des prairies de Dieu, le regard vigilant qu'il porte sur les humains faibles et coupables bien trop tôt chassés du paradis après avoir commis le péché.

Je me dis que grand-mère doit disposer de pouvoirs secrets pour susciter tant de gratitude chez les visiteurs. La considération dont elle jouit se manifeste sous forme de cadeaux qu'elle empile dans les armoires. Bouteilles de vin et de spiritueux emballés dans du papier cadeau jouxtent les boîtes de chocolats non ouvertes. Un jour qu'elle déballe d'un geste solennel une boîte de chocolats, enlève la cellophane et soulève le couvercle, presque toutes ces friandises ressemblent à des crottes de cerf desséchées, dit mon père après y avoir jeté un coup d'œil. En général, le chocolat n'est plus mangeable et il faut le jeter. Grand-mère, on dirait que ça lui est égal. Elle a reçu les cadeaux avec plaisir et a montré sa gratitude en gardant les boîtes de chocolats et les bouteilles de vin longtemps avec respect, sans y toucher. Ouvrir les cadeaux aussitôt lui semblerait grossier et impulsif.

Je ne m'étonne plus guère de voir des visiteurs surgir dans la grande pièce en affirmant avoir grandi chez nous. Ils parlent d'une voix étouffée comme s'il leur était désagréable d'avoir eu besoin autrefois de l'aide de ma grand-mère. Ils s'informent de sa santé et grand-mère dit qu'elle mourra sûrement bientôt. Aussi la plupart s'efforcent-ils de lui sortir de la tête toutes ces maladies, ce qui, du coup, pousse grand-mère à exagérer la description de son état.

Avec la construction de la voie communale facilitant l'accès à nos fermes, grand-mère voyage davantage.

Une fois par mois, elle s'en va faire les courses à Eisenkappel. La veille au soir, elle vérifie les réserves du garde-manger, prépare ses vêtements et compte l'argent. La petite pension de victime que le facteur lui apporte une fois par mois lui permet d'aider financièrement mes parents. Au moment de prendre l'argent dans l'enveloppe qu'elle garde dans une vieille boîte avec des photos et des pièces officielles, elle fait le signe de croix sur les billets avant d'ôter l'élastique passé autour. J'ai tout perdu, ma santé, mon bonheur, dit-elle, mais maintenant, j'ai de l'argent pour aider.

Le matin, un voisin ou un parent vient la prendre en voiture pour la conduire à Eisenkappel. Elle commence sa journée de commissions dans l'entrée de la famille Perko où elle dépose ses cabas avec les œufs et le fromage blanc apportés de chez nous. Après avoir pris le café de bienvenue avec Maria, elle sort faire ses courses. Elle va d'abord chez Majdič, où les commerçants l'accueillent par une poignée de main. On lui offre une chaise sur laquelle elle s'assied pour dire ce qu'elle souhaite. Mme Majdič la sert avec prévenance et cordialité et parle slovène sans baisser la voix quand un autre client entre dans la boutique. Après cet achat, grand-mère retourne déposer ses courses dans l'entrée de la famille Perko et se remet en route pour la maison Roscher. Ses yeux brillent derrière ses verres de lunettes quand on la reconnaît ou la salue sur la grand-place ou quand des hommes plus jeunes lèvent leur chapeau. À l'épicerie Roscher aussi, elle se fait servir par la patronne. Mme Roscher a le don de poser chaque marchandise avec tendresse sur le comptoir et grand-mère aussi passe parfois délicatement la main sur un paquet de vermicelles ou de chapelure. La marchandise s'entasse sur le comptoir et un apprenti la range dans des cartons qui attendront près de l'entrée qu'on les emporte à Lepena.

En continuant sa tournée, grand-mère explique qu'il faut savoir exactement où on est le bienvenu et à qui on peut s'adresser à Eisenkappel. Elle a déjà fait quelques expériences amères, mais les familles Majdič, Perko et Roscher ont toujours été cordiales avec elle. Elle ne peut pas s'empêcher de repenser souvent à l'époque, la guerre finie, où elle était revenue la première fois à Eisenkappel après sa sortie du camp pour se déclarer comme survivante auprès des autorités. La colère et l'effroi régnaient alors dans la bourgade. Son oncle, par exemple, l'avait chassée quand elle était allée chez lui pour emprunter un peu de farine ou de céréales, les greniers de chez elle ayant été pillés. Elle avait eu tellement honte, elle avait été tellement humiliée, plus jamais elle ne veut avoir à quémander, plus jamais, répète grand-mère. Les Perko, les Majdič et les Roscher, eux, lui avaient donné des vêtements, des bas, du linge, des chaussures et de la farine de seigle, elle ne l'oublierait jamais.

Pour clore cette journée de courses, nous allons sur la tombe de grand-père et allumons une bougie. Grand-mère dit qu'elle aussi sera bientôt sous cette terre, près des os du grand-père et des cendres de sa pupille Mici envoyées depuis Lublin, ma place est là, dit-elle, et je comprends que sa fascination pour la mort a une cause cachée.

Une fois l'an, elle rend visite à son fils aîné Tonči et veut que je l'accompagne.

Nous prenons le car postal pour Klagenfurt et continuons vers Oberglan. L'oncle vient nous chercher à l'arrêt dans sa Puch 500 et nous conduit sur une route tortueuse jusqu'au château où il est garde-forestier et régisseur.

Les combles des dépendances du comte où mon oncle loge avec sa famille sentent le vieux bois, les herbes séchées, la poussière et le saindoux fondu, le linge lavé de frais. Tandis que je monte avec grand-mère l'escalier de notre chambre, j'attends secrètement cette odeur qui m'apaise et me ravit. Je me sens bien mieux derrière les murs épais du château que chez nous. Regarder par la fenêtre me procure un sentiment de sécurité comme pourrait l'éprouver un oisillon qui découvre un gros œuf très ancien en pierre où se retirer, certain que la coquille de pierre a défié toutes les tempêtes pendant des siècles.

Les jours suivants, je reçois des vêtements neufs et je me sens comme réinventée. Je suis assise avec respect à la table joliment dressée et m'étonne que grand-mère n'ait rien à objecter à ce gaspillage de vaisselle, ainsi qu'elle appelle chez nous une table dressée. Elle vante le beau jardin de sa bru et admire ses parterres fleuris. Elle ne prend pas son air maussade pour s'occuper à ôter les vieilles branches de je ne sais trop quels arbustes, comme à la maison. C'est gentil ici, dit-elle, assise sur la chaise de jardin entre deux grandes parts de gâteau qu'elle dévore l'une après l'autre sans se gêner ni se justifier.

Avant le déjeuner, elle se promène avec moi pour ne pas être dans les pattes de sa bru qui fait la cuisine, comme elle dit. Nous allons à l'écurie du domaine et elle demande au palefrenier si nous pouvons regarder les chevaux. Les belles bêtes l'impressionnent et lui rappellent les deux moreaux de sa ferme natale où on ne les attelait que les dimanches devant la calèche ou le traîneau parce qu'on voulait les ménager les autres jours.

Elle m'explique les règles de maintien au château et m'enjoint à saluer à haute voix les comtes et les employés du domaine et à répondre gentiment à leurs questions. Je n'ai pas non plus le droit de faire pipi en plein air ni de jouer dans la cour du château. La cour, je dois la traverser rapidement. Il est encore mieux de prendre le chemin qui longe l'écurie pour aller au jardin, cela évite de se trouver sur le chemin des maîtres.

À cet instant, le comte arrive dans notre direction et salue grand-mère en s'inclinant légèrement et en lui serrant la main. Moi aussi, je lui tends consciencieusement la main. Il espère que nous nous plaisons sur ses terres, dit-il, et il s'enquiert de la santé de grand-mère. Je suis surprise de l'entendre affirmer qu'elle se porte bien et je lui lance un regard étonné. Grand-mère se tient droite, la main posée sur le ventre. Si j'ignorais que la langue allemande ne lui vient qu'à grand-peine puisqu'elle est pour elle plus ou moins une langue des camps, comme l'affirme grand-mère, je pourrais croire qu'elle est en train d'entamer une conversation avec le comte. Moi, en tout cas, j'attends que le comte me demande si je parle allemand, comme tous les étrangers qui s'égarent dans notre combe. J'ai beau avoir des doutes, je répondrais que oui, mais le comte cesse ses questions et se dirige vers l'écurie.

Nous continuons notre promenade vers les viviers. Le chemin de graviers recouvre d'un voile de poussière les chaussures noires de grand-mère confectionnées par le cordonnier Perko. Elle porte ses habits du dimanche et un fichu noué dans la nuque. Elle a coquettement relevé les manches de son chemisier et l'on voit ses avant-bras fins et vigoureux. Près du grand vivier, nous nous asseyons sur le ponton. Nous voyons filer dans l'eau verte un peu trouble des truites et des tanches assombries par le fond vaseux. En poursuivant vers le deuxième vivier, nous manquons la bifurcation et cherchons vainement un sentier. Grand-mère est agacée. Il faut rebrousser chemin, dit-elle, comme si on l'avait offensée. Au retour, un bûcheron du comte arrive en tracteur dans notre direction. Il s'arrête et demande si nous voulons qu'il nous emmène, il passe de toute façon devant le château. Nous montons sur la plateforme hydraulique et, debout, nous nous faisons conduire au château. Je vous ramène les fugueuses, dit le bûcheron à la tante qui est sortie de la maison pour voir qui arrive. Vera remercie et grand-mère retrouve sa bonne humeur. On dirait que tout le monde me connaît, ici, dit-elle. Une vieille femme moche, ça se remarque !

La mode des voyages arrive à Lepena. Soudain, les voisins sont pris par la fièvre des départs. Ils réfléchissent à haute voix aux endroits où ils ont toujours voulu aller ou à ceux où ils pourraient de nouveau s'aventurer après tant d'années. Les destinations les plus discutées sont les lieux de pèlerinage de Brezje et Monte Luschari ainsi que les camps de concentration de Mauthausen et Ravensbrück, Brezje semblant être l'endroit favori en Slovénie.

Sveršina, le mari de tante Malka, connaît bien Mauthausen. Lui, Malka et mes parents s'en vont visiter l'ancien camp avec un groupe slovène. Au retour, ils racontent comment c'était à Mauthausen, avec tous ces gens qui s'étaient rassemblés pour une cérémonie du souvenir sur l'emplacement du camp. Mon père dit que le camp a été transformé en musée. Sveršina leur a montré le block où il était interné et s'est rendu avec eux à la carrière où tant de détenus ont trouvé la mort. Ma mère ne comprend pas comment un être humain peut survivre au camp de concentration. Grand-mère lui jette des regards d'incompréhension et d'hostilité. Mon père parle d'un groupe d'anciens détenus polonais qui ont décoré de fleurs une maison située près du camp. Il a été si touché de voir deux hommes venus de Pologne embrasser le propriétaire en le remerciant de les avoir sauvés qu'il n'a pas pu s'empêcher de pleurer, et soudain des larmes brillent sur les joues de mon père. C'est la première fois que je le vois pleurer et je me sens perplexe et troublée.

Grand-mère décide d'aller cette année à Ravensbrück. On dit que le voyage durera plusieurs jours. Après son retour, quand elle est de nouveau allongée près de moi dans le lit, je suis soulagée. Le périple a été éprouvant, dit-elle. De l'Europe entière, des femmes sont venues au camp. Les oratrices lui ont plu, elle n'a pas tout compris, mais elle a apprécié le ton sur lequel elles se sont exprimées. Elle raconte que d'anciennes détenues se sont rassemblées sur l'emplacement du camp. Beaucoup de femmes, debout sur la rive du lac, pleuraient. Elles jetaient des fleurs dans le lac en se soutenant mutuellement. Deux Françaises et des Hollandaises qui se tenaient derrière elle et écoutaient les oratrices l'avaient prise dans les bras. Elle mentionne deux noms qu'elle prononcera désormais toujours, Mici et Katrca, les noms de sa pupille et de sa belle-sœur qui ont péri au camp. Grand-mère dit qu'elle ne peut pas s'empêcher de penser sans arrêt à Mici et Katrca. Elle a rapporté deux livres. Des livres où on peut lire ce qui s'est passé au camp. Elle me les montrera, à moi et ma mère incrédule, une fois qu'elle les aura lus, quand l'heure sera venue.

Peu après, le bruit arrive jusqu'à chez nous que Smrtnik, d'Ebriach, s'est acheté un break dans lequel il peut transporter huit passagers. Beaucoup de gens ont déjà vu du pays grâce à Smrtnik, dit-on. Grand-mère n'attend pas et organise une excursion à Brezje. Elle décide que je dois l'accompagner, car il est temps pour moi de faire ce pèlerinage avec elle.

De bon matin, nous franchissons le col du Seeberg et nous arrêtons à la frontière. Je tends au douanier yougoslave mon premier passeport. Il parle croate ou serbo-croate et veut nous donner l'impression que nous nous trouvons à la frontière d'un État qui n'est pas n'importe lequel et qui doit contrôler méticuleusement tous les voyageurs. Smrtnik se charge de la communication, car il a l'expérience des douaniers. Une fois la frontière franchie, les hommes du groupe racontent des aventures qu'ils ont eues à la frontière par le passé. La seule chose qui m'impressionne, c'est que notre voisin Peter, que je connais bien, prétend avoir passé en contrebande dans un panier, en plusieurs nuits, le squelette d'un ours des cavernes de l'Olševa, mais cela, c'était avant la guerre.

L'église de Brezje est bondée. Avec les fidèles en prière, nous nous bousculons jusqu'à l'autel sur lequel trône une madone peinte couronnée. Quelques femmes se jettent à genoux et glissent à genoux jusqu'à l'autel. Je les imite en pensant que je dois me résigner à avoir des bas sales si je veux donner plus de poids à mes requêtes. Grand-mère se met à genoux, se signe et se relève. Quelqu'un lui cède une place sur le banc. Pendant la messe, je trépigne en me demandant ce qui se passe dans la tête des gens qui prient et chantent. Je finis par m'asseoir sur les genoux de grand-mère. Elle me pince les cuisses pour me faire remarquer que je gigote. Si tu continues à être tellement agitée, je ne t'emmènerai pas avec moi la prochaine fois, menace-t-elle.

Quand nous ressortons à l'air libre après une messe interminable, l'extérieur m'apparaît comme une haute et radieuse nef d'église et l'intérieur de l'église comme une petite cellule d'où l'on aspire à regagner l'extérieur tout comme, auparavant, on s'était engouffré dans la pénombre pour y trouver la purification. Sur l'esplanade de l'église, nous passons devant des stands. Grand-mère achète des chapelets et des cuillers en bois. J'ai droit à un petit paquet de biscuits et à une image sainte avec une photo de l'église au-dessus de laquelle Marija de Brezje flotte dans un petit nuage rond.

À l'auberge située à l'autre bout de l'esplanade, on nous place à une table de la grande salle. Nous nous asseyons sous la photo encadrée du président de la République qui nous regarde depuis le mur coiffé de son calot avec une étoile rouge sur le revers. Smrtnik, contemplant la photo, affirme que le maréchal Tito regarde en face chaque personne qui se tient dans la salle, quelle que soit sa place, que pour ainsi dire il la suit des yeux. On peut le vérifier en entrant dans la salle. Deux hommes se lèvent de notre table et vont aux toilettes afin, comme ils disent, d'essayer au retour le regard du maréchal. Juste à l'instant où ils rentrent dans la salle, on nous sert la soupe aux vermicelles. Les hommes ne s'attardent pas sous la porte où ils s'étaient arrêtés pour se faire accueillir par le regard du maréchal. Par joie ou par soulagement d'avoir abondamment prié, on commande du vin pour étancher sa soif. Elle n'a rien contre un cviček, dit grand-mère en levant son verre pour trinquer avec les autres. D'ailleurs, il faut prendre des forces pour deux autres destinations, Begunje et Bled.

Le village de Begunje n'est pas loin de Brezje. On va visiter une ancienne prison, dit Smrtnik, une prison où beaucoup de gens ont été torturés et tués pendant la guerre.

Face à un haut mur blanc, nous descendons de voiture et entrons à l'intérieur de l'ancien château où les nazis avaient aménagé des cellules de prison. Des listes des noms des fusillés, signées par le gauleiter de Carinthie, sont accrochées aux murs de l'aile où se trouvait la prison. Une femme nous conduit à travers les pièces et, avant de nous laisser entrer dans un réduit obscur, elle met en marche un magnétophone d'où l'on entend les cris d'un enfant appelant désespérément sa mère. Smrtnik décrit à grand-mère comment cela s'était passé pour lui quand la Gestapo était venue chercher sa famille à Trögern. Il n'avait même pas pu pleurer, dit-il. Je prends la main de grand-mère car je suis bouleversée par les cris de l'enfant. Ils se posent sur tout ce qui se présente à ma vue, comme une couverture de bruit recouvrant le visible et tirant ce qui est caché pour le montrer au grand jour. Je ne sais comment faire comprendre à grand-mère que je ne supporte plus les cris de l'enfant, elle écoute toujours Smrntik et trouve que je me conduis mal. L'effroi a maintenant atteint la force d'une tempête. Quand nous ressortons enfin, j'ai le sentiment qu'il me manque une moitié de la tête, que, vue du dehors, je ressemble à une maison dont la tempête a arraché le toit.

Bled enchante tout le monde. Smrtnik nous dit qu'il faut absolument monter jusqu'au château fort trônant au-dessus afin d'avoir une vue sur le lac. Nous garons la voiture dans un bosquet et montons à pied jusqu'au site. Des effluves de nourriture nous arrivent par les portes et les fenêtres du restaurant installé dans le fort. L'humeur des pèlerins s'anime. À peine avons-nous pris place sur la terrasse que les boissons et les pâtisseries à la crème sont commandées et qu'un groupe de musiciens commence derrière nous à déballer ses instruments.

Est-ce que c'est pour nous, demande Smrtnik, ce serait trop beau !

Une double noce, lance l'un des musiciens, il y a de quoi faire la fête !

Les premiers convives de la noce apparaissent et la musique commence. Le premier couple est entouré d'une grappe de gens. Les serveurs tournoient autour des joyeux convives avec les plateaux avec des verres de vin remplis. Le second couple est conduit dans la cour par un groupe de danseurs folkloriques, des cris d'allégresse et des rires le poussent à danser.

Grand-mère, debout, lève son verre aux invités. Dans l'agitation, son fichu s'est déplacé et une mèche de fins cheveux blancs dépasse du tissu. Sans un mot, elle pose le verre sur la table et s'avance vers les convives. Elle tire un homme par la manche et lui chuchote quelque chose à l'oreille. Il incline la tête, puis il lui pose un bras sur les épaules et commence à danser avec elle.

Pendant quelques instants, la vieille femme à lunettes rondes coiffée d'un fichu faisant danser un jeune inconnu capte l'attention des photographes. Ils se détournent des mariés et photographient ce couple peu ordinaire.

Dans les pauses, grand-mère discute avec animation avec son partenaire et ne se fait reconduire à sa table qu'après plusieurs danses. Merci pour la danse, et un bel après-midi à vous tous, dit l'homme avec un clin d'œil pour grand-mère. Il est de Doljensko, dit grand-mère. J'ai seulement dit que j'étais de Carinthie. Ça lui a plu et il m'a plu, c'est aussi simple que ça.

Les pèlerins font provision de vin et de cigarettes pour rentrer chez eux. Ils réfléchissent à la manière de passer la frontière avec cette marchandise et l'un des hommes propose de me bourrer de paquets de cigarettes puisque je suis au large dans mon dirndl. Grand-mère se demande si c'est une bonne idée et me lance un regard interrogateur. Troublée, je demande ce qui se passera si le douanier trouve les cigarettes, si on m'arrêtera. Les pèlerins éclatent de rire.

La voiture cahote sur la route médiocrement goudronnée qui conduit en Carinthie. Nous tournons vers la vallée de la Kokra. Un des pèlerins a la nausée. Smrtnik s'arrête sur le bord de la chaussée et laisse descendre l'homme qui se met aussitôt à rendre. S'il vomit tellement, il va dessaouler, dit un des hommes, et ça n'aura servi à rien de boire.

Smrtnik s'arrête de nouveau brutalement quelques kilomètres avant la frontière. Un deuxième pèlerin a envie de vomir et s'engouffre dans les buissons du bas-côté. On entend dans l'obscurité ses spasmes et ses profondes respirations.

Smrtnik prie les passagers de cacher les cigarettes et le vin et de ne laisser visible sur les banquettes que la quantité autorisée, cela pour ne pas donner l'impression de n'avoir rien rapporté du tout. On dépose quelques bouteilles de vin et cartouches de cigarettes dans le coffre sous la roue de secours, on glisse les autres dans les manches des vestons que l'on replie comme si de rien n'était. Et toi, demande une femme d'un certain âge, est-ce que nous cachons quelques paquets de cigarettes sous ta robe, tu es une enfant et le douanier te laissera tranquille. J'acquiesce et je dégage l'encolure pour que grand-mère puisse glisser des paquets de cigarettes derrière le haut du dirndl. Tu devrais te mettre un lainage sur les épaules pour que ton buste ne se remarque pas trop, dit-elle.

Quand nous atteignons le poste-frontière, je suis sur la banquette arrière, bourrée de paquets de cigarettes, allongée sur deux cartouches supplémentaires qu'on a fait disparaître sous moi, et je feins de dormir. L'odeur de cigarette m'irrite le nez. Un douanier demande ce que ces messieurs-dames ont à déclarer et Florian répond que chacun a acheté une bouteille de vin et quelques paquets de cigarettes, la quantité autorisée.

Et la fillette, demande le douanier.

Je presse les paupières encore plus fort, j'ai envie de cligner des yeux pour voir ce qui se passe.

Elle ne compte pas encore, dit un des hommes, elle est trop jeune.

Ça, vous avez raison, répond le douanier avant de nous laisser repartir.

Arrivés au chemin d'accès en contrebas de chez nous, nous descendons de la voiture et grand-mère dit que la fois prochaine, elle se renseignera précisément sur les hommes qui vont à Brezje. Il y en a avec lesquels on ne peut pas faire le pèlerinage.

Avant d'aller me coucher, je pose sur le dossier de la chaise mon dirndl qui sent mauvais. Je suis épuisée et j'ai l'impression que mon corps a grandi de plusieurs centimètres. Poussé n'importe comment, voilà ce qui a pu me passer par la tête, mais déjà je m'étais endormie.

Les cigarettes que nous avons rapportées à mon père n'arrivent pas à le mettre de meilleure humeur. Il nous remercie pour les produits de contrebande et, pendant quelque temps, il ne m'envoie plus à l'auberge acheter deux paquets d'Austria, les cigarettes fortes sans filtre dans un paquet vert clair. Il a d'autres soucis.

Du jour au lendemain pendant la fenaison, son cheval refuse de tirer le chariot. Mon père frappe la bête avec la bride. L'étalon se cabre sous les coups, arrache timon et traits et fait verser le chariot de foin. L'animal paniqué traîne jusqu'à l'écurie l'attelage démoli et s'arrête, renâclant, les naseaux écumants. Le choc provoque des tressaillements en vagues successives sous sa peau. Mon père hurle et tire sur les rênes. Je le supplie d'arrêter de crier ainsi de rage, mais il est hors de lui, comme le cheval.

Grand-mère m'attire auprès d'elle dans la cuisine. Elle m'explique que le cheval est devenu imprévisible après des années de labeur pénible et qu'il est à bout de forces. Plusieurs hivers durant, mon père avait gagné l'argent nécessaire à la construction de la maison en effectuant une tâche redoutable, transporter du bois pour le comte, mais cela avait fini par briser le cheval.

Il veut construire une maison, demandé-je, surprise.

Oui, dit grand-mère, mais elle saura bien l'empêcher d'abattre la vieille maison.

Mon père décide de vendre l'étalon. Un jour, à l'écurie, le box se retrouve vide. Il sent encore pendant des mois la sueur de cheval. Les odeurs exhalées par l'étalon ne disparaissent que peu à peu pour laisser place à celle des jeunes taureaux qui remuent la tête d'un air bougon comme pour se débarrasser des chaînes qu'on leur a mises autour du cou.

Un dimanche matin, ma mère entre précipitamment dans la cuisine, en pleurs. Elle demande à grand-mère de l'accompagner, elle ne sait plus que faire pour aider mon père. Grand-mère semble se douter de ce qui arrive et m'ordonne d'aller prendre au grenier une baguette d'osier. Elle gratte les braises du fourneau avec le tisonnier et les fait glisser dans une poêle en fonte, elle casse en petits morceaux la baguette que je lui tends et les pose sur les braises avec quelques herbes. Aussitôt la fumée s'élève. Ma mère s'est déjà précipitée sur le balcon de la maison aux anciens et désigne le rucher où se trouve mon père. Grand-mère passe à toute vitesse devant nous avec la poêle fumante. J'entends mon père chanter dans le rucher ; *Vigred se povrne*, un chant triste sur le printemps qui revient chaque année et ranime toutes choses, sauf que pour lui il n'y aura plus de printemps, chante-t-il, car il va mourir. Je demande à ma mère ce qui arrive à mon père, mais elle se contente de secouer la tête en pressant un mouchoir contre ses lèvres. Grand-mère remue la poêle de haut en bas devant le rucher dont elle enfume l'entrée. Puis elle pénètre dans le rucher et en ressort aussitôt sans la poêle. Elle va sans un mot à la cuisine. Je regarde fixement la porte ouverte du rucher et il me semble apercevoir mon père avec un fusil. Il sort, mais sans arme, s'assied sur le seuil et plonge la tête dans ses mains. Ma mère chuchote qu'il y a de quoi se faire du souci pour lui. Je demande comment je peux l'aider, et ma mère dit : prier. Prie pour lui ! Et je récite pour mon père un Notre Père. Il relève la tête et nous regarde quelques instants avec réprobation, puis il recommence à chanter et sort la poêle en fonte fumante du rucher pour la mettre au grand air.

Le week-end, ma mère m'envoie à l'auberge chercher mon père qui a oublié de rentrer, comme elle dit. Elle n'a plus envie d'aller le chercher, car il se comporte d'une manière impossible sur le chemin du retour, quand ça suffit, ça suffit, dit ma mère.

Chez Rastočnik, la cuisine est enfumée et traversée de vapeurs montant des casseroles. Quand j'ouvre la porte, j'entends crier de l'intérieur que pour mon père la retraite a sonné. Mon père est assis à la grande table, côté mur, avec un petit sourire. Je m'assieds près de lui sur la banquette en bois. Il faut que tu rentres, dis-je comme s'il ne le savait pas. Tu crois, demande-t-il en commandant une autre bière pour lui et une limonade pour moi.

La patronne s'empresse de nous servir ces boissons et demande s'il y a du nouveau chez nous et comment ça se passe pour moi à l'école. Es-tu impatiente de voir la nouvelle maison, s'enquiert-elle. Je fais oui de la tête en lançant un regard interrogateur à mon père. Ça promet, dit-il, ça me perdra.

Mais non, dit Pepi, un cousin de ma mère, rien ne t'oblige à imiter les bêtises des autres. L'époque est bonne pour construire, et est-ce que mon père n'a pas remarqué que devant presque chaque maison il y a une bétonneuse. Bon sang, oui, répond mon père en tirant sur sa cigarette.

La nuit est tombée quand nous quittons l'auberge. Sur le chemin du retour, mon père peste contre des adversaires invisibles. De temps en temps, il désigne le ciel nocturne et dit, le Grand Chariot, tu vois, ou bien là, le Petit Chariot. Je marche à côté de lui mais à une certaine distance, en évitant de le toucher. C'est maman qui t'a envoyée, demande-t-il brutalement d'une voix qui semble plus fâchée que l'instant d'avant. Je mens en répondant que non, c'était grand-mère. Ah bon, bougonne-t-il en reprenant silencieusement sa marche.

À la maison, grand-mère pose sur la table un vermouth et une infusion de petite centaurée, l'herbe contre les cent maladies, dit-elle. Elle dit à mon père de vider la tasse d'infusion avant d'aller se coucher. Je veux que ma mère me dise si mon père est malade. Il a mal à l'estomac, explique-t-elle, et il ne ferme presque pas l'œil de la nuit. Elle non plus n'arrive pas à dormir quand il gémit de douleur. Mais il ne veut pas aller chez le docteur. C'est peut-être à cause du changement qui approche, suppose-t-elle. Nous allons avoir une nouvelle maison et moi j'aurai ma chambre à moi, et elle me demande si je suis contente. Je fais oui de la tête, même si je ne suis guère enthousiaste à la perspective de quitter la chambre de grand-mère.

Le lendemain, mon père se repose allongé sur la banquette du poêle. Ma mère lui a posé sur le ventre un emplâtre d'herbes qui sent le foin mouillé. La douleur l'a fait vomir dans la nuit, mais ce n'était que du liquide, dit mon père, un mucus jaunâtre. Je le regarde, inquiète, et je sors avec mauvaise conscience car je ne peux rien faire pour lui.

Grand-mère dit qu'il est temps de m'emmener à la ferme Hrevelnik, tant qu'elle peut encore marcher. De toutes les façons, bientôt ce sera trop tard.

Un matin, elle me réveille de bonne heure et va chercher au grenier une baguette d'osier plus haute qu'elle. Mets de bonnes chaussures, ordonne-t-elle, le chemin grimpe.

Nous descendons d'abord la prairie en pente douce jusqu'à la route communale. Arrivée là, grand-mère se retourne et regarde vers notre maison aux murs chaulés qui étincèlent au milieu des arbres fruitiers. Elle n'arrive pas à se faire à l'idée que cette vieille maison doive être abattue, soupire-t-elle. Que de générations cette maison a protégées, comment peut-on vouloir la raser !

Nous obliquons vers un chemin d'accès dont les larges lacets remontent le versant nord de la combe en serpentant de la prairie jusqu'à la forêt. Le paysage exécute une danse chancelante sur les verres de lunettes de grand-mère. Les prairies ondoient jusqu'aux cimes arrondies des collines et les faîtes des épicéas plongent dans le fond ombreux de la vallée, le petit carré de ciel brille dans l'eau scintillante du ruisseau tout en bas, près de la route.

Dans la forêt, le sentier se rétrécit sous nos pieds. Après une clairière, il court jusqu'à un ruisselet puis regrimpe la pente escarpée comme s'il voulait nous dissuader de continuer. Il est glissant et couvert de feuilles de hêtre. Nos pas déclenchent de petites avalanches de feuillage qui dévalent doucement la pente du précipice. Nous avons du mal à avancer. Grand-mère s'arrête presque après chaque pas et halète. Elle veut se reposer en haut, à la fontaine, dit-elle, ici, on ne peut pas s'asseoir.

Au début de l'escarpement, je marche derrière elle et la dépasse aux quelques rares endroits moins pentus, je me demande ce que je ferais si grand-mère n'arrivait plus à avancer. Malgré mes craintes, elle fait preuve d'une endurance dont on ne l'aurait pas crue capable à voir sa silhouette décharnée. Nous continuons à monter, lentement, obstinément, jusqu'à ce que nous atteignions la bifurcation en haut de la colline, derrière laquelle apparaît une fontaine. L'eau s'écoule sur une rigole en bois vers l'auge en bois. Grand-mère s'assied sur le sol de la forêt près de la fontaine et regarde, sur l'autre versant de la vallée, les domaines les plus élevés, qui sont maintenant à notre altitude. Elle remarque que partout, il y a eu des changements, là on a une construction en plus, là-bas on a abattu quelque chose, dit-elle et elle désigne la nouvelle route. La route a fait une escarre sur ce versant, dit grand-mère en secouant la tête.

La fontaine passée, le chemin est presque plat. Nous nous approchons à grandes enjambées du domaine Hrevelnik. Il est situé à l'extrémité supérieure d'une prairie montant en pente douce. L'ombre d'un cadran solaire tremblote sur la façade chaulée de la maison principale. Les bâtiments sont vides, à l'abandon. Plus personne ne vit dans cette ferme célèbre à des lieues à la ronde pour son cadran solaire, dit grand-mère en se dirigeant vers l'étable d'un pas décidé. Derrière l'étable, il y avait un chemin qui conduisait à la combe de Remschenig, d'où elles étaient arrivées, à l'époque, elles, les femmes de Lepena qui avaient survécu au camp, commence-t-elle à raconter. On leur avait fait passer clandestinement la frontière à Koprivna. Au moment d'escalader la clôture qui sépare la Yougoslavie de l'Autriche, elles riaient et pleuraient à la fois. Rentrer au pays après leur longue errance semblait soudain si simple qu'elles s'étaient tombées dans les bras. La frontière passée, nous n'avons plus eu aucun mal à marcher, dit grand-mère. Elles avaient été en chemin toute la journée. Elles étaient arrivées à la ferme Hrevelnik au moment où l'obscurité tombait. Elle avait entendu que quelqu'un était à l'étable, pour la traite. Elle était entrée et avait dit bonsoir. La vachère a renversé son seau tellement elle était contente, le lait a éclaboussé partout, dit grand-mère. Milka a bondi sur ses pieds en criant Mitzi, vous voilà de retour ! Et nous qui vous croyions morte ! Je ne suis pas toute seule, avait-elle répondu en désignant les femmes debout devant l'étable, la Gregorička, la Mimi, les Mitzi, et Frida, et Malka. Tous ceux qui vivaient à la ferme avaient accouru. Chez Hrevelnik, on avait dit à Mimi qu'il était absurde qu'elle rentre chez elle puisque tout était détruit chez Kach. La Gregorička est allée chez Rigelnik en espérant être prise là-bas, dit grand-mère. La ferme Gregorič avait été détruite, le mari était mort à Dachau, les enfants casés chez des étrangers. Les femmes étaient bouleversées. C'est aussi chez Hrevelnik qu'elle avait appris que grand-père et les garçons étaient déjà à la maison. Milka avait donné du lait frais à ces femmes qui rentraient au pays. Le goût de ce lait, elle ne l'oublierait jamais, dit grand-mère avant de plonger dans le silence.

Nous nous asseyons sur un banc en bois placé près de l'entrée de la maison pour que les visiteurs solitaires puissent se reposer. Grand-mère gémit, longtemps et de manière retenue. Une fois qu'elle s'est remise, nous repartons. Arrivée dans la prairie du bas des Hrevelnik, elle s'arrête et dit qu'elle avait eu peur à l'époque de ne plus être la bienvenue chez elle. Mon mari va me repousser. Je ne suis plus celle que j'étais, se disait-elle. Je vais devoir lui poser la question, avait-elle décidé, pour que les choses soient claires, et tout de suite, sans attendre. Dans la forêt, il faisait très sombre, à plusieurs endroits elle avait trouvé le chemin à tâtons. On était début septembre.

Quand nous pénétrons dans la forêt, le chemin est encore bien visible. Derrière nous, la lumière de la prairie s'effondre, on dirait que quelqu'un l'a éteinte après notre départ du domaine Hrevelnik.

Le soir, au lit, grand-mère termine l'histoire de son retour, le moment où elle est entrée dans la ferme, où elle est enfin revenue chez elle. Elle avait vu qu'il y avait encore de la lumière dans la grande pièce, elle s'était approchée de la fenêtre et avait regardé à l'intérieur. Son mari était assis sur la banquette du poêle, l'air pensif. Il était en train d'ôter ses chaussures. Il en avait déjà ôté une et avait posé le pied par terre, il avait encore l'autre chaussure au pied, avec seulement le lacet défait. Ton grand-père regardait dans le vide, dit grand-mère, il regardait d'une façon si bizarre que j'ai dû prendre mon courage à deux mains pour toquer à la vitre. Grand-père avait rapidement levé les yeux, mais sans la voir. Alors elle avait frappé de nouveau. Lentement, il s'était levé pour aller dans l'entrée. Il avait ouvert la porte et demandé qui c'était. Est-ce que tu veux encore de moi, est-ce que tu me reconnais ? avait-elle répondu, dans l'obscurité. Mitzi, tu es revenue, s'était écrié son mari avant de l'embrasser si fougueusement que son fichu s'était défait et était tombé par terre. Il m'a embrassée si fort que le fichu s'est envolé, dit grand-mère en souriant. Alors les petits, qui étaient déjà couchés, se sont levés. Oui, dis-je, levés, et je m'endors aussitôt. Bonne nuit, *lahko noč* !

Le moment où l'on démolira la vieille maison se rapproche comme un mal inéluctable. Mon père et ma mère réfléchissent frénétiquement aux endroits où ils peuvent bien entreposer, le temps du chantier, les meubles et ustensiles de la vieille maison. La maison aux anciens est aménagée en logement provisoire, les meubles impossibles à placer dans les pièces encombrées sont transportés au grenier.

Avant qu'on ne vide la vieille maison, grand-mère y tourne des jours entiers. Elle touche les meubles et les objets ou s'assied sur la banquette du poêle et observe la pièce.

Elle en a passé, des belles soirées dans cette pièce, raconte-t-elle, quand la maison était encore animée, quand la vie n'était pas encore aussi triste. Dans cette pièce, on a dansé, on a travaillé, dit-elle, on a même fait du théâtre et récité des poèmes, à l'époque où les filles étaient encore à la maison. La Katrca écrivait des poèmes et de courtes pièces de théâtre qu'on apprenait par cœur et qu'on jouait.

Je m'assieds à côté de grand-mère et je vois devant moi des silhouettes floues et sans visages filer sans le moindre bruit, des silhouettes dont les visages ne prendront leurs contours que plus tard. J'imagine une pièce de théâtre ramenant à la vie la cohorte de parents et de voisins qui défilent devant nous. Tous ceux qui furent sont venus avec leurs vêtements et leurs meubles et chantent pour nous. Ils nous montrent comment jadis on se distrayait, ce dont on riait. Ils prennent des poses et tournent en rond, puis ils plient leurs affaires et s'évanouissent dans le mur de néant et d'écho. Une partie de la vie semble se retirer du corps gracile de grand-mère et s'élever jusqu'au plafond comme un souffle. Sa respiration vibre comme un souvenir fugace, l'ombre d'un souffle, un presque rien de souffle. Je redoute qu'elle puisse se pétrifier sur la banquette, ou bien se dessécher, car la voilà qui commence à se rabougrir. D'un simple geste de la main, son corps léger pourrait ensuite être balayé de la banquette comme une abeille morte.

Grand-mère se lève et me prend par la main. La cuisine, tu sais, je ne l'abandonne pas de bon cœur, c'est ton grand-père qui me l'a construite, dit-elle. Laisser le fourneau lui fait de la peine et, en tout cas, elle veut garder le buffet de cuisine. Je suis son regard d'adieu qui se promène sur l'entrée et son escalier en bois menant aux combles avec leurs coffres en bois travaillé et peint, les armoires où l'on conserve encore des provisions, la charpente avec les poutres et les chevrons, les lattes et les planches, la petite lucarne sur l'arrière de la maison, le balcon au garde-corps en bois sur la façade et les bottes d'herbes suspendues à des clous en bois pour le séchage. Je la suis dans le fumoir aux parois noircies qui, selon la manière dont la lumière y entre, me rappellent des quetsches séchées ratatinées ou brillantes, je passe devant la bouche du four dont le pourtour ressemble à un paysage de cendres après un violent incendie. Derrière, le garde-manger et ses étagères en bois brut couvertes de récipients. Au mur, la planche en bois pour supporter les terres cuites fêlées maintenues par des fils métalliques. Dans la cuisine, le buffet vert et l'armoire à provisions dont les tiroirs et les portes ont des petits trous pour que l'air circule, le coin du Bon Dieu dans la grande salle, avec les images saintes et le crucifix, les banquettes le long des murs, la table en bois carrée aux motifs en marqueterie, les battants de fenêtres et les volets avec leurs traces de moisissure. Derrière, notre chambre, dont le mur intérieur chauffé par le poêle en faïence de la grande pièce n'est jamais froid, l'armoire, les lits, le petit placard où grand-mère garde remèdes et teintures. Les portes de la maison avec leur chambranle et les serrures en ferronnerie, la cave au plafond voûté et les étagères où sont posés les fruits. Le coin pour les pommes de terre, le baquet pour le chou fermenté, les tonneaux de cidre.

Le jour où la pelleteuse arrive à la ferme, grand-mère est debout sur le balcon de la maison aux anciens et sanglote, maintenant tout est fini, tout est fini ! Au secours, mon

Dieu, que la sainte Vierge me protège ! Je suis tellement effrayée que je me mets à pleurer avec elle. Je m'agrippe à son tablier et je braille si fort que grand-mère lance à mon père qui nous regarde, décontenancé, même la petite comprend ce qui se passe, même la petite ! Toda, le terrassier, pose la main sur l'épaule de grand-mère. Calmez-vous, supplie-t-il, calmez-vous, Mitzi, les jeunes veulent avoir quelque chose à eux.

Grand-mère cesse de pleurer et ne pousse plus qu'un geignement, par bravade, quand le dernier chevron tombe à terre et que la pelleteuse commence à cogner contre les vieux murs. Elle me tire vers la façade de la maison éventrée et désigne un chiffre qui apparaît sous le crépi jaunâtre. 1743, depuis 1743 cette maison est habitée, et maintenant elle ne vaudrait plus rien, s'indigne-t-elle avant de commencer à fouiller dans les décombres des murs à la recherche d'objets. À l'époque, croit-elle savoir, on scellait dans les murs des objets censés protéger la maison du malheur. Elle gratte quelques tessons trouvés dans les gravats et les rejette, déçue.

Pendant ses pauses, Toda vient s'asseoir près de grand-mère. Ces derniers temps, raconte-t-il, il s'est fait beaucoup de soucis pour son frère. Par moments il perd la conscience de l'endroit où il se trouve. La nuit, il s'enfuit en forêt, il se croit traqué par les Allemands, il déambule pendant des heures comme un fou, impossible de l'apaiser. C'est le camp, dit grand-mère, ça ne peut pas être autre chose que le camp. Son frère était encore un enfant quand on les avait déportés tous les deux au camp d'internement d'Altötting, dit Toda, qu'est-ce qu'un enfant peut bien y comprendre ! Beaucoup, dit grand-mère, beaucoup.

Aussitôt je me représente le frère du terrassier comme quelqu'un qui est lui aussi capable de voir les processions de fantômes et qui suit les disparus par monts et par vaux jusqu'à les perdre de vue, eux et leurs accessoires, dans la forêt obscure.

Lorsque Toda s'apprête à attaquer le sous-sol avec la pelle, mon père propose de conserver la vieille cave avec sa voûte et de ne terrasser que la partie destinée à la seconde cave. Peut-être pour apaiser grand-mère et lui donner l'impression que la nouvelle maison se trouvera sur les fondations de l'ancienne. La vieille cave tient le coup à la démolition comme une molaire entêtée qui ne se laisse pas arracher.

Tandis que le gros œuvre pousse au-dessus de la cave et que les premiers murs sont encore cachés derrière les échafaudages, on persuade mon père que le bâtiment prévu pour être de plain-pied devrait quand même être surélevé d'un étage, car après tout, sa famille s'agrandira encore et il faudra de la place pour les enfants. Mon père est d'accord et demande à chaque curieux qui vient voir le chantier si c'est une bonne chose. Il fait marcher la bétonneuse, transporte le mortier jusqu'au bâtiment dans une brouette, la *cariola*, et fait monter la lourde mixture dans des baquets en plastique à l'aide d'un treuil.

Une fois que les bruits de scie ont pris le relais du ruminement de la bétonneuse et que les sacs de ciment ont cédé la place, dans le hangar à bois, aux poutres, montants et planches, je sens que grand-mère lâche prise. Juste au moment où le bouquet de faîtage est fixé sur le chevron supérieur, elle décide qu'elle n'emménagera pas dans la nouvelle maison. À tous ceux qui voudront l'entendre elle dira qu'on l'a chassée de chez elle, menace-t-elle.

Quelques semaines avant l'emménagement, nous avons la visite du vieux marchand de tissus.

Grand-mère négocie les couvertures, les couettes, les traversins et les draps, sa contribution au nouveau foyer, dit-elle.

Quand le Tsigane livre la marchandise commandée, sa charrette est pleine jusqu'en haut de linge de lit. Il assure avoir choisi les plus belles pièces pour sa meilleure cliente.

Sa femme ne tient pas la cadence avec les cartes, car les ouvriers du chantier espèrent eux aussi avoir de bonnes perspectives d'avenir. L'entassement de couvertures et de draps, avec ses motifs fleuris blancs, bleus et vermillon, se montre fièrement sur le balcon de la maison aux anciens et leurs destinataires les admirent pendant des jours entiers.

On s'installe dans la nouvelle maison et on l'aménage.

Un soir, j'entends une dispute entre mon père et Michi, qui s'enquiert de l'avancée des travaux. Pour Michi, mon père aurait mieux fait de ne pas lésiner et d'installer un chauffage central, ce qui se fait désormais et prend moins de temps pour chauffer que les petits poêles, et en plus il trouve que c'est démodé, une maison sans l'eau chaude. Mon père est vexé, il n'a pas voulu s'endetter, affirme-t-il, et puis la maison a l'eau courante, ce qui n'était pas le cas autrefois, alors qu'un chauffage central, c'est un luxe dont il peut bien se passer. En faisant le tour de la maison, Michi trouve tout de même plusieurs choses qui lui plaisent, surtout la salle de bain et le nouveau four à pain, monté avec l'ancien carrelage.

Ma mère range dans le buffet de cuisine un service presque neuf qu'elle a eu en cadeau de mariage. Elle confectionne des rideaux et des nappes pour la grande pièce et les brode d'œillets rouges. Elle se dispute avec mon père à cause d'une armoire en bois qu'elle a commandée chez l'ébéniste pour y ranger ses livres, ses affaires de tricot et nos cahiers d'école. Grand-mère s'installe dans la maison aux anciens et moi dans ma chambre à moi, qui n'a pas de chauffage.

La nouvelle maison est construite sur des fondations à découvert. Le coteau dans lequel l'ancienne bâtisse semblait se nicher a été déblayé. Là où, autrefois, un chemin longeait l'arrière de la maison tellement près qu'on pouvait s'appuyer d'une main contre le mur, il y a un fossé. Comme une gueule vidée à laquelle on aurait arraché les mâchoires. Le nouveau bâtiment se dresse dans cette gueule à découvert et ne trouve pas le calme. Les murs mal isolés n'engrangent pas la chaleur. Les premières taches et traces de moisissure apparaissent bientôt dans la cage d'escalier. La vieille cave, à chaque fois qu'on y entre, réveille le souvenir d'autrefois. Au fil des saisons, elle dégage des odeurs bizarres qui essaient de s'introduire dans la construction placée sur elle. Mais les murs neufs renvoient tout à l'air libre, ils repoussent ce qu'ils ne savent pas garder. Des émanations odorantes flottent çà et là dans la cour, du moisi, arômes aigres des pommes, arômes douceâtres des patates.

Je suis contente de pouvoir retourner au château pendant les vacances. À Gradisch, je monte en sautillant les marches en bois conduisant au logement de service de mon oncle et je plonge dans les parfums mélangés et rassurants des combles. J'ai envie de jouer pendant des heures avec mes cousines ou de lire des bandes dessinées allongée sur le lit.

Les jours d'été révèlent leurs bords dorés et scintillants qui déteignent chaque jour davantage sur ma peau. Ils sont peints des couleurs du jardin fleuri de ma tante et mêlés à l'eau de l'étang du comte où nous nous baignons.

Un midi, il fait très chaud, Iris, l'aide-cuisinière du comte, va à l'étang avec moi et Johanna. Elle gardera un œil sur nous, décide-t-on, après tout elle est plus âgée que nous.

Nous étalons les serviettes sur le ponton et nous laissons glisser prudemment dans l'eau peu profonde. Iris fait grimper ma petite cousine sur son dos et traverse le lac à la nage avec elle. Johanna hurle et rit, mais elles ont bientôt traversé les endroits les plus profonds.

Iris dépose Johanna sur le ponton et propose de me prendre, moi, sur son dos. J'hésite, car je ne sais pas nager, je m'imagine finalement volant sur son dos et je glisse dans les eaux sombres. Soudain, au milieu de l'étang, Iris s'affaisse sous moi et s'agrippe à mes épaules. Aussitôt nous coulons, obstinément accrochées l'une à l'autre, et essayons plusieurs fois d'émerger. Iris me tient sous l'eau, mais sa pression se relâche et alors que je me hisse le long de son corps et appelle à l'aide, je n'entends plus un seul son qui sorte d'elle, pas un cri, pas un gémissement, je sens seulement quelque chose qui cède et je parviens à m'en détacher. D'un coup de pied, je m'éloigne et nage ou plutôt je me déplace d'une manière qui ressemble à une nage ; autour de moi, l'eau est une masse gélatineuse. J'ai les oreilles bouchées qui bourdonnent. L'idée de survivre me tenaille, Iris serait capable de me tuer, pensé-je, il faut que je nage jusqu'à sentir à nouveau le sol sous mes pieds et me redresser. Johanna rit. Je happe l'air, je me retourne et je vois Iris à la surface de l'eau, le corps recourbé. Je crie au secours et je cours jusqu'au château, j'appelle les ouvriers pour qu'ils viennent, ils accourent à l'étang et tirent Iris de l'eau. Le haut rayé de son bikini glisse de ses épaules et découvre une poitrine blanche, une bouillie claire lui coule de la bouche. Le déjeuner, dit quelqu'un qui essaie de la ranimer. Il place Iris sur le flanc. La bouillie est maintenant orange. Elle s'est noyée, dit quelqu'un. C'est moi qui l'ai tuée, me dis-je. La tante nous tire loin de là, moi et Johanna. Tout en m'éloignant, je me retourne et je vois Iris couchée sur le sol sableux, pâle, tellement blanche, tellement pâle. C'est moi qui l'ai tuée, pensé-je. Un médecin arrive aussitôt, il ne faut pas que j'en voie davantage.

Plus tard, la police vient aussi et veut m'interroger. Mais je ne parle pas allemand, me dis-je, je ne peux quand même pas dire que je l'ai tuée, alors je raconte une histoire, nous étions en train de jouer, tout à coup elle a coulé et j'ai pu me détacher, je ne sais pas trop comment. J'ai la fièvre, je me réveille la nuit en criant, je m'enfuis, chevauchant un étalon noir enflammé.

Les jours suivants, les regards qui se posent sur moi sont tristes et sans mots. Ils restent collés à la surface de mon corps, qui, comme une coque d'escargot, se détache de mon dedans blessé, comme si, de frayeur, la peau se rétractait sur l'inflammation qui est en dessous d'elle. J'ai pénétré dans le carquois de la mort, j'ai entendu le souffle de la mort, je me suis trouvée tout près de sa gueule. Un peu plus et la mort m'attrapait, moi, si je ne m'étais pas échappée vers la vie, dans cette vie d'à peine huit ans qui vient de prendre place en moi et ne voulait pas en être chassée comme une voleuse. Malgré ma stupeur, je me sens coupable d'avoir survécu.

Quand on me ramène à la maison, ma tante dit qu'il s'en est fallu d'un cheveu et on me perdait, j'ai failli me noyer, elle se fait mille reproches. Mais c'est affreux, dit ma mère, sans un mot de plus. Je m'écarte sans que les personnes présentes s'en aperçoivent et je me vois debout sur le seuil de la porte d'entrée, pleurant. Mais est-ce que je pleure vraiment ou est-ce que je pense seulement à pleurer ? La personne que j'épie ou que je suis ne pourrait pas expliquer à quel point elle est bouleversée. Grand-mère me passe un bras sur les épaules, dors avec moi aujourd'hui, dit-elle, aujourd'hui tu peux dormir avec moi ! Pendant la nuit, je me presse si fort contre elle qu'elle me rabroue dans son demi-sommeil. Je me cramponne à elle, on dirait que son corps osseux est étendu près de moi comme une île de vie, salvatrice.

Nous nous tenons devant l'entrée de l'ancienne cave, j'essaie de décrire comment le malheur est arrivé. Je raconte à grand-mère une histoire qui me semble étrangère et rebattue. La seule chose que je suis sûre de ressentir, c'est que la mort d'Iris me dépasse, c'est que je ne comprends pas et ne supporte pas notre accident et que j'ai peur de la police. J'ai cru qu'ils allaient m'enfermer, dis-je péniblement.

Grand-mère me prend la main. Je vais te montrer ce qu'on fait quand la police arrive, dit-elle. Il faut faire avec sa langue le signe de croix contre le palais. Tu dois le faire trois fois et répéter cela plusieurs fois de suite, tu vois, dit-elle, et, bouche ouverte, elle fait le signe de croix avec sa langue qui se déplace en oscillant contre son palais. C'est de cette manière inaudible et invisible qu'elle a prié le jour où elle a été emmenée par la police et a dû dire adieu à son fils aîné et à son neveu qui se trouvaient à la maison à ce moment-là. Je faisais le signe de croix avec la langue et, du pied, je dessinais des croix dans le sol, dit grand-mère. Il fallait prier pour rentrer au pays et invoquer toutes les puissances de nous laisser revenir chez nous. Il y en a beaucoup parmi les voisins arrêtés avec moi ce 12 octobre 43 qui ont trouvé la mort, Marija Mozgan, Bricl, la servante chez Mozgan, Luka Čemer, Miha Kožel, Poldi Topičnik, les hommes de la famille Kach, Jurij, Hanzi et Franz, les femmes de la famille Kach, Marija et Ana, tous ont péri dans les camps. Les seuls à être rentrés, ce sont la fille Mozgan, Amalija, les petits Čemer, Johi et Katrca, le Tschik et les petits Auprich, Erni et Franz, Paula Maloveršnik et elle. Eux seuls restaient de la procession qui avait été emmenée ce jour-là en direction d'Eisenkappel. Et au camp aussi, chaque fois qu'il y avait l'appel, je priais en silence, dit grand-mère. Une fois, pendant le premier hiver, à Noël, elles étaient restées debout jusque tard dans la nuit, il neigeait, les femmes devaient tenir bon dans leurs blouses en tissu fin. Une femme manquait, on ne savait pas si elle était morte ou si elle s'était évadée. Elles avaient dû rester debout jusqu'à ce que le compte des détenues tombe juste. Les femmes restaient couvertes de neige. Nous étions tellement froides que la neige ne fondait plus et s'amoncelait sur nos blouses fines, dit grand-mère. Jusque tard dans la nuit, elle avait répété ses formules de prières en faisant le signe de croix avec sa langue pour ne pas s'effondrer. Elle avait été sauvée, oui, et est-ce que c'était pour ça qu'elle aimait la vie, ça, elle ne savait pas.

Je commence lentement à sortir de ma torpeur, et je me dis qu'il existe un malheur bien plus grand que le mien. Je devrais m'en remettre à grand-mère, qui est familière de la mort, car une fois qu'on a flairé la mort, on la repère quand elle n'est pas loin, on peut la chasser, l'éloigner dès qu'on commence à la percevoir. Je ne suis pas calmée, seulement mise en garde et dispersée, renversée comme l'eau d'un verre qu'on ne peut plus reconduire dans le récipient et qui se modifie aux endroits où elle s'écoule et s'évapore.

Peu à peu, l'été reprend ses couleurs, elles se balancent sur les arbres à la lumière du soleil, elles s'exhalent des prairies réchauffées sur lesquelles nous allons. Nos journées sont réglées par la fenaison et j'enfouis ma terreur dans un recoin éloigné de ma conscience. De temps en temps, malgré la chaleur, une ombre glacée me traverse à toute vitesse et m'enserre dans ses ténèbres.

Oncle Jozi amène deux chevreaux à notre ferme pour l'été. Il m'incombe de les garder, car, sans surveillance, les chevreaux s'éloigneraient aussitôt de la ferme ou s'égareraient. Un jour que je pleure, ces bêtes joueuses découvrent dans mes larmes un liquide aromatique et les lèchent de leurs petites langues rugueuses. Je ne peux m'empêcher de rire et, par la suite, j'emporte au pâturage des feuilles de salade pour attirer les chevreaux vers moi. Je laisse les bêtes farfouiller sur mon visage et leurs langues me nettoyer le nez et les oreilles. Ça chatouille et chasse les idées noires. Leurs corps souples et clairs apaisent les bouts de mes doigts qui caressent inlassablement leur fin pelage pour absorber un peu de leur blancheur.

Avant la rentrée des classes, ma mère m'envoie au bord de la mer avec un groupe de petits paysans. Elle dit que je dois apprendre à nager et reprendre des forces. Elle me prépare les vêtements nécessaires, brode sur chacun mes initiales et me conduit au siège de l'assurance paysanne à Klagenfurt où les autres enfants attendent déjà avec leurs parents le car qui nous conduira à Bibione. Dans le car, on nous met autour du cou un panneau orange avec notre nom et on nous donne un goûter plantureux pour que l'adieu aux parents ne soit pas trop douloureux.

À Bibione, je lutte contre une angoisse sournoise qui me paralyse dès que je me mets dans l'eau pour apprendre à nager. La moindre vaguelette qui effleure mon visage, la moindre gorgée d'eau salée qui s'écoule au fond de ma gorge me plonge dans le désespoir. À cause de mes yeux qui brûlent dans l'eau, j'ai peur de ne plus jamais retrouver la vue, et à chaque fois que je plonge sous l'eau, je ressors comme un poisson blessé qui repousse la mort. Ma peur de la noyade obscurcit ces jours baignés de soleil. Les couleurs de la vaste plage de sable et de la mer gris-bleu n'ont pas le pouvoir de rejeter à l'arrière-plan les reflets funestes de l'étang aux poissons chez le comte.

Et puis, un jour, je prends mon courage à deux mains et je nage dans l'eau peu profonde. Mes bras et mes jambes se meuvent comme s'ils se réveillaient d'une rigidité mortelle, paniqués tout d'abord, mais bientôt plus confiants et plus souples. Je me dis que la vie a trouvé de nouvelles perspectives tant que j'ai la certitude de sentir le sol sous mes pieds.

Je me lie d'amitié avec une fillette et, le dernier jour des vacances, alors que nous allons nous promener sur la plage, je dis qu'il me faut dire adieu à la mer que je vois sans doute pour la dernière fois. Je ne puis lui confier que j'ai commencé à m'exercer à porter sur les choses un regard ultime, l'océan d'étoiles scintillantes au firmament nocturne ou les fauteuils-cabine de plage et les chaises longues, mon père à la maison, agenouillé et réparant une tronçonneuse, ma mère qui revient du jardin tenant en l'air une botte de carottes, le lézard irrité qui se colore en vert quand je l'agace avec une baguette pour passer le temps tandis que je garde les vaches. Ma copine me jette des regards surpris et je ne peux pas lui expliquer pourquoi il m'arrive de croire que la vie n'a pas d'avenir pour moi.

Deux décennies plus tard, ma tante, un jour que je nagerai dans l'étang du comte, me racontera qu'Iris était atteinte d'épilepsie et avait eu une crise dans l'eau. Je lui demanderai pourquoi elle a attendu si longtemps pour me le dire. Parce qu'il fallait que ce soit dit une fois pour toutes, expliquera Vera qui, à chaque fois qu'elle avait glissé dans cette eau, n'avait pu s'empêcher de penser à l'accident. Je m'écrierai alors que si je l'avais su, j'aurais plus facilement supporté d'avoir survécu, quand j'étais enfant, que je n'aurais pas été prise d'angoisse à chaque fois que je descendais dans un bassin. Je n'aurais pas flotté des nuits entières dans des eaux sombres, loin de tout, invisible, minuscule cadavre parlant et vivant parmi les humains qui se heurtent à lui.

Le bosquet derrière notre maison, que je dois traverser pour aller regarder la télévision chez Michi et sa famille, est envahi par les végétaux. Je croyais bien le connaître. Je suis passée par là d'innombrables fois, je pourrais le faire les yeux fermés. Désormais je dois rassembler mon courage pour y pénétrer. Autrefois, je croyais pouvoir sentir l'odeur du moindre bout de chemin, de la moindre clairière, de la taille des arbres, tantôt hauts, tantôt bas, percevoir les yeux fermés la succession de noisetiers, framboisiers et petits saules, deviner quand les cimes des sapins dégageaient le ciel au-dessus de moi ou le cachaient. Ce bosquet n'est plus familier. Il a rejoint la grande forêt, il s'est changé en une mer verte toute d'aiguilles piquantes et d'écailles aux arêtes tranchantes, au sous-bois ondoyant et touffu, aux écorces rugueuses. Il suffit que je regarde par la fenêtre de ma chambre pour que la forêt s'impose à mes yeux ou qu'elle guette, de sa surface striée et dentelée, par-delà la prairie. Le jour viendra, je le crains, où elle débordera, quittera les lisières, inondera nos pensées, de même qu'elle me semble déjà occuper les pensées des hommes qui travaillent avec mon père ou qui viennent chez nous pour partir chasser avec lui.

Aller en forêt, dans notre langue, cela ne veut pas seulement dire abattre des arbres, chasser ou ramasser des champignons. Cela signifie aussi, comme on l'entend souvent raconter, se cacher, fuir, tendre un piège. Dormir en forêt, y faire la cuisine, y manger, ce n'était pas réservé aux temps de paix, pendant la guerre aussi des hommes et des femmes étaient allés en forêt. Pas dans leur forêt à eux, non, elle eût été trop clairsemée, trop petite, trop limitée. C'est pour les grandes forêts qu'ils partaient. Tant de gens avaient cherché refuge dans les forêts, cet enfer où l'on chassait le gibier et où on les chassait comme du gibier.

Les récits tournent autour de la forêt comme la forêt tourne autour de notre ferme.

Elle recèle les lieux où l'on chasse, ceux où l'on mange, les coins à baies et les coins à champignons qu'on ne dévoile pas. Plus secrets encore sont ces endroits secrets entre tous auxquels aucun chemin ni raidillon ne mène et qu'on découvre au gré des sentiers de chasse et du lit des ruisseaux, les lieux de cache et de survie, les abris où, dit-on, les nôtres se tenaient dissimulés.

Cette année, une tempête cause de gros dégâts sur les versants boisés du comte. La grosse tempête ouvre une large coulée de destruction dans laquelle les arbres sont pliés, cassés, au sol, déracinés. Les ouvriers forestiers de tous les domaines du comte sont appelés pour faire disparaître les dégâts causés par le vent. Pendant des semaines, la combe n'est que hurlement de scies, coups sourds de haches, craquements de troncs.

Le week-end, les bûcherons se rassemblent dans notre ferme pour affûter et réparer leurs outils. Leurs pantalons sont parsemés de taches de résine qui brillent comme de minuscules marécages. En cercles concentriques depuis le milieu des marécages, des petits points sales s'étendent et pénètrent dans le tissu comme des ombres de nuages noirs. Les chemises des bûcherons sont trempées de sueur, les pull-overs et vestes posés sur leurs épaules ont les manches et les bords qui s'éliment.

Assis sur un banc, mon père répare la scie qu'il surnomme l'Américaine. Il martèle la lame à petits coups, elle se balance en cadence et fredonne.

Tu la fais danser, cette scie, dit Michi. Il suffit que je te la mette entre les mains pour qu'elle soit de bonne humeur. Oncle Jozi raconte à ses collègues qu'il voudrait faire de la radio et qu'il a même déjà fait une demande de magnétophone auprès de la section slovène de la Radiodiffusion autrichienne, il parlera avec les gens et enregistrera les entretiens. Et si ses collègues n'ont rien contre, il ferait bien une histoire sur eux, les bûcherons du comte Thurn.

Vous n'êtes plus des bûcherons, dit mon père, ça fait belle lurette que vous avez dit adieu à la forêt.

Il faut bien gagner sa vie, répond Michi, on ne peut pas aller en forêt tous les jours comme si c'était la seule chose au monde, comme s'il n'y avait pas d'autre possibilité de gagner de l'argent. Lui, il avait rejoint les socialistes. On lui avait promis de le caser ailleurs.

Tu veux faire de la politique, dit mon père, mais tu ne seras jamais maire, ils ne te laisseront pas devenir maire, toi, un Slovène, jamais !

Tu ne peux pas comprendre, dit Michi.

Je comprends ce que je comprends, répond mon père.

Cette semaine, raconte-t-il, il a traversé la frontière verte depuis la crête de Mozgan où il est en train d'abattre des arbres pour le compte des fermiers et il est allé du côté slovène boire une bière chez Kumer. Les femmes n'étaient pas peu étonnées qu'il ait osé franchir la frontière. On lui avait demandé des nouvelles des gens de Lepena et on l'avait chargé de donner le bonjour à tous ceux qu'on connaissait. Merci, merci, disent les bûcherons avant de reprendre à pied le chemin du retour. Seul Jozi enfourche une moto, avant de s'éloigner avec un salut de la main.

Au fait, elle est où, la frontière, demandé-je à mon père.

Là-haut, dit-il en montrant la crête semi-circulaire qui ferme la vallée.

Je voudrais bien aller travailler là-bas avec toi, dis-je.

Mon père est si surpris par ma demande qu'il me promet de m'emmener dès le lendemain dans la coupe, où il doit monter de toute façon pour emporter du matériel.

Au petit matin, sa moto est devant l'étable, une Puch à réservoir foncé et brillant comme le dos d'un dauphin. Mon père fixe sur le porte-bagages le sac à dos rempli d'outils et un jerricane d'essence. Je m'assieds sur le siège arrière et place avec précaution mes bras à mi-hauteur autour de son buste. Il me dit de me presser fort contre lui pour ne pas tomber pendant le trajet. Tu bouges, tiens-toi bien, sinon on va déraper, me lance-t-il au premier virage. Au début, j'ai peur quand mon père freine et prend un virage, puis, dans les lignes droites, je me laisse griser par ses accélérations.

Il gare la moto derrière la ferme Mozgan, coince quelques crochets en fer dans sa ceinture et met son sac sur le dos. Nous nous mettons en route lentement. L'essence glougloute dans le jerricane. Quand la pente est raide, dit mon père, il faut marcher comme si on se promenait, sinon on s'essouffle. Puis il presse le pas. Je reste en arrière et, sur les portions de chemin à plat, je prends mon élan pour le rattraper. Tu étais ici pendant la guerre, lui demandé-je.

Oui, là-bas, plus haut, nous avions un abri. Ton grand-père dirigeait le poste des messagers. Moi je faisais la cuisine. C'était très dangereux.

Tu avais peur, demandé-je.

Sûrement que oui, j'étais un enfant, j'avais à peine quelques années de plus que toi.

Nous entendons derrière nous une bête effarouchée qui s'enfuit.

Elle nous a sentis, dit mon père.

Sous la ligne de crête de la forêt, entre de majestueux épicéas dont les branches fournies tombent presque au sol, apparaît une cabane. Elle est totalement recouverte d'écorce clouée par couches sur une armature en bois. C'est là que nous dormions à l'époque, dit mon père, quand nous abattions des arbres. Il ouvre le cadenas et range outils et jerricane à côté des lits de camp inutilisés.

Je dois encore aller à la coupe, dit-il, et après, nous pourrons passer la frontière.

Son lieu de travail, délimité par des tas de bois, produit une impression d'ordre. Des troncs écorcés ou non sont rangés à terre, avec des moignons de branche ou déjà nettoyés, comme dit mon père, et le sol est parsemé de petits tas de copeaux parfumés où des bêtes ont fouillé. Les troncs ont des bords en biais, leurs sections luisent comme des assiettes en bois fraîchement taillées.

Debout au milieu de la clairière, mon père parcourt la parcelle du regard, puis il rassemble les coins éparpillés et les recouvre avec des branches. Maintenant je boirais bien une bière, dit-il en montrant la direction de la frontière.

À mon grand étonnement, la frontière de l'État passe tout près de la parcelle. Du haut de la crête de la forêt, j'aperçois toute la partie yougoslave du versant boisé qui, à ma surprise, ressemble à la partie autrichienne et se révèle prolonger le paysage familier. Pour sauter par-dessus la frontière, mon père prend appui sur un pieu de clôture. Moi, il me fait ramper sous les fils barbelés en relevant celui du bas pour que je ne m'accroche pas aux pointes.

Tout d'un coup, le voici à nouveau qui se presse. Il descend à grands pas une partie clairsemée de la forêt. J'ai peine à le suivre. Les fougères me fouettent le visage. Quand j'arrive en bas de la forêt, il m'attend. Assis dans l'herbe, il regarde en contrebas une vallée qu'on dirait complètement disparue dans un creux.

Là, derrière la Raduha, dit-il en désignant la croupe d'une montagne, j'y suis allé à l'école pendant la guerre. Pas longtemps. Probablement pas plus de deux semaines. C'est là que j'allais à l'école, à Luče. Son frère et lui, ils étaient dans le groupe des messagers, dans une ferme. Après avoir fui de chez eux, ils n'avaient pu rester que deux semaines dans l'abri avec leur père. Ensuite, on les avait emmenés dans la vallée de la Savinja parce que cette zone avait été libérée. En janvier, comme les Allemands attaquaient la vallée, il avait fallu abandonner le poste de commandement. Les tirs des Allemands à travers les champs étaient si fournis que la terre éclaboussait. Lui et les messagers, ils avaient enfoui des machines à écrire dans le sol. Ils avaient creusé un trou, y avaient jeté un peu de paille et empilé les machines à écrire. Puis à nouveau de la paille, puis de la terre, de l'herbe et de la neige, jusqu'à ce qu'on ne voie plus rien. L'après-midi, ils s'étaient mis en route et avaient marché toute la nuit. Le lendemain, les Allemands ont continué à nous traquer, dit mon père. J'avais de la neige jusqu'aux hanches. L'un des commandants pensait que je n'y arriverais jamais.

Il crache vigoureusement comme s'il devait se soulager après ce récit.

Arrivés chez Kumer, nous sommes accueillis par deux femmes qui connaissent son nom. Zdravko, s'écrient-elles, Zdravko, quel plaisir que tu reviennes nous voir ! Elles servent une bière à mon père et à moi une tartine de pâté de foie.

Sur le chemin du retour, mon père me regarde en souriant, l'air absent. Je m'imagine comme ce serait bien que mon père me mette dans la confidence, me redise l'histoire qu'il m'a racontée puis me demande de lui raconter mes aventures à moi et que je puisse alors lui confier qu'on me fait du chantage sur le chemin de l'école et que je rêve de le voir attraper mes petites camarades de classe et exiger d'elles qu'elles cessent leurs menaces sur-le-champ. Espérant pouvoir compter sur mon père, je lui fais une promesse silencieuse que je ne comprends pas moi-même, je lui accorde de l'accompagner sur ses chemins du retour et chemins de l'école, sur les chemins qui mènent peut-être dans ce paysage ou dans son souvenir. Tandis que nous montons à travers la forêt, je me demande si je dois demeurer dans mon corps d'enfant ou grandir bien au-delà de ma taille mais, ce jour-là, je reste engoncée dans ma jupe courte, mon collant en coton et mes bottes en caoutchouc.

Quand, juste en dessous de la frontière, nous entrons sur le chemin des douaniers, je scrute le sol ramolli où se sont formées des flaques pour y trouver des traces de pas. Mon père dit qu'aujourd'hui dimanche, c'est peut-être jour de congé pour les douaniers, et cette idée le fait rire.

Nous atteignons le côté autrichien sans avoir été repérés et mon père, voyant que je marche bien, me demande si j'aimerais participer à une battue. Je dis que oui et décide de surmonter ma crainte de la forêt. À un endroit sur la route de Mozgan, la forêt livre une vue dégagée sur des fermes disséminées dans la vallée. Nous nous arrêtons et observons depuis les fourrés verts. Comme deux poissons dans les varechs, me dis-je. J'ai vu ces joyeux poissons à la télévision et je nous imagine, mon père et moi, regardant, les yeux écarquillés, depuis l'entrelacs du sous-bois avant d'y disparaître à nouveau en soulevant un petit nuage de sable qui se redépose lentement dans l'eau troublée. Une mer de fétus, pensé-je, nous allons bientôt atteindre la rive.

Je suis contente de remonter sur la moto derrière mon père. J'applique les mains autour de sa taille et je me presse contre son dos. En fin d'après-midi, nous descendons la route sinueuse de la Koprivna. Le soleil se maintient à notre hauteur. Arrivé à un ample virage, mon père s'arrête et fume une cigarette. Ici, autrefois, il y avait une clôture, dit-il en lâchant la fumée.

Avant que nous n'atteignions le fond de la vallée, il franchit un pont de bois pour aller jusqu'à une maison délabrée qui se cache parmi des quetschiers et des pommiers. Nous descendons de la moto, Jaki, le bûcheron collègue de mon père, est devant la porte d'entrée, appuyé sur une faux. L'herbe fauchée forme des vagues au sol tout autour de la maison.

Je me suis attaqué aux orties, dit Jaki. Vous avez été sur la parcelle ? Mon père fait signe que oui.

Si on ne fauche pas régulièrement, on ne peut plus passer, dit Jaki. Il ajoute qu'il est déjà monté aujourd'hui chez Blajs, où l'herbe devient envahissante.

Mon père lève les yeux vers un domaine isolé qui est encore au soleil.

Dommage que personne n'ait repris cette ferme, dit-il. Qui aurait pensé qu'on en arriverait là.

Au fait, il y en a eu combien, des frères qui sont mort au camp, demande Jaki.

Les trois aînés, Jakob, Johi et Lipi, dit mon père. Les cendres de Lipi sont revenues de Natzweiler, les autres sont morts à Dachau.

J'entends le nom sonore de Dachau, que je connais déjà, tandis que Natzweiler, nouveau pour moi, est aussitôt oublié.

Son oncle aussi est tombé là-haut, interrompt Jaki. Il venait de déserter, dit-il en s'adressant à moi parce qu'il a senti mon regard, il avait été blessé dès le premier combat contre les Allemands. Il avait traversé la prairie en se traînant jusque chez Jekl et s'était affalé en contrebas de la route, derrière un buisson, tout en sang. La patrouille allemande était passée là sans le voir. Mais le dernier de la patrouille avait fini par le voir quand même et l'avait achevé d'une balle. Les gens de Jekl avaient dû l'enterrer là, près de la route.

Je sais, dit mon père, je connais l'endroit.

Les morts laissent leur fraîcheur en ce lieu d'où le soleil s'est retiré. Je me demande si le froid qui me fait frissonner est dû aussi au soir et à la forêt qui s'avance jusqu'aux maisons. La lumière monte vite vers le ciel. Mon père demeure immobile. Je lui dis qu'il faut quand même bien rentrer chez nous.

Oui, oui, dit-il, mais que j'arrête donc de *tschentscher*, de geindre comme ma mère. Il ne se décide pas à enfourcher sa moto avant que Jaki ait amené la sienne de derrière la maison. Tous trois, nous descendons alors la route couverte de gravillons, mais à la bifurcation où nous devrions prendre à gauche, mon père tourne à droite et s'arrête sur le bord de la chaussée.

Tu peux rentrer à pied, si tu veux, dit-il. Lui, il va encore boire une bière.

Je prends le raccourci par le pré de l'auberge où des vaches indolentes et repues battent l'air avec leur queue. Empruntant deux troncs d'arbre placés en travers du ruisseau de Lepena, je le franchis à petits pas puis je grimpe un talus derrière lequel j'entends alors grogner les cochons de chez nous.

La forêt ne peut plus protéger sa solitude, depuis que des hommes ont cherché refuge en elle, depuis qu'elle a perdu le contrôle de ses dédales, depuis que bûcherons et chasseurs la parcourent à la recherche de proies, depuis qu'elle a été déclarée repaire de bandes constituées.

On dit qu'à la manière dont quelqu'un allait dans la forêt ou en ressortait, on savait tout de lui. Avait-il un fusil, une étoile rouge sur son béret, portait-il deux pantalons et deux manteaux l'un sur l'autre pour ne pas avoir froid, arrivait-il chemise ouverte, le pantalon déchiré et maculé de résine, transportait-il un chevreuil mort dans sa besace, ou bien du lard pour les Cadres Verts qui se trouvaient là-haut, sous les sapins du sommet* ? Portait-il un panier de champignons,

---

* "Grüne Kader" : il s'agissait à l'origine de déserteurs de l'armée austro-hongroise durant la Première Guerre mondiale qui se cachaient dans les forêts. Chez les Slovènes de Carinthie, sous la période nazie, on désigne ainsi des groupes qui finirent par rejoindre les partisans résistant au régime. Voir la postface. (*Toutes les notes sont du traducteur.*)

un pot de baies rouges ou bien des messages dans ses poches ? Avait-il une chemise propre, sentait-il la résine et l'écorce, ou bien une odeur rance et sale, de terre et de sueur d'angoisse, de sang et de croûtes ?

Les amis de chasse de mon père portent des pantalons repassés et des vestes de la couleur des arbres, ils ont l'odeur de mousse dans les cheveux et les brisées à leur chapeau. De leurs besaces émergent les têtes pendantes du gibier à sabot, on s'est adressé à lui en lui tirant dessus, ce gibier plaisait, pour cette raison il a été abattu. De leur mufle gouttent le sang et la sueur, la rosée du dernier souffle pris par les bêtes. Sur leur tête tendre, leurs yeux sombres mettront encore longtemps à se fermer, les os de leur crâne, dégagés des poils et de la peau, bouillonneront encore longuement dans l'eau oxygénée jusqu'à ce qu'on ressorte des baquets les trophées blanchis.

La chasse fait partie du mythe familial, chaque jour de chasse est un jour de fête, il en a toujours été ainsi, dit mon père. Il a encore l'habitude d'aller à l'aube chasser à l'affût, de graisser fusils et carabines, de nettoyer ses jumelles, de compter les cartouches. À la cuisine, la viande de gibier continue d'être préparée et mijotée, les soupes de chamois éveillent nos appétits. Ses amis chasseurs continuent d'aller et venir chez nous et de raconter leurs histoires. Il attend toujours impatiemment la battue annuelle, la braccata. Comme je suis bonne marcheuse, il veut m'y emmener.

Le jour venu, on discute au petit matin du déroulement de la battue, les chasseurs ont droit à une infusion brûlante et à des beignets. On se répartit les terrains, on forme les groupes. Moi, je dois aller avec le vieux Pop, que je connais bien. Il est le plus âgé de la compagnie et il est, paraît-il, celui qui a la plus mauvaise vue. Un jour, raconte-t-on, on les avait mis à l'épreuve, lui et sa vue, on avait fourré un chat domestique dans une peau de lièvre, on en avait bien recouvert le chat et on la lui avait fixée sur le corps avec de la ficelle. Furieux, sortant ses griffes, le chat s'était réfugié sur l'arbre le plus proche et Pop n'en avait pas cru ses yeux, c'était la première fois, il pouvait le jurer, qu'il voyait un lièvre grimper dans un arbre.

Grand-mère me prend à l'écart. Elle a entendu dire que la chasse devrait se terminer chez Gregorič. Elle me dit de saluer de sa part la vieille Gregorička. C'est elle qui m'a sortie du camp quand le camp a été libéré et que j'étais trop faible pour marcher, me raconte grand-mère. Pendant trois jours, elle m'a portée, soutenue, poussée dans une brouette, la Gregorička, en attendant que les SS soient partis. La Gregorička était devenue folle à Auschwitz, avant même son transfert à Ravensbrück, à partir de ce moment elle s'était mise à lancer des imprécations, c'était le diable qui l'avait mise dans un camp, c'était lui aussi qui devrait l'en sortir. Dans sa jeunesse, c'était une femme vigoureuse capable de rivaliser avec n'importe quel homme, raconte ma grand-mère. J'acquiesce et je dis que je transmettrai son bonjour.

Pop me tient par la main pendant que nous marchons jusqu'à notre section de forêt en frappant les arbres et arbustes avec des bâtons. Les chasseurs ont mis leur fusil sur l'épaule et nous ont précédés. Les chiens rabattent les lièvres et les renards dans leur direction, on n'entend que quelques coups de feu isolés, nous ne voyons pas beaucoup d'animaux en fuite passer près de nous.

Le tableau de chasse de l'après-midi, devant la ferme Gregorič, dure autant qu'une veillée mortuaire et l'eau-de-vie est vite bue. On nous invite à entrer dans la salle, un goulasch nous attend, pour couronner la battue, comme on dit. La vieille Gregorička est assise sur le banc près de la table. Je m'approche d'elle pour lui transmettre les salutations de ma grand-mère et je lui tends la main. La sienne est froide et humide. Elle sent l'urine. La Gregorička ne comprend pas qui lui donne le bonjour et me regarde avec des yeux vides. Sveršina tente d'intervenir. La vieille femme imposante fait oui de la tête et balance son corps massif tandis que nous mangeons. Je l'observe de côté et je ne peux m'empêcher de penser à ma grand-mère en me disant que c'est donc elle, cette Gregorička qui était jadis capable de lancer des hommes en l'air et qui avait sorti du camp ma grand-mère épuisée.

Un chasseur raconte que son voisin, qui vient de mourir et qui était avec les partisans pendant la guerre, lui a raconté un jour que pendant un tour de garde, et pas alors qu'il était sur un mirador, il avait aperçu un cerf blanc et que tout d'un coup il avait eu l'intuition que son abri occupé par les partisans était sur le point d'être trahi. Il avait averti les combattants, mais ceux-ci n'avaient pas voulu l'écouter. Et le lendemain, en effet, l'abri avait été pris d'assaut par la police. C'était un signe, il faut prêter attention aux signes, dit le chasseur. Pour Sveršina, c'est absurde, de l'intuition, mais quelle intuition, tonne-t-il. La peur de tomber aux mains de la Gestapo n'avait rien de surnaturel. Une fois qu'il avait eu conduit Kori chez les partisans, il ne s'était pas passé beaucoup de temps avant que la police se présente à la ferme Brečk. Quelqu'un avait dû en avoir eu vent, ça suffisait pour décider de son sort, en route pour Mauthausen !

Mon père demande si les chasseurs se rappellent encore qui était à l'époque le meilleur tireur de Lepena, ben, dit-il, ben vous voyez, vous ne savez pas, eh ben c'était la vieille fermière de Mozgan, dit-il après un temps, comme s'il sortait son atout. Elle avait une main légendaire pour braconner et elle en avait abattu, des chevreuils, et des beaux. Qu'en dites-vous, demande mon père, qu'avez-vous à répondre, vous et les misérables lièvres que vous avez tués, vous pouvez toujours rêver de viser aussi bien que la fermière de Mozgan. Pendant qu'elle était à l'affût, elle tricotait, et une fois qu'une bête s'était mise à herbeiller, elle, sans ciller, elle levait son fusil et pan !, c'était fini. Mais elle n'a pas survécu à Ravensbrück, lance Sveršina à la ronde, comme un joker, ça l'a achevée, oui, ça, ça l'a achevée.

Le soir tombe quand les chasseurs se remettent en route et je m'aperçois que mon père a beaucoup bu. Il a les jambes qui flageolent et se plaint de la route à faire pour rentrer à la maison. On me met une lampe de poche dans la main et on me dit de partir en ajoutant que je dois faire bien attention à mon père.

Je marche devant en essayant d'éclairer le chemin pour mon père et pour moi. Il me raconte qu'il l'a déjà souvent parcouru seul, ce chemin, et qu'il le connaît bien.

La forêt commence à se gorger d'obscurité. De toutes parts tombe sur nous un silence attentif qui semble guetter chacun de nos pas. Je me demande comment faire pour que mon père n'arrête pas de parler et que l'absence de bruit ne prenne pas le dessus. Quand nous sortons de la forêt et faisons halte derrière la ferme Auprich, je demande comment s'appelle la ferme qu'on aperçoit plus haut, dont la silhouette se détache sous le sommet arrondi de la colline boisée. C'est la ferme Hojnik, dit mon père, là aussi, la police nazie a fait des ravages. La famille devait être emmenée, mais le vieux Hojnik avait refusé de quitter sa ferme. Et il avait été tué séance tenante. Son fils et sa bru avaient été abattus, on avait porté les morts dans la chaumière de Hojnik et on y avait mis le feu. La voix de mon père se brise soudain. Il parle d'un filet de voix. Cela me contrarie.

Une brise se lève. Dès que nous sommes rentrés dans la forêt, les arbres commencent à gémir. Le bruissement du feuillage est imperceptiblement mêlé à des voix et des cris. Je demande à mon père de me donner la main. Il rit et fait un grand pas en avant pour me prendre la main. Au même instant, il perd l'équilibre et glisse de tout son long sur la pente raide avant d'être arrêté par un buisson. La lampe de poche qu'il a entraînée en voulant me saisir la main n'éclaire plus. C'est à peine si je le vois dans l'obscurité, je l'entends pousser des jurons tout en bas. Bon Dieu, mais bon Dieu, comment je vais faire pour me sortir de là, se lamente-t-il. Le croyant blessé, je m'apprête à glisser vers le bas pour le rejoindre. Reste là-haut, crie-t-il, reste là-haut, je vais bien me débrouiller tout seul. Il se met à remonter la pente à quatre pattes. La lampe est foutue, comment est-ce qu'on peut distinguer quelque chose dans une obscurité pareille, peste mon père en plaquant ses chaussures de montagne sur le sol pour s'assurer un appui. Le voilà maintenant qui n'est plus très loin de moi, il me dit, maintenant, tu peux me hisser, et je tire de toutes mes forces. Mon père se retrouve debout près de moi. Je souffle un peu, dit-il, et on repart. Il s'assied sur le sol de la forêt et s'endort, me semble-t-il, en une seconde. Accroupie près de lui, je sens les sanglots monter. La forêt et l'obscurité lancent tous leurs spectres sur moi, qui me tiraillent et me déchirent. Je lève la tête et j'essaie de voir la lune, qui reste cachée cette nuit-là. Une boule noire semble descendre du ciel vers moi. J'ai peur de l'avoir attirée par mes pleurs et je ferme les yeux. L'obscurité s'empare de moi et s'écoule, enivrante, dans ma poitrine.

Mon père est allongé près de moi, comme étourdi. Une éternité passe avant qu'il ouvre les yeux et me dise, tu sais, quand on a peur dans la forêt, il faut chanter des chants de partisans. C'est ce qu'il a fait souvent et ça a toujours marché, il me demande si j'en connais. Je dis que non. Bon, alors je vais chanter, moi, dit-il. Et mon père de chanter ce que sa voix lui permet, des chants guerriers de partisans, mais il ne se rappelle que quelques strophes qu'il répète sur tout le chemin du retour.

Ma mère nous attend à la cuisine, furieuse et inquiète. Je ne veux pas lui faire peur et ne lui raconte rien de nos mésaventures. Je crains que la mort ne se soit nichée en moi comme un petit bouton noir, un lichen dont la dentelle recouvre invisiblement ma peau.

La guerre est un sournois pêcheur d'hommes. Elle a jeté son filet vers les adultes et les retient captifs avec ses débris de mort, son bric-à-brac de mémoire. Une seule petite imprudence, une brève baisse d'attention et elle resserre son filet, elle tient déjà mon père qui avale l'hameçon du souvenir, mon père qui court déjà pour sauver sa vie, il essaie déjà d'échapper à la toute-puissance de la guerre. Elle surgit inopinément dans les phrases dites à la va-vite, tapie dans l'obscurité elle attaque. Elle fait trembler ceux qu'elle a pris dans son filet et se dissimule pendant des mois, préparant un nouvel assaut sitôt qu'elle se sera fait oublier. S'il lui arrive d'être affaiblie, on l'invite même chez soi, on est tout sourire pour ses armures en croyant ainsi gagner ses faveurs, on met le couvert pour elle, on lui prépare un lit.

Ton père était le benjamin des partisans, dit Peter, son cousin, un jour que, assis dans le séjour, nous fêtons l'anniversaire de grand-mère. Est-ce qu'il s'en souvenait, qu'il avait été le benjamin des partisans, tu avais à peine douze ans. Oui, dit mon père, mais il aimerait mieux tout oublier. Il lui arrive de se réveiller subitement la nuit sans savoir où il se trouve. Dans ces rêves je cours à toutes jambes pour avoir la vie sauve comme je courais à l'époque sur le Velika planina, dit mon père.

Madonna, disent les autres, quelle vie de chien !

Le jour où les vivres sont venus à manquer et où le commando est arrivé, alors là on a filé, on a descendu la montagne et on est passé à travers les Allemands, sans réfléchir, quelle histoire, raconte mon père. À deux heures du matin ils avaient descendu en glissade le versant de la montagne dans la neige profonde, dans une coulée qui servait autrefois à envoyer les troncs d'arbre vers la vallée. Les Allemands étaient postés à Kamnik et avaient braqué leurs projecteurs vers le haut, il faisait tellement clair qu'on distinguait le moindre mouvement. Dans la vallée, on tirait tellement qu'on ne voyait plus que des traits bleus et rouges. Il pleuvait des branches et des feuilles, un partisan était tombé par terre et criait, au secours, au secours, mais mon père, lui, avait couru comme s'il avait le diable à ses trousses, dit-il. Dans leur fuite ils n'avaient pas pu rester tous ensemble, lui et deux autres partisans avaient couru sur une route et s'étaient retrouvés face à la mitraillette d'un Allemand. Ça y est, je suis mort, avait-il pensé, maintenant on va m'abattre, mais l'Allemand lui avait fait comprendre qu'il fallait vite disparaître, il lui avait fait signe de passer. Vite, ouste, avait-il dit. Celui-là, c'était un bon, dit mon père, un bon, il ne l'oublierait jamais. Son petit groupe avait atteint le fleuve et le commandant avait crié : Il faut traverser l'eau, impossible de passer le pont ! Le premier à se mettre à l'eau avait disparu aussitôt, emporté à la dérive comme un fétu. Ils s'étaient cramponnés l'un à l'autre et avaient traversé. Son frère et lui étaient pris dans un courant énorme, et ça en plein mois de janvier. À la guerre, l'homme est comme un lapin traqué, mais en pire, dit mon père.

Oui, confirme Peter, nous, on était les lapins, et la faim était notre commandant.

Il lui arrive souvent de repenser à la faim qui le tenaillait, son estomac était le centre de ses délires et le mettait en péril. Quand il y repense, qu'est-ce qu'ils avaient manqué de prudence, Lojz et lui, à la ferme Keber, parce qu'ils croyaient que la fermière leur donnerait du pain, encore aujourd'hui il en a la chair de poule. J'entends les Allemands, dit Peter, ils criaient : Tirez, tirez, des bandits ! Lojz avait tiré aussi, avec son révolver, plus moyen de battre en retraite, impossible de remonter la montagne, alors ils avaient couru à travers champs, Lojz devant, lui derrière. Alors le chien policier l'avait attrapé et avait déchiré son pantalon. Il était tombé la tête la première et avait perdu son pistolet. Derrière lui, le policier avait lancé : Arrête-toi, mon gars, arrête-toi. Mais il avait continué à courir comme un forcené. Alors, les Allemands avaient commencé à tirer, horrible, tous à la fois, mais la montagne les avait engloutis, lui et Lojz.

Des jours comme ceux-là, il arrive que mon père perde son sang-froid. Au début d'une fête, on dirait presque qu'il est timide, il veut qu'on le mette de bonne humeur, il boit du cidre ou du vin en quantité. Voyant les siens si détendus, il se laisse aller à faire des blagues, ils le persuadent d'aller enfin prendre son accordéon pour accompagner les danses. Il joue avec ferveur, il invite les convives à danser et donne la mesure en frappant le sol d'un pied. Au bout d'un moment, son regard change. Un second personnage vient se glisser à l'intérieur, dos tourné, derrière ses orbites oculaires. Ses yeux perdent toute expression, on dirait des fenêtres aveugles à travers lesquelles on ne peut regarder ni de l'intérieur ni de l'extérieur. Il est contrarié, les convives ne croient plus pouvoir le prendre au sérieux et songent à s'en aller. Il est temps de partir, chuchotent-ils, perplexes, en se raclant la gorge. Cette fois aussi, on s'est bien amusé, il faudra remettre ça car ça fait du bien à tout le monde d'être ensemble, de danser et de chanter, disent-ils.

Dès que le dernier invité est parti, l'esprit de l'œil prend possession de mon père et se lance avec lui dans une polka déchaînée, le catapultant dans toutes les directions possibles. La polka gauche plonge mon père dans un profond abattement, la polka droite dans une colère farouche qui se vide par des cris perçants et s'embrase à de petits malentendus.

On nous fait sortir de la pièce, mon frère et moi, et nous sommes tellement angoissés que nous ne savons que faire. Nous restons plantés dans la cuisine ou bien nous sortons au grand air. Nous sommes convaincus que la guerre a pris ses quartiers chez nous pour quelques jours et qu'elle n'est pas disposée à céder le terrain.

Une autre fois que mon père se remet à pousser des cris et à nous menacer, un fusil de chasse à la main, de tous nous abattre, nous jouons aux partisans. Nous grimpons la pente au pas de course jusqu'à la forêt, nous nous blottissons derrière les noisetiers, mettant en joue une arme invisible nous rampons sur la lisière de la forêt et, couchés dans l'herbe, nous regardons la maison des parents, nous pesons le moment où nous sortirons de notre cachette et pourrons regagner nos chambres.

Une fois, notre mère s'enfuit avec nous, ce qui nous cause du souci, car nous craignons qu'elle n'attire l'attention de notre père sur notre cachette. Nos poumons humides et froids bougent à peine. Je regarde mon frère en espérant qu'il ne comprenne rien à tout cela, mais je n'en suis pas complètement sûre. J'observe mon père qui, endossant un personnage nouveau, nous déclare la guerre, et je m'observe qui abandonne mon enveloppe corporelle et me regarde comme je regarderais une poupée couchée dans l'herbe qui rentre la tête dans les épaules. Même si je suis touchée, je ne mourrai pas puisque je me suis enfuie de mon corps, me dis-je.

Une immobile masse au combat, une grenade non explosée venant du passé s'est égarée dans notre ferme et cherche refuge sous les quetschiers. Nous sommes les cibles erronées que nous n'aurions jamais dû être, mais qu'on nous oblige à incarner dans le feu de la lutte.

Dès que mon père s'assoupit, soudain épuisé, et que le fusil lui glisse de la main, nous respirons. Ma mère s'empare de l'arme et l'enferme dans l'armoire de chasse. Nous évacuons nos cachettes et passons, dos courbés, devant notre père qui dort appuyé sur les deux coudes. On dirait qu'il soupire en dormant, étendu comme le tronc noueux d'un quetschier dans la prairie derrière la maison, ou par terre près de la porte ou sur le banc d'angle de la cuisine.

L'autre danse d'orientation commence avec les accusations que mon père se lance à lui-même, qu'il répète de façon rythmée, il ne vaut rien, il n'a jamais rien valu, il n'est qu'un chienchien qui s'est réfugié sous la table. Viens, chienchien, dit-il, allez, sors de dessous la table, t-t-t-t, appelle-t-il, t-t-t-t !

Mais le chienchien ne bouge pas, il s'est tapi dans un coin, comme moi qui devine déjà ce qui va suivre une fois que mon père sera sorti de la maison. Mais non, ce n'est pas vrai, lui dis-je pour tenter de le calmer, comment peut-il affirmer qu'il est un chienchien, comment peut-il seulement penser une chose pareille, dis-je, et je vois ma phrase suspendue en l'air comme un trait qui s'interrompt et n'atteint pas son but.

Mon père respire profondément pour s'extirper la voix du ventre. Il la pousse jusque dans sa gorge, où elle reçoit la dernière taille à vif. Après quoi il fait feu, expectorant comme des projectiles embrasés. À un moment, en plein milieu d'une phrase, il s'interrompt, ou plutôt il s'élance hors de la maison. Les mots ne sont d'aucun secours, rien ne sert de l'implorer, même grand-mère recule et s'empare de son chapelet. Le petit orifice noir au-dedans de moi déverse des coulées d'obscurité.

Ma mère dit qu'elle n'en peut plus, il lui faudra bien de toutes les façons aller voir où s'est enfui mon père, il faut éviter qu'il se fasse du mal. Je prends sa main pour lui faire sentir par la pression de mes doigts que je voudrais l'accompagner, qu'elle ne doit pas même essayer de se défaire de moi. En effet, elle veut me retirer sa main, reste ici, dit-elle, lâche ma main ! Je n'y songe pas et je me mets à pleurer. Je pleure parce que la morte de l'étang remue en moi, elle gémit et je crie qu'il faut tout de suite entreprendre quelque chose pour éviter un malheur. Étonnée de me voir si résolue, ma mère accepte que j'aille avec elle.

Nous traversons la cour en direction de l'étable. Nos cœurs battent jusque dans nos gorges. Nous tendons l'oreille, inquiètes, pour entendre si quelque chose bouge au grenier, dans le foin. Nos oreilles sont si grand ouvertes que nous entendrions jusqu'au grattement de la moindre petite souris, mais, au grenier, tout reste silencieux. Alors retentit, sous le rucher, un coup de feu. Le projectile perdu a atteint son but. Il a lacéré le souffle dans mes bronches, les alvéoles pulmonaires dégagent un gaz qui me donne le tournis. Je vacille et me précipite derrière ma mère qui, hors d'elle, court vers le rucher. Va-t'en, crie-t-elle, laisse-moi, mais je suis décidée, je veux, si ce doit être, regarder en face la mort de mon père.

Nous nous arrêtons près de la façade sud de la maison aux anciens et guettons prudemment au coin. Mon père est couché dans l'herbe en contrebas du rucher, le fusil en oblique près de lui comme s'il lui avait glissé des mains dans sa chute. Ma mère porte les mains à son cœur. Elle s'arrache au mur et avance avec précaution en direction de mon père. Arrivée à quelques pas derrière lui, elle s'arrête et le regarde longuement, puis elle se retourne et revient. Il respire, chuchote-t-elle, il ne s'est pas tué, il fait seulement le mort, on ne voit ni sang ni blessure. Dis à grand-mère de descendre et de prendre le fusil à ton père. Si c'est moi qui touche le fusil, il risque de se jeter sur moi, on ne sait jamais, dit ma mère. Ma grand-mère accourt déjà, munie d'une coupelle d'eau bénite dont elle asperge mon père. Jésus Marie, Jésus Marie, qu'est-ce que notre famille est devenue, gémit-elle en avançant la main vers le fusil.

Mon père se tourne de côté. Il marmonne quelque chose que je ne comprends pas.

Je me détourne de lui comme plus jamais je ne me détournerai de lui. Je sens qu'il veut s'en prendre à mon enfance, je sens qu'il a ouvert une brèche dans mon dos qui se courbe un peu, de crainte qu'on s'aperçoive qu'il abandonne mon père et s'en va, même si ce n'est pas loin, même si ce n'est pas pour toujours.

Je suis fichée dans l'enfance comme un pieu dans une cour où on le secoue tous les jours pour vérifier qu'il supporte bien les secousses.

Mes pensées sont floues. Un bruit sortant de ma tête envahit tous mes membres, mon buste que j'observe sans comprendre.

Des vieillards du voisinage passent devant moi avec leurs yeux bizarres, humides. Leurs regards s'attachent à mes épaules, à mon visage. Parfois, Flori me touche la poitrine pour vérifier ce qui change. Il veut se marier avec moi dès que j'aurai l'âge, dit-il.

Stefan, qui est locataire dans les combles de la maison aux anciens depuis un an, cache derrière son visage rougi quelque chose d'incontrôlé. Il boit et dégage une odeur aigre de vieille transpiration. Quand il parle avec quelqu'un, il a pour habitude d'adresser la parole au vide à côté, comme s'il était incapable de regarder quelqu'un dans les yeux et que ses phrases devaient s'insinuer comme si de rien n'était dans les conduits auditifs de ses interlocuteurs. Bûcheron chez le comte, il prend ses aises dans notre famille. Il s'assied dans notre cuisine et verse des gouttes de gnôle dans la tisane de mon frère cadet. J'ai honte pour lui et je ne sais pas si je dois le dire à ma mère, qui ne me croirait sans doute pas. Grand-mère ne peut pas souffrir Stefan, mais mon père est reconnaissant quand il aide aux travaux forestiers ou prête main-forte au moment des foins.

Je n'arrive pas à sonder ce que je vis réellement. Mes sentiments ne sont pas familiers des mots que je prononce. Alors que je pouvais autrefois lancer les mots sur les objets, les sentiments, les graminées, et les atteindre, dorénavant les mots rebondissent sur les objets et les sentiments. Autrefois, les mots me semblaient être accueillis par les sensations, désormais je m'encombre de tout ce pour quoi il n'y a pas de langue, et s'il y en a une, je ne sais pas l'employer.

Je suis définie par mes déplacements. Je vais à l'école, je rentre à la maison. Je marche à travers champs et je reviens, je lève les yeux vers les cimes des arbres et m'étire pour atteindre les fruits, je vais jusqu'au ruisseau de montagne dont le bouillonnement emplit la vallée jusqu'en haut de ses bulles invisibles, comme une baignoire de mousse sonore. Mes pensées sont des chimères hirsutes, des présomptions sur la mort qui se dépouille de son ancienne peau et ne sait pas encore quand elle se montrera, quand elle fera tout apparaître sous son vrai jour. De la présomption.

Les enfants des manuels scolaires ont toujours d'autres préoccupations. On n'y parle pas de moi. Je songe à me retirer de l'enfance dont le toit s'est mis à fuir, je risque de couler avec elle. Je songe aussi qu'il est arrivé bien plus de choses que n'en peut supporter une enfance et qu'il est grand temps que je me transporte vers ce pour quoi je n'ai pas de notion toute prête.

Et puis il y a en plus ces mots, qui se tiennent çà et là comme des ballerines sur les pointes, avec de belles crinolines, et les rumeurs de m'envoyer dans une autre école. Ces réflexions s'infiltrent en moi comme les sons cristallins d'un carillon et je me mets à imaginer comment un changement d'école pourrait me rendre imperméable à mon environnement.

Les pensées secrètes se font plus vaniteuses. Des désirs timides, astiqués et rutilants, se mettent à tourner dans la tête. Ils sentent le muguet et semblent être tout juste sortis d'un bain parfumé. Ils portent des habits de princesses et des chaussures fourrées à hauts talons.

Après l'école, j'aime aller chez tante Malka, qui vit avec Sveršina dans la chaumière des Auprich. Elle était l'une des filles de notre ferme, la plus jeune et la plus jolie sœur de grand-père, elle avait épousé le fermier veuf, Auprich, et le fermier étant mort à la guerre, elle partage sa vie de retraitée avec Sveršina.

Tante Malka est la seule à trouver merveilleux tout ce que je dis. Elle ne fait pas que me sourire, elle rayonne quand je viens la voir, elle bat des mains et me caresse les joues. Elle me serre contre elle, Doux Jésus, s'exclame-t-elle, doux Jésus, ma petite, ma petite chérie, que veux-tu que je te donne. Elle fait des crêpes qu'elle tartine d'une épaisse couche de confiture. Elle me glisse des bonbons qui luisent dans mon cartable comme des petites billes porte-bonheur que je garde pour moi seule et ne partage avec personne. Elle prend place près de moi quand je mange et veut savoir ce qu'il y a de nouveau chez nous. Ah, dis-je, rien du tout, grand-mère va bien. Et ton père, demande-t-elle, aussi, dis-je, pareil, bien. Ils ont enduré tellement de choses, dit-elle, ce serait assez pour plusieurs vies, elle me demande si grand-mère me parle du passé. Parfois oui, dis-je, je connais quelques histoires. Il faut que je lui demande, insiste Malka, elle aussi a beaucoup raconté à ses enfants quand ils ont commencé à être curieux, comment elle a été arrêtée comme partisane et déportée à Ravensbrück, comment la guerre a chamboulé sa vie de paysanne. Bien sûr, les enfants, il ne faut pas trop les effrayer, ils pourraient bien devenir aussi bizarres que les vieux, redoute-t-elle, aussi dérangés qu'elle-même. Par exemple, elle a peur des avions, dès qu'elle voit un avion dans le ciel, elle ne peut pas s'empêcher de rentrer à toute vitesse se cacher. Elle est devenue tellement puérile au fil des ans, dit-elle, comme si elle ne se transformait pas en vieille femme, mais en fillette. Ces choses-là, on ne les explique pas, pas plus que les rêves affreux qu'on fait. Parfois, elle rêve qu'elle est de nouveau à Ravensbrück, et Sveršina est sans arrêt obligé de la calmer. Lui aussi, quand il n'arrive pas à dormir, il parle de Mauthausen mais sans en dire jamais grand-chose, il n'a jamais été vraiment causeur. Tandis que ma grand-mère, selon Malka, a gardé sa fierté, elle, elle n'est pas devenue aussi peureuse qu'elle, aussi farouche.

Mais quand Sveršina est assis avec nous à la table laquée blanche, il ne tient pas à ce que je raconte. Il ne demande jamais comment vont mes parents ou ma grand-mère, il reste plongé dans le silence, visiblement il en sait plus long que moi.

Après le dernier incident avec le fusil, mon père nous évite pendant des jours entiers. Il travaille en forêt et rentre rarement. À la ferme, l'atmosphère est comme après une détonation assourdissante. Une rigidité intérieure nous étrangle et nous rend la parole difficile. Je me demande si l'état de mon père pourrait tenir à moi ou au comportement de ma mère. Comme je ne découvre rien en moi qui pourrait provoquer de telles crises chez mon père, j'observe ma mère avec une attention accrue. Son rire bruyant me semble tout à coup suspect, je lui reproche par devers moi de ne jamais plaisanter avec mon père aussi gaiement qu'elle le fait avec certaines connaissances qui nous rendent visite ou qu'elle rencontre à la sortie de la messe.

Mais mon père aussi est plus aimable dehors qu'à la maison. Tant qu'il n'est pas ivre, il sourit chaleureusement. Il s'appuie avec les bras, décontracté, sur toutes sortes de dossiers de chaises et fauteuils. Il est loquace, il dit “je” et “j'ai” et “je”.

Je pense de plus en plus qu'il se sent inévitablement attiré vers ceux qui ont été traqués par les nazis et qu'il trouve suspects ceux qui veulent se donner des airs, comme il dit. Je ne m'étonne pas, je ne me rappelle pas m'en être jamais étonnée. Grand-mère non plus ne cesse de se plaindre que ma mère est prétentieuse, qu'elle n'a aucune idée des gens ni du monde, et cela parce qu'elle n'a jamais souffert dans sa vie, parce qu'elle ne sait pas ce que c'est que la souffrance. Je me demande si je dois prendre position dans la querelle qui couve entre grand-mère et ma mère, et je résous finalement de prendre le parti de grand-mère, parce qu'elle a eu la vie dure et qu'il y a beaucoup trop de choses que ma mère me reproche.

Mon père se retire peu à peu de la vie sociale. Un jour que Michi lui demande s'il veut chanter dans le chœur mixte de l'Association culturelle slovène, il esquive. Qu'on le laisse tranquille avec les actions culturelles, dit-il. Il ne veut plus jamais monter sur une scène, c'en est fini de l'époque du théâtre et de la vie de musicien. Michi le déplore et lui demande de participer au moins à l'excursion organisée par l'Association culturelle une fois par an, on s'amuse toujours beaucoup. Oui, dit mon père, il viendra. Il refuse aussi de se rendre à l'école les jours des rencontres parents-professeurs, c'est bon pour ceux qui se croient importants. Lui, il ne se prend pas pour un important, il n'a jamais fait partie de ces gens.

Il m'arrive d'aller le chercher chez des voisins où il est resté traîner, comme il dit, après les travaux en forêt. Il aime bien la ferme Peršman, être assis dans la cuisine avec Anči, qui a survécu quand la SS a abattu toute la famille. À l'époque, elle avait sept ans, dit mon père, et elle avait reçu six balles. On voit encore les impacts, au menton et à la main. Elle avait pu faire la morte, mais les plus petits, eux, avaient pleuré fort et avaient été abattus.

En général, quand j'arrive, mon père est assis, une bouteille de bière à la main, à une extrémité de la table de cuisine. Anči trône près du fourneau où elle tient au chaud le repas de ses enfants. À peine suis-je entrée dans la cuisine que je me mets à chercher les marques des balles sur son visage et ses bras. Elle avait pu se réfugier derrière le fourneau, dit Anči, mais le petit frère qu'elle tenait dans les bras avait été abattu.

Sur la façade est apposée une plaque de marbre où figurent, gravés en doré, les noms des enfants, des parents et des grands-parents. Mon père dit qu'il ne pourrait pas vivre dans une maison pareille où, plusieurs fois par jour, à chaque fois qu'il quitterait la maison ou y rentrerait, le souvenir des morts lui serait rappelé.

Un jour que je rentre de l'école, grand-mère raconte que la vieille Pečnica est morte, et elle veut que je l'accompagne pour la veillée funèbre.

L'obscurité tombée, nous traversons la prairie derrière chez nous et montons le bosquet jusque chez Pečnik. Des gens sont devant l'entrée et discutent à voix basse. J'entre avec grand-mère dans la salle où est exposée la Pečnica. Des voisins sont assis sur les bancs en bois le long des murs et prient. Le cercueil est dressé devant une fenêtre et entouré de couronnes et de compositions florales d'un rouge et blanc lumineux. Grand-mère coupe un petit morceau de la miche de pain qu'on lui tend. Elle m'en donne une bouchée et dit qu'en coupant ce pain, elle a pris un morceau d'éternité, à ce pain nous nous reconnaîtrons dans l'au-delà, à ce pain dont nous mangeons quand nous veillons les morts. Je ne suis pas sûre de vouloir manger ce pain, car l'idée de rencontrer les morts dans l'au-delà m'effraie. Je ressors vite le pain de ma bouche et le mets dans la poche de ma veste. Au pied du catafalque, posés sur un guéridon, se trouvent deux cierges blancs, une statue de la Vierge Marie, une photographie encadrée et deux tasses à thé remplies d'eau bénite pour l'aspersion de la défunte. C'est alors seulement que je remarque les œillets rouges qui bordent le cercueil et qui semblent pousser de chaque côté du cadavre. Grand-mère me dit de prendre le rameau de buis dans la tasse à thé et d'asperger la défunte d'eau bénite. De la défunte je ne distingue que les mains vigoureuses croisées sur son ventre. À la tête du cercueil, grand-mère me soulève un peu pour que je puisse voir le visage de la morte. Je suis face à un visage étranger, charnu et cireux entouré d'un fichu foncé, et j'exécute rapidement avec le rameau de buis quelques gestes en forme de croix. Ça y est, dis-je à grand-mère qui gémit sous mon poids. Elle me laisse glisser par terre, pose la main sur l'avant-bras de la défunte et, du bout des doigts, fait le signe de croix. Une fois que nous avons pris place sur un banc libre installé près du catafalque, je m'aperçois que Michi est assis sur ce banc et pleure. Je demande à grand-mère si Michi était de la famille de la morte et elle dit que non, mais que la Pečnica était très bonne pour les enfants des voisins.

Sur le chemin du retour, grand-mère raconte qu'à Noël 44, la Pečnica avait recueilli Michi et ses sœurs Zofka et Bredica après que la police eut cerné la maison Kuchar et tiré sur tante Leni, la mère de Michi, et sur les partisans qui se tenaient dans la maison. Par bonheur, Michi avait retenu sa mère, si bien qu'elle n'avait pas pu s'enfuir de la maison. Elle aurait été aussitôt fauchée par la patrouille, tout comme Primož qui s'était précipité à l'air libre avant elle. Tremblant de tous ses membres, Michi, qui avait alors sept ans, était sorti devant la maison avec les sœurs Knolič, Anni et Malka, qui étaient aussi des partisanes. Les sœurs Knolič avaient été aussitôt arrêtées et emmenées à Ravensbrück. Michi avait dû enjamber le cadavre de Primož et voir la police assommer à coups de crosses de fusil deux autres partisans qui s'étaient rendus. L'un des partisans blessés était son frère Cyril, grand-mère dit que je le connais sûrement. Les enfants étaient arrivés chez Pečnik avec quelques effets. La Pečnica les avait réchauffés et hébergés jusqu'à ce qu'ils se calment et soient en état, au bout de deux semaines, de se rendre chez des parents, à Lobnik.

Après l'enterrement de la Pečnica à Eisenkappel, où mon père et ma mère se sont rendus, je tends l'oreille pour entendre une conversation animée entre mon père et grand-mère dans la grande pièce.

Il sait très bien, affirme-t-il, Beti le lui a raconté, à moins que ce ne soit le vieux Pečnik, que les deux, en janvier 44, après que la police avait frappé à mort le vieux Hojnik alité avec une pneumonie et abattu les fermiers, étaient allés chez Hojnik voir ce qui s'était passé. En effet, on avait entendu des coups de feu chez Pečnik et vu que quelque chose brûlait. Les morts étaient couchés sur le tas de fumier, à moitié carbonisés. Le vieux Pečnik était allé à Eisenkappel signaler l'événement, puis la police était revenue pendant la nuit et avait versé de l'essence sur les Hojnik et avait terminé de les brûler. Mais non, dit grand-mère, le vieux

Hojnik n'était pas malade, c'était son fils Johan qui était au lit avec une pneumonie quand la police avait pillé la maison. Le vieux Hojnik était hors de lui parce que la police avait voulu non seulement arrêter son fils malade, mais aussi emmener sa bru, Angela, et ses petits-enfants Mitzi et Johan. La police avait chargé deux charrettes à bœufs avec des provisions et des couvertures volées et ordonné au vieux Hojnik de les suivre, mais avec ses béquilles, c'était à peine s'il arrivait à marcher dans la neige haute. Il s'était assis sur le bord du chemin et avait dit qu'il ne se laisserait pas emmener de sa ferme. Sur quoi les policiers l'avaient achevé avec ses béquilles. Sa cervelle collait aux arbres qui étaient autour, c'est ce que lui avait raconté Mitzi, qui avait dix-huit ans, à Ravensbrück où elle avait été emmenée, après l'arrestation, dit grand-mère. Mitzi et son frère Johan, qui avait à tenir un des chariots chargés, ont été obligés d'assister au meurtre de leurs parents et de leur grand-père. D'ailleurs, Mitzi Hojnik avait été abattue le jour de l'évacuation de Ravensbrück par un SS qui tirait à tort et à travers parce qu'il était ivre et que Mitzi, à cet instant, était sortie du rang. Le jour de l'évacuation, tu comprends, comme ça, par hasard, dit grand-mère en élevant la voix. Il ne lui a pas été donné de rentrer au pays. En tout cas, poursuit-elle après un temps, la petite Klari que la police avait laissée toute seule à la ferme avec ses frères et sœurs plus jeunes, de trois jours elle n'a pas quitté la maison. C'est la Pečnica qui était venue chercher les enfants, qui s'étaient barricadés d'angoisse dans la maison, bouleversés, Klari, le petit de dix ans Roki, Rozika, qui avait trois ans, et Mihec, treize mois, et elle les avait conduits chez Pečnik.

Hojnik au-dessus de Pečnik, Kuchar en dessous de Pečnik, les fermes les unes au-dessus des autres et la nôtre à proximité, je reste debout près de la porte entrebâillée et j'écoute.

Pendant que je tends l'oreille, quelque chose s'effondre dans ma poitrine comme si un tas de bois s'écroulait vers l'arrière, dans le temps qui est avant mon temps, un temps qui essaie de s'emparer de moi, moi qui commence à céder par fascination et par effroi. Ça y est, il m'a attrapée, ça y est, il est arrivé chez moi, me dis-je.

L'enfant comprend que c'est le passé qu'elle doit prendre en compte. Elle ne peut pas simplement brandir ses propres désirs et son présent. Le présent envahissant qui, de sa rive du temps, sert aux adultes comme point de vue sur tout ce qui a été et qui, du temps où c'était encore le présent, barrait toute vue. L'enfance continue d'être tournée vers ce qui va venir, comme par évidence, mais sur la base de ce qui est passé, l'avenir se révèle un poids plume. Que pourrait-il bien apporter, où mènera-t-il ? N'est-ce pas suffisant quand ça suffit pour vivre, pense mon père, pense parfois l'enfant.

Dans les livres que je lis, les corps des gens restent intacts, ils montent au ciel avec un air de félicité ou sont rattrapés dans leur chute. Au contraire de cela, comme je m'en rends compte brusquement, dans nos vallées encaissées les corps ont toujours été anéantis, détruits pour mettre en garde ceux qui restent. Ici fait rage la dilapidation la plus hasardeuse, ici on jette la vie par les fenêtres, ici on abat les corps que c'en est à pleurer. Un jour que j'entre dans la cuisine chez le voisin d'en contrebas, Loni me pousse dehors avec insistance. Au secours, crie-t-elle, au secours, un médecin tout de suite ! Je vois sur la banquette de la cuisine son frère Andi couché qui gémit. Il est blanc comme un linge. Il a un couteau de cuisine planté dans le ventre. La mère d'Andi hurle, ne le retire pas, ne le retire pas, vite, un médecin ! Il suffit que j'emmène mon frère et ma sœur, les jumeaux, prendre une glace chez Rastočnik que déjà Rosi et Filica passent devant moi à toute vitesse sur une mobylette et tombent dans un virage après l'étable. Et Rosi qui court dans ma direction, couverte de sang, appelant à l'aide, tandis que sa sœur gît sur le bord de la chaussée, la nuque brisée, agonisante. À peine les sanglots de la famille sur le lieu de l'accident se sont-ils tus dans ma tête qu'il faut que Stefan se pende, Stefan, notre pensionnaire, qui, des semaines durant, avait laissé des taches poisseuses ou sanguinolentes sur tous les sièges et bancs où il s'asseyait. Il se pend près de l'entrée de l'étable, sous la rampe qui conduit à l'aire de battage, comme s'il voulait se balancer sous les yeux de ma mère qui est d'habitude la première à entrer dans l'étable au petit matin. Elle a eu une crise de nerfs, dit grand-mère à nous qui sommes debout autour de la table, terrifiés après cette nouvelle. Elle doit d'abord se calmer et nous, les enfants, nous devons rester à l'intérieur jusqu'à ce qu'on soit venu prendre le cadavre. Mais nous, les enfants, sans attendre le corbillard, les yeux à l'affût nous tirons le pendu dans la maison, nous l'extrayons de dessous la rampe en bois qui le dissimule, nous nous imaginons à quoi il peut bien ressembler, nous nous croyons déjà à genoux sur la rampe à jeter un œil entre les planches pour distinguer les jambes qui se balancent, les jambes pendantes, inertes, dans le bleu de travail. Jusqu'à l'arrivée du médecin, nous avons plusieurs fois en pensée observé la scène depuis la rampe. Comme depuis la rive on regarde les flots qui grondent, depuis la vie nous regardions la mort travailleuse. Elle s'était vêtue d'un bleu de travail. Elle voulait si possible qu'on ne la reconnaisse pas sous la grange, elle voulait pousser le cadavre devant elle sans qu'on la voie. Mais nous l'avons reconnue et avons senti un souffle de sa présence.

Ma mère pleure pendant des jours, jamais plus elle ne pourra entrer dans l'étable avec insouciance, se lamente-t-elle, Stefan s'était pendu sous la grange pour la punir, il aurait pu se pendre ailleurs pour éviter que ce soit elle qui le trouve. Grand-mère dit que c'est bien fait pour elle.

Bientôt, la mort se trouve à l'étroit chez nous, et c'est trop bruyant. Elle se réfugie à la ferme Auprich où elle se met à couvert et se fait oublier pendant quelque temps, jusqu'à ce que le fermier, un ami de mon père, vienne la déranger et se tire une balle quelques mois plus tard. Le matin où l'on nous raconte que Franz s'est tiré un coup de fusil dans la tête, mais qu'il a mal visé et que les yeux ont donc sauté de sa tête, je sens que l'étau se resserre, que la mort n'a pas renoncé à s'en prendre à mon père, qu'elle a seulement emprunté un détour pour l'approcher de plus près et pouvoir frapper par surprise. Alors voilà que maintenant il l'a fait, dit mon père, il l'a quand même fait. Je pousse jusqu'au bout sa pensée qui me met aussitôt dans tous mes états. Je commence à comprendre que cela devient sérieux, maintenant c'est à moi de remplir ma mission, maintenant c'est à mon tour de sauver mon père.

Après l'enterrement de Franz, j'observe mon père avec anxiété. Je sais que, en semaine, le travail le protège, mais le week-end, son agitation est perceptible. On dirait qu'il observe sans cesse sa vie comme s'il était dérouté face à ce qu'il ne peut s'empêcher d'éprouver. Le dimanche, il se rase torse nu dans la cuisine et se lave les aisselles avec l'eau où nagent les poils de barbe et la mousse à raser. Il se peigne avec un vieux peigne qu'il plonge dans l'eau de rasage. Il sent le savon et parfois, quand il perçoit mon regard, un sourire étincelle dans ses yeux, comme une petite pique, comme une allusion à des temps meilleurs qui ont bien existé un jour mais auxquels il est mieux de ne pas songer.

Est-ce que je veux savoir, me demande-t-il une fois, ce qui lui est passé par la tête à l'enterrement de Franz ? Je fais signe que oui. Il s'est dit que c'est seulement au moment de l'enterrement que les gens comprennent qui ils viennent de perdre. Alors seulement, ils reconnaissent l'importance qu'avait pour eux l'être qu'ils portent en terre, la valeur humaine qu'il avait. Au moment des adieux, ils sont saisis par les sentiments, ils pleurent et s'affligent, mais c'est définitivement trop tard, car ça ne lui sert plus à rien, au mort, qu'est-ce que ça peut bien lui faire qu'on l'enterre avec tous les honneurs, est-ce que je comprends ça ? J'acquiesce de nouveau. On honore quelqu'un pour la première fois, tous jettent des fleurs sur son cercueil, on prononce des discours où la communauté le remercie de son travail, des sacrifices que le défunt a faits pendant sa vie, mais tout cela n'a plus aucun sens. Pour son enterrement, il veillera, dit mon père, à faire passer les larmes et les lamentations à certains, ils seront bien étonnés, ils comprendront pour la première fois qu'ils lui ont fait du tort et à partir de ce moment, ils se reprocheront le restant de leur vie de l'avoir traité comme un chien galeux. Depuis son cercueil il rejettera leurs larmes et se montrera inflexible, même s'ils geignent pour se faire pardonner, cela, il se l'est juré, dit mon père.

Je me représente une procession humaine suivant le cercueil de mon père, l'assistance endeuillée se frappant la poitrine de la main en signe de repentir, se regroupant juste après autour d'une fosse ouverte et inclinant la tête. Je donne raison à mon père et je dois faire un gros effort pour ne pas éclater en sanglots car j'ai l'impression moi aussi d'avoir perçu de la raillerie et de la hargne.

Mon inquiétude ne fait qu'augmenter quand il va à l'auberge le dimanche après-midi. Dès que le soir tombe et que je l'entends à son retour qui peste derrière l'étable, je m'assieds à la fenêtre du séjour, d'où je vois l'étable, et surtout la rampe qui monte au grenier. Ma mère me demande d'observer combien de temps mon père reste au grenier. S'il n'est toujours pas revenu au bout d'une demi-heure, il faut aller voir. Toutes ces poutres et ces chevrons, le grenier est un endroit à donner des idées, dit ma mère.

Je crois avoir entendu mon père un jour qu'il menaçait ma mère de se pendre au grenier parce qu'elle avait caché ses cartouches de fusil. Il est chasseur et il a droit à ses cartouches, elle a du toupet de s'être permis ça, aucune femme de Lepena n'oserait priver son mari de ses cartouches.

À peine mon père commence-t-il à monter en chancelant la rampe de bois menant au grenier que mon corps brûle de folles pensées, il est pris de fièvre, il commence à se ramollir comme de la cire d'abeille près du feu. En général, mon père redescend. Mais il arrive plusieurs fois que nous attendions en vain. Retenant notre souffle, nous nous précipitons au grenier et le trouvons endormi dans le foin.

Un lundi matin, je vérifie mon cartable avant d'aller à l'école. Mon père entre dans la pièce et s'assied sur la banquette du poêle. Il tient à la main une corde à veaux et soupire. Cette fois, je laisse libre cours à mes larmes et m'assieds près de lui. Il me regarde, surpris, comme s'il comprenait seulement maintenant ce que je crois avoir compris. Allons, ma petite, dit-il, ne pleure pas ! J'ai seulement pensé à le faire, mais quand j'ai voulu le faire, quand j'ai eu passé le nœud autour de mon cou, j'ai senti que quelque chose me retenait, une sorte d'ange, tu sais. Je crois avoir vu quelqu'un. Je ne peux pas le faire, il faut que tu le saches ! Je n'y arriverai pas, dit mon père.

Tout à coup, ma mère se tient devant nous et couvre mon père de hurlements, est-ce qu'il est conscient de ce qu'il fait à l'enfant, est-ce qu'il sait seulement que j'ai de la fièvre dès qu'il commence ses sottises, est-ce qu'il ne va pas en finir d'angoisser les enfants, hurle-t-elle, qu'il réfléchisse enfin ! C'est qu'elle m'aime, elle, lui lance mon père, ce qu'on ne peut pas dire de toi. Et puis de toute façon il a l'intention d'aller s'installer quelque temps chez son frère.

À cet instant, le désespoir qui s'est accumulé en moi éclate. Je crie, je le supplie de ne pas s'en aller, de rester avec nous. Je me cramponne à lui, je vais le retenir, pensé-je, il faut qu'il comprenne enfin qu'il ne peut pas s'éclipser de nos vies.

Elle va s'évanouir, j'entends ma mère qui parle, je ne l'ai jamais vue comme ça, cette enfant perd la tête, dit-elle, il faut me mettre au lit, je ne peux pas aller à l'école dans cet état, maintenant, mon père voit bien ce qu'il a fait, il l'a rendue folle, son enfant.

On me porte dans mon lit et je me tords dans les draps. Ma mère me tient la main, elle est assise près de moi comme jamais auparavant elle ne l'a été. Elle m'apporte du lait chaud et de la compote de pommes, elle ira me chercher aussi des groseilles dans les conserves de la cave si j'en ai envie. Il faut que je me calme, dit-elle, si je prie comme il faut, Dieu fera tout rentrer dans l'ordre, elle y croit, moi pas.

Les semaines qui suivent, mon père arrive à peine à dormir. Il passe des nuits interminables à balancer le buste et sa tête qui lui fait mal. Il gémit et se plaint que ses maux de tête sont le purgatoire, il ne peut pas s'imaginer comment le ciel peut lui infliger ces douleurs, pourquoi il est châtié par un mal de tête pareil.

Un soir, devant l'entrée, grand-mère lui fait jeter en arrière par-dessus la tête des braises refroidies qu'elle a prises dans la poêle en fonte. Pour chaque douleur une braise.

Jette la douleur derrière toi sans regarder en arrière, retiens ton souffle, récite une prière ! Il faut y croire, dit grand-mère. Il faut invoquer le saint, car écouter, c'est obéir. Michel, Raphaël, Gabriel, Souriel, Zaziel, Badakiel ! Va-t'en, maladie, un Dieu te chasse ! Va-t'en, maladie, un Dieu te chasse !

D'épuisement, je commence à me rétracter hors de mon corps de sensations. Je m'étonne que personne ne songe à dire pour moi aussi une formule de secours qui me mettrait à l'abri de tant de dangers. Que tous oublient de me couvrir de paroles protectrices pour que je reste épargnée par cette réalité qui, à chaque événement nouveau, me fait frémir. Je pourrais saisir toutes les mains, me blottir contre tous les arbres, tous les animaux devant lesquels je passe. Je parle aux veaux et je donne des tapes aux vaches impassibles tandis que je les reconduis du pâturage à l'étable.

Grand-mère me fait plusieurs fois des signes pour que je vienne la voir, elle a quelque chose à me révéler. Elle me demande si j'aimerais passer la nuit dans la maison aux anciens, si cela me ferait plaisir de partager son lit. J'aimerais, je veux ! Mais seulement si ta mère n'a rien contre, ajoute grand-mère avec un léger tremblement de triomphe dans la voix, bien sûr il faut que tu lui demandes.

Quelquefois je demande à ma mère sans avoir parlé auparavant à grand-mère. Je m'invite tout bonnement chez elle. Je ne veux pas être seule.

La chambre à coucher de grand-mère est un lieu de mémoire, une alvéole de reine où tout semble plongé dans un liquide laiteux, une couveuse où je suis alimentée des sucs nutritifs grand-maternels. C'est dans cette alvéole germinale que je suis modelée, ainsi que je le comprendrai des années plus tard. À partir de là, il n'y a plus moyen d'échapper aux marques imprimées par grand-mère. Ce sont mes sens qui reporteront sur le monde les vibrations de grand-mère et qui verront en toutes choses l'éventualité de la destruction. Ils seront à l'affût des conjonctions heureuses, des quelques moments où un changement est possible, car le salut, il faut l'espérer, il faut le préparer, mais, faute de conjonction heureuse, il s'anéantit.

À partir du moment où grand-mère décide de me faire participer à ces deux années de sa vie qui l'ont le plus profondément marquée, les brochures *Les Femmes de Ravensbrück* et *Cela me regarde-t-il ?*, rapportées de la cérémonie commémorative de Ravensbrück, ont leur place sur son chevet à côté de la teinture d'arnica et de la liqueur amère d'armoise. De temps en temps, grand-mère me tend une des brochures et me demande de lui faire la lecture. Je m'assieds à la vieille table de cuisine et je lis : À Ravensbrück, il y avait : le commandant du camp, le chef du camp des détentions préventives*, le chef de l'administration, le

---

* *Schutzhaft*, "détention préventive", euphémisme utilisé officiellement pour l'internement.

chef du travail obligatoire, les fonctionnaires de la section politique de la Gestapo, les médecins du camp, les infirmières SS, la surveillante-chef, les surveillantes, les services de garde de la SS.

Donne, dit grand-mère en s'emparant du livre d'un geste impatient, je vais te montrer les surveillantes. Elle feuillette le livre et désigne du doigt un groupe de femmes assises sur un banc d'accusation. Elle indique une jeune femme blonde, celle-là, c'était la pire, dit-elle. Elle avait un chien qu'elle excitait contre les détenues quand elles s'effondraient pendant l'appel. Elle le revoyait encore, ce molosse tirant sur sa laisse avant de bondir sur une femme exténuée. Une Polonaise de son block avait été mordue par ce chien. Elle en avait eu carrément des trous dans les jambes. Une femme-médecin polonaise avait fait rincer les plaies à l'urine. Elle avait conseillé aux femmes de laver leurs plaies à l'urine, ça marchait, on n'avait rien d'autre, pas de pansements, rien du tout.

C'était elle, cette surveillante, dit grand-mère en posant l'index sur le visage de la femme, qui disparaît sous son doigt. Elle était très jeune et très méchante, très perverse. Mon Dieu, il y a de ces gens, s'exclame grand-mère, et elle crache sur la photo. Puis elle essuie les pages avec sa manche pour qu'elles ne collent pas.

Il lui arrive de cracher sur la photo de la SS médecin du camp, en lieu et place des médecins SS qu'elle a rencontrés quand elle a été emmenée à l'infirmerie. Ce que cette femme médecin a pu faire aux femmes, *čudno, čudno*, dit grand-mère qui cette fois encore, disant bizarre, entend par là terrible.

Elle croit que grâce à ces deux livres, plus personne ne pourra déclarer qu'elle invente ce qu'elle raconte. Plus personne ne peut me traiter de menteuse, dit-elle.

Parfois, elle sort du tiroir de la table un petit cahier rouge taché. Mon livret du camp, dit-elle en ouvrant le cahier, regarde, à l'intérieur de la couverture j'ai écrit *knjiga od zapora Maria H.*, le livre de prison de Maria H. Ce cahier, c'est une codétenue qui le lui a offert sur le chemin du retour. Et celle-ci l'avait reçu d'une Française. Elle avait arraché quelques pages, mais regarde, dit grand-mère, à Prenzlau j'ai commencé à prendre des notes. Le 28 avril, ils nous ont sorties du camp, le voyage a été merveilleux, lit-elle, *čudovita*, parce que, à nouveau, le mot slovène pour terrible ne lui vient pas. Les SS leur avaient fait longer le front en direction du nord ou bien en tournant en rond, raconte-t-elle. Personne ne savait où on allait. Elle se rappelait à peine les premiers jours, où elle était si faible que la Gregorička avait dû la porter. Une fois, elle s'en souvient encore, elles avaient traversé une forêt qui n'en finissait plus, partout il y avait des morts et des gens écroulés de fatigue, des voitures brûlées, des engins de guerre. La Gregorička avait déniché une brouette, l'avait mise dedans et avait poussé. Ensuite, le 1er mai était arrivé et la SS avait disparu, comme envolée. Tout autour, du tonnerre et des tirs. Les femmes avaient déambulé en groupe le long des lignes de combat. Son groupe à elle avait passé la nuit dans une porcherie. Les Russes avaient tiré sur le bâtiment et il avait fallu qu'une des femmes sorte en uniforme rayé de détenue du Kazett pour que les Russes comprennent qu'ils s'agissaient de détenues. Alors ils avaient tué un cochon et préparé à manger pour tout le monde.

Le lendemain, elles avaient continué leur route, partout des dévastations, les villages bombardés, les avions volaient bas au-dessus de leurs têtes. Elles cherchaient de la nourriture et des vêtements dans les maisons abandonnées. Leur groupe était mené par une femme de Ljubljana, elles étaient restées avec elle parce qu'on disait que les Slovènes seraient reconduites chez elles en groupe. Les femmes slovènes avaient dû attendre août pour rentrer au pays. Les Autrichiennes, elles, voulaient se débrouiller pour rentrer aussitôt les combats terminés, dit grand-mère.

Dès que grand-mère commence à se déshabiller, je commence moi aussi à quitter mes vêtements.

Elle s'assied sur le lit en tunique et défait la fine tresse qu'elle porte en chignon. Je me mets à genoux sur le lit derrière elle et je commence à la peigner. Ses fins cheveux gris tombent entre ses omoplates. Elle pose alternativement la main droite et la main gauche sur la partie de la tête que je peigne. Attention, dit-elle, attention, et parfois, après un soupir, c'était le 13 novembre qu'elle était entrée au camp. Les femmes qui avaient été conduites avec elle, à pied, à travers Fürstenberg, avaient dû se déshabiller dès leur arrivée. À la première heure, il y avait eu une alerte aérienne. Elles avaient dû attendre, nues, pendant deux heures, avant qu'on les examine. Et puis on leur avait rasé les cheveux. À peine a-t-elle prononcé le mot rasé qu'elle repousse ma main comme si je lui avais touché les cheveux sans y être autorisée. Elle se refait une tresse en quelques mouvements et la fixe rapidement en chignon avec des épingles. Elle soupire. Elle avait dû s'allonger sur une table, dit-elle, on lui avait fait une injection dans le vagin, ça avait brûlé horriblement et c'était sans doute à cause de ces trucs de femmes. L'une des femmes avait ses règles, tout lui coulait sur les jambes. Les hommes en uniforme la regardaient comme du bétail, elle avait déjà un certain âge. Les plus jeunes avaient des problèmes à cause de leur beauté, on les avait sorties du block 12 où elle, elle était restée enfermée pendant quatre semaines, et puis on les avait reconduites là, hagardes. Chaque jour, matin et soir, rester debout pendant deux heures pour l'appel, une bousculade, des larmes, ça durait longtemps avant qu'on ait fini de les compter, et ces regards méprisants qui vous évaluaient et vous jugeaient apte à telle ou telle tâche.

Je me surprends à considérer la silhouette de grand-mère d'après les regards qui la toisaient. Je vois les yeux étrangers s'étendre comme un filet sur son corps et je me demande si la peau a gardé des traces de l'effroi. Mais l'épouvante ne s'y dessine pas. Elle ne laisse pas de cicatrices visibles. Le corps de grand-mère est aussi anguleux qu'un squelette ; la clavicule en biais, les épaules, l'épine de la vertèbre cervicale inférieure saillant, les côtes, l'humérus sur lequel la peau se tend comme une gaze. Elle n'a plus muscles ni poitrine, regarde, dit-elle en soulevant sa tunique, ma poitrine, ce n'est plus qu'un grand pli. Je regarde d'un œil, mais grand-mère tord la bouche et me dit de ne pas avoir peur d'une vieille femme. Elle en a beaucoup vu, dans sa vie, des femmes nues, et cela fait passer les manières. Elle en a vu dans tous les états possibles, des femmes, mon Dieu, dit-elle, des vieilles et des jeunes, des fragiles, des battues dont la peau pendait en lambeaux, des mortes dont la peau ressemblait à du papier, du papier jaunâtre, dit-elle, on aurait pu éplucher le squelette. Au début, elle devait nettoyer les latrines, impossible d'imaginer comme ça pouvait puer. L'odeur lui collait, elle ne pouvait même pas se laver. Angela Piskernik, l'enseignante d'Eisenkappel, s'était énervée à cause de son odeur, mais qu'est-ce qu'elle pouvait bien faire contre. La crasse c'est la crasse et la merde c'est la merde, dit grand-mère.

Elle se passe la main sur ses cuisses couvertes jusqu'aux genoux d'un sous-vêtement en coton et essaie d'étirer le dos en prenant appui sur ses jambes. Elle me demande de lui enlever ses chaussettes. Je descends du lit et lui retire ses chaussettes de laine. Le dessin de l'élastique se dessine sur le mollet, grand-mère dit qu'elle a les jambes qui enflent beaucoup depuis le camp. C'est au camp que ça a commencé, les jambes lourdes, gonflées, les douleurs aux articulations et dans les os, au point qu'il lui arrive parfois de ne pas tenir debout. Elle me demande si je veux voir son gros orteil douloureux. Je me penche vers ses pieds.

L'ongle de votre gros orteil ressemble à un sucre d'orge, dis-je, et ma comparaison fait rire grand-mère. Comme un bonbon, dit-elle, amusée, je ne savais pas que je portais des sucres d'orge au pied ! La peau du creux des genoux est bleuâtre, les vaisseaux capillaires flottent comme une résille sur les mollets et les tibias et recouvrent les pieds d'un entrelacs ressemblant au delta d'un fleuve.

Est-ce que nous mangeons quelques biscuits avant de nous allonger, demande grand-mère après un moment.

J'acquiesce et elle va chercher dans le bahut de la cuisine une boîte en métal avec des gâteaux secs. Ceux qu'elle préfère, ce sont ceux en pâte sablée qui se défont tout de suite dans la bouche, dit-elle en déballant son dentier du mouchoir qu'elle laisse comme toujours sur le chevet. Grand-mère ne se sert de son dentier que pour manger. Après la mort de grand-père, elle a décidé de ne plus porter de dentier, à quoi bon, dit-elle, de toute façon plus un homme ne voudra d'elle. Le dentier doit être à portée de main, elle le porte souvent dans sa poche de tablier. Dans la bouche, ces troisièmes dents lui donnent souvent l'impression d'être inutiles, affirme-t-elle.

Quand je suis allongée sur le lit et qu'elle, assise, parle du camp, elle aime évoquer Mici, sa pupille. Ah, soupire-t-elle, ah, si tu savais l'allure qu'avait Mici quand je l'ai retrouvée sur la place du camp ! Mici était tombée dans ses bras, raconte-t-elle, en criant maman, maman, que faites-vous ici ! Je n'ai pas pu retenir mes larmes, dit grand-mère, tellement elle me faisait de la peine ! Mici lui avait raconté que, le jour où elle avait quitté la maison pour aller à Eisenkappel se présenter à la police parce qu'on l'avait convoquée, elle avait jeté un coup d'œil chez Šertev pour demander si ce ne serait pas mieux de rejoindre les partisans. Les partisans avaient construit un abri à proximité de chez Šertev, dit grand-mère. Les partisans avaient dit de ne pas se faire de souci, lui avait raconté Mici, la police ne pourrait rien prouver, elle était encore très jeune, et c'était très pénible pour une femme de rejoindre les partisans juste avant l'hiver. Elle ferait mieux d'attendre tranquillement tant qu'elle n'était pas en danger de mort. Sur quoi Mici s'était présentée à la police. Là, on lui avait reproché de travailler pour les partisans, selon ce que des gens avaient déclaré. Elle avait nié en bloc, mais la sentence était déjà fixée. Elle fut déportée en camp. Mici était sale, hagarde, se souvient grand-mère. Elle avait senti qu'elle ne survivrait pas au camp, qu'elle avait déjà baissé les bras. Ce jour-là, elle l'avait senti, que sa pupille n'en avait plus pour longtemps. Trois mois après, Leni lui avait écrit que les cendres de Mici avaient été expédiées de Lublin. Et là, je me suis effondrée, dit grand-mère. J'ai pleuré toute la nuit. Les femmes du baraquement m'ont exhortée à ne pas me laisser aller, car, au camp, les sentiments profonds sont annonciateurs de mort. Mici a été gazée à Lublin, elle a été gazée à Lublin, répète grand-mère comme pour se représenter à nouveau les faits. À partir de ce jour, elle avait été inapte aux travaux à l'extérieur, elle tenait à peine sur ses jambes, poursuit-elle. Mais avant, regarde, le 10 mai, dit grand-mère en feuilletant son cahier du camp, le 10 mai j'ai vu un signe dans le ciel. J'ai vu mon frère Miklavž, le mari de Katrca, et je l'ai raconté à Katrca, qui était la sœur de ton grand-père. À cette époque, Katrca était déjà malade, elle était à l'infirmerie. Je lui ai décrit ma vision et lui ai dit que cela n'annonçait rien de bon. Peu après, raconte grand-mère, Katrca a appris que Miklavž était mort à Dachau. Elle en a perdu la volonté de survivre. Elle disait qu'elle voulait suivre son mari. Elle écrivait encore des poèmes sur son lit de malade, toujours elle écrivait des poèmes. C'était très dangereux. Il y avait une Russe qu'on avait battue à mort dans l'abri à cause de ses poèmes, mais Katrca souhaitait qu'on emporte ses poèmes dans la liberté. Elle ne sait pas si cela a réussi, dit grand-mère. Elle avait rendu visite à Katrca, elle allait toujours la voir, même quand elle avait été elle-même transférée à l'infirmerie et avait passé quinze jours parmi les malades condamnés. Les morts de l'infirmerie, on les empilait la nuit devant les douches, les corps efflanqués gisaient là, par terre, comme des rondins sur lesquels on trébuchait. Katrca avait des plaies dans le dos, dit grand-mère, et, allongée sur le lit, je me représente le dos de Katrca, qui ressemble dans mon imagination à un tissu peint, imbibé de part en part de cercles de couleur aux reflets rouges mêlés à des pétales de roses fanés, couvert de croûtes purulentes. Allongée derrière le dos de ma grand-mère, les yeux rivés sur le dos narré de Katrca, je flotte dans le passé comme dans une goutte de temps qui tournoie dans ma tête.

Grand-mère respire difficilement et lutte pour reprendre son souffle. Elle avait passé quinze jours à l'infirmerie, raconte-t-elle, après quoi elle s'était un peu remise. À l'infirmerie travaillaient aussi des femmes-médecins tchèques qui parlaient allemand et faisaient leur possible pour les secourir. Les Tchèques se serraient les coudes, ça se sentait. Une fois qu'elle avait été guérie, la blockova l'avait placée au service intérieur. Elle devait laver les grands baquets dans la cuisine des détenues. C'est ça qui l'avait maintenue en vie, dit grand-mère, parce qu'elle pouvait souvent voler des déchets et les manger. Elle mettait de côté ce qui restait et l'apportait à ses codétenues. À Katrca aussi, elle pouvait glisser régulièrement une épluchure de navet ou de pomme de terre, c'était déjà une aubaine, car les repas des détenues consistaient en détritus, des choses que, chez elle, elle aurait données aux cochons ou jetées. Katrca était morte le 1er juillet, un samedi après-midi. Je me suis approchée de la fenêtre du baraquement des malades, un reste de navets à la main, j'ai regardé à l'intérieur et j'ai vu que le lit de Katrca était vide, dit grand-mère. Une Tchèque lui avait fait signe que Katrca avait été emmenée. Elle ne pouvait pas s'empêcher d'y penser constamment en espérant que Katrca n'avait pas eu le sort de Jerči Vivoda de la combe de Lobnik. La Jerči, on l'avait jetée vivante parmi les morts, mais elle avait réussi à se délivrer du tas de cadavres et, à trois reprises, elle était retournée jusqu'au block 6 en rampant. J'ai prié pour que Katrca soit morte, dit grand-mère, pour qu'elle ait un autre sort que la petite Jerči du haut de Lobnik.

Quand grand-mère évoque les rations de nourriture au camp, elle est prise de fringales nerveuses. Elle rouvre la boîte de biscuits et prend un bocal de compote dans l'armoire où elle garde plusieurs conserves, des rations de réconfort.

Si elle pose sur la table un bocal de compote de raisins, je sais qu'elle est contente de la manière dont s'est passée la soirée. Elle prend une grande cuiller dans le tiroir, la cuiller du camp pour les supérieurs, dit-elle, qu'elle a volée dans la cuisine du camp. Regarde, dit-elle, et elle me montre ce qui est gravé au dos du manche de la cuiller, RAD, Reicharbeitsdienst, Service de travail du Reich. Puis elle plonge la cuiller dans la compote de raisin et sort quelques raisins du bocal et les laisse glisser dans sa bouche. La portion suivante est pour moi. Je ferme les yeux et j'ouvre la bouche. Grand-mère fait rouler délicatement quelques raisins sur ma langue. Il m'arrive d'avaler de travers, car j'ai la bouche remplie par la cuiller. Eh, pas si goulûment, dit grand-mère en riant, pas si goulûment ! Elle avait emporté aussi sa propre cuiller du camp, une simple cuiller en aluminium, et l'avait rangée parmi les documents, pour qu'elle ne se perde pas, une pièce à conviction, dit-elle.

De temps en temps, elle prend dans la commode une boîte grise avec des photos. Où est-ce qu'elle est, Mici, marmonne-t-elle en fouillant dans les photos en noir et blanc sur lesquelles on voit surtout des convives de noces. Je regarde avec un sentiment de grande distance les photos qu'elle me pose sur le lit. Enfant, il n'y a que Mici qui m'émeuve, peut-être aussi le regard mélancolique de Katrca. Mon véritable intérêt va aux photographies sur lesquelles on voit grand-mère à mon âge. Je constate que nous nous ressemblons. Grand-mère aussi, après avoir réfléchi un moment, dit que peut-être, peut-être que oui, nous nous ressemblons, elle n'est pas sûre. Vous avec une belle robe blanche sur cette photo de communion, dis-je avec admiration, et grand-mère passe tendrement un doigt sur sa tête de jeune fille ornée d'une couronne de fleurs blanches. Et puis elle commence à raconter l'époque la plus difficile au camp.

Dès le début de l'année 45, le nombre des convois arrivés à Ravensbrück avait augmenté. Il n'y avait plus de place dans les baraquements, les femmes devaient dormir à trois ou quatre sur un lit de camp. Il était arrivé beaucoup de Polonaises et de Slovènes, beaucoup de citadines venant de France, Belgique, Hollande, mon Dieu, ces femmes se battaient toujours pour défendre leurs vêtements et leurs fourrures. Les premiers jours, elles restaient assises devant le block des arrivées et n'en croyaient pas leurs yeux. Nous, nous étions blasées, dit grand-mère, nous nous étions déjà faites à beaucoup de choses. Elle avait beaucoup maigri pendant l'hiver, il y avait de moins en moins à manger, parfois des jours entiers sans rien du tout. Elle avait vu des femmes emmenées dans des camions, et ensuite on ramenait leurs cadavres pour les conduire au crématoire. Au printemps, lors d'un appel, on l'avait sélectionnée pour le gazage. Mon Dieu, pour la mort, j'étais couchée sur de la paille dans le baraquement pour ceux qui avaient le typhus, prête pour le convoi vers la chambre à gaz, et je priais, dit grand-mère. Tout d'un coup, une de Vienne lui avait dit, nous, entre Autrichiennes, on doit se serrer les coudes ! Entre Autrichiennes on doit se serrer les coudes ! La Viennoise lui avait échangé son matricule contre celui d'une morte. Elle lui avait conseillé de se cacher, alors elle s'était enfermée aux W-C avant le convoi, raconte grand-mère, c'était horrible. On n'avait pas arrêté de taper à la porte. C'était insupportable. Plus jamais elle ne referait une chose pareille. À compter de ce jour, elle n'était plus jamais allée à l'appel, elle se cachait dans le baraquement sous les lits superposés, elle se faisait barricader derrière les colis que les femmes recevaient de chez elles. À la fin, elle avait passé le temps au camp comme une morte, clandestinement.

Je veux te dire quelque chose qui t'accompagnera dans ta vie, dit grand-mère pour finir : ne t'enferme jamais dans les

W-C après un appel de sélection, partage les paquets avec les autres tant qu'on t'en envoie de chez toi, fais bien attention au peu de choses que tu possèdes. Parce qu'au camp, on vole tout tout le temps. Entretiens de bonnes relations avec les codétenues, pour ne pas mourir seule et sans secours.

Juste après mon entrée au lycée, elle me demandera de l'aider à écrire une lettre à la femme de Vienne. Il faut seulement qu'elle retrouve l'adresse et le nom exact, et puis nous pourrons rédiger la lettre, dit-elle. Elle avait écrit des lettres après le retour du camp, mais ensuite, la correspondance s'était espacée et les contacts avaient cessé.

Grand-mère sort une carte postale de la boîte de photos. Tiens, lis, dit-elle en me mettant la carte postale sous les yeux. Je lis : *9.3.1946, Chère Mitzi, merci bien pour ta bonne lettre, je suis très contente que tu sois si bien rentrée. Comment vas-tu ? Es-tu en bonne santé et tes enfants aussi, sais-tu quelque chose de ton mari ? De mon côté, je me porte bien et le petit aussi est comme un charme, il aura déjà quatre ans en juin. Chère Mitzi ! J'ai été libérée le 13 février et le 16 février je suis arrivée chez moi saine et sauve. J'ai sûrement eu beaucoup de chance d'échapper à cette bande de SS. Chère Mitzi ! As-tu des nouvelles de Sabine Bauer, est-ce qu'elle était encore avec vous ? Écris-le-moi. Et puis j'aurais encore une question : connais-tu l'adresse de Sabine Schwaiger, j'aimerais bien lui écrire. Donne vite de tes nouvelles ! Ton amie Anna Weitlaner.*

Je rends la carte à grand-mère. Elle sourit. Puis elle me tend une lettre. J'ai de la peine à déchiffrer l'écriture : *30 avril 1946 ; Je n'ai pas pu répondre avant aujourd'hui à votre gentille carte et je voudrais vous remercier par cette lettre. Vous rappelez-vous toutes ces heures que nous avons dû traverser vous et moi et qui nous ont causé tant de malheur. Et malgré tout nous y sommes arrivées : aujourd'hui, nous sommes libres et nous pouvons bien nous sentir ainsi ! Mais dites-moi : comment cela s'est-il passé pour vous à Wesenberg ? Pourquoi êtes-vous revenue si tard chez vous ? Moi, j'étais à Graz le 10 juillet. Que faites-vous maintenant ? Tenez-vous de nouveau votre ferme ? Bon, j'espère que vous avez tout récupéré ! De mon côté, pas grand-chose encore. Au jour d'aujourd'hui, on ne m'a toujours pas remis l'inventaire de mon appartement. Avez-vous encore le "beau manteau" ? – Encore un petit souvenir de Ravensbrück. Nous aurions encore tellement à "papoter" si seulement les liaisons en train étaient plus pratiques. Je vais terminer pour aujourd'hui et j'espère que vous me donnerez bientôt un signe de vie. Et maintenant, je vais aller prendre mon café à la "paquet d'amour" ? Plus besoin de "chaparder" ! Avec mes salutations bien cordiales, votre compagne de souffrances, Elisse Siegl, Graz. "Clara Zetkin."* Grand-mère se remet à sourire. Elle ne sait pas qui est cette Zetkin, dit-elle, et le jour où je serai en mesure de répondre à cette question, grand-mère ne sera plus en vie.

Elle pose le cahier du camp et les lettres sur la table, éteint la lumière et commence à prier tout bas. Je me tourne sur le côté et presse mon dos contre ses côtes. Après s'être signée, elle se tourne vers moi et m'entoure de son bras. C'est cette position la meilleure, dit-elle. Grand-père aussi, elle se blottissait contre lui, jambes repliées. Je presse mon dos contre sa cage thoracique et je voudrais qu'elle me serre encore plus fort. De temps en temps, elle me pince avec ses ongles durs, quand il lui vient à l'idée de me montrer comment on écrasait les punaises autrefois. Il y avait toujours un craquement quand une punaise éclatait, mais une punaise vient rarement seule et il ne fallait plus songer à dormir, dit grand-mère. Pourtant, à côté d'elle je m'endors vite et au petit matin j'ouvre des yeux étonnés. La place est vide à côté de moi. Grand-mère est déjà levée et a couru à la maison. Quand j'entrerai dans la cuisine, elle sera debout près du fourneau et dira qu'elle a froid. Puis nous boirons du café de malt en silence, comme si nous avions été trop intimes pendant la nuit.

Le soir, l'enfant reste debout dans la prairie derrière la maison, près de la porte ouverte sur la nuit, palais royal s'élevant au-dessus du paysage, avec les scintillements mélodieux des étoiles, la respiration de la forêt et le bruissement du ruisseau au fond de la vallée. L'enfant entre dans la demeure de la nuit et ressort de la demeure de la nuit. Debout entre les espaces de temps, l'enfant pense vouloir mourir, au fond, pense en avoir assez de la vie, qu'il ne faudrait pas avoir de telles pensées, l'enfant pense vouloir mourir parce que la mort s'est approchée de si près. L'enfant n'a jamais vu une fosse ouverte, mais seulement des gens qui s'y rendaient, et pense qu'il faudrait lâcher ces morts que l'enfant, comme un cheval en bois fatigué, traîne derrière soi, et les enterrer. L'enfant veut enterrer ses morts, la fille de cuisine noyée, les assassinés, les tués, les pendus, les morts inconnus des récits de grand-mère.

L'enfant veut retourner auprès des choses immédiates, là où pas un mot ne s'immisçait entre l'enfant et le monde, où rien ne se dérobait. L'enfant veut cueillir les mots sur les choses, le nom coquerelle sur la coquerelle, le nom ortie blanche sur l'ortie blanche.

L'enfant s'accroupit dans l'herbe et ne se relève plus, rétrécit pour devenir une pierre sombre, luisante, qui renferme des étincelles chatoyantes comme l'eau et le feu et fluorescentes comme l'air. Son souffle attire des fleuves dans la roche et son rire jaillit hors du noyau de pierre, comme des colonnes de nuées figées en pleine croissance.

L'enfant se jette dans le dedans, dans le creux qui réchauffe encore, qui abrite, qui cache.

Cette fillette qui se relève de l'herbe avec son corps souple et gauche, sans doute est-ce moi, le moi étranger qui découvre les pleurs, source qui depuis les profondeurs du corps emporte tout ce qui s'y est accumulé, qui découvre que les pleurs peuvent servir de godets pour aller puiser jusqu'à la base du corps, pour transporter un métal jusqu'à la lumière du jour, un métal qui l'empoisonne et la nourrit. Cette nuit-là, j'apprends à m'avancer en sanglotant jusqu'à quelque chose de velouté et de chaud, d'obscur et de clair qui me broie et me réconcilie, me fait voir l'enfant loin de moi comme en moi.

À compter de ce jour, me semble-t-il, je suis la fillette qui n'a pas poussé comme il faut, la fillette aux membres disloqués, aux pensées qui volent trop haut. Mes bras dépassent sur les côtés, mes jambes fixées tant bien que mal pendouillent avec une pesanteur nouvelle, ma tête est vidée, rendue libre pour tout et rien.

Je retourne dans la maison des parents, je me mets au lit et je regarde fixement l'obscurité. Au matin, je rince à l'eau froide mes paupières gonflées et je vais à la cuisine, encore étourdie.

Derrière la porte fermée, j'entends ma mère dire à mon père qu'il est temps de faire quelque chose pour le cas où la petite entrerait au lycée. Elle dit qu'elle a parlé aux professeurs et à l'aumônier. Tous sont favorables à un changement d'école. Une fois déjà elle a laissé passer le délai d'inscription, mais si la petite travaille bien, elle pourra entrer dès l'automne en cinquième.

Mon père demande ce que ça veut dire, entrer au lycée, voilà qu'une fois de plus elle a pris des décisions derrière son dos, lui ne songe pas à envoyer la petite dans une école ailleurs, il ne le permettra pas. Tout ce qu'elle cherche, c'est à lui enlever l'enfant, rien d'autre. Ma mère le conjure d'être raisonnable, tout de même, il faut utiliser les possibilités offertes par la bourse de l'État, Michi aussi va envoyer sa fille au lycée et les filles de son frère vont depuis longtemps au collège slovène.

Mais qu'elle laisse donc son frère en dehors de tout ça, hurle mon père, il s'en fiche de ce que font Tonči et les autres, il ne laissera pas partir la petite, un point c'est tout ! Il a mis tout son argent dans la maison, où est-ce qu'il ira prendre l'argent pour l'école, qu'elle ne s'avise pas de disposer de son argent. Et j'entends alors un choc et du verre qui éclate sur le sol. Je pousse la porte de la cuisine et je m'arrête, effrayée. Mon père a brisé la vitre de la porte haute du buffet et tient encore à la main une tasse à café qu'il vient de prendre sur l'étagère. Ma mère est près de la porte et parle d'une voix tremblante, et voilà, une fois de plus tu as montré de quoi tu es capable, il faut bien que la petite sache où elle en est, on ne va pas attendre un an de plus. Mon père jette la tasse par terre et sort de la cuisine en courant, mais qu'elle arrête donc de le faire passer pour un imbécile, hurle-t-il.

Je dis à ma mère que si mon père n'a pas d'argent, eh bien je n'irai pas à l'école.

Mais si, dit ma mère en ramassant la petite tasse, on y arrivera bien. Elle va m'inscrire au lycée et, une fois passé l'examen d'entrée, j'y serai inscrite.

À la rentrée, nous prenons le car postal pour aller à Klagenfurt. Sur le chemin de l'internat où je serai logée, je me refuse pour des raisons inexplicables à aller plus loin. Je crie sur ma mère qui commence à avoir honte de moi, que je ne veux pas aller à l'école, que je ne veux pas entrer en internat et que je ne veux pas aller à Klagenfurt ! Ma mère me dit, fais attention au chemin, comme ça tu sauras comment retourner jusqu'à la gare. Je réponds en braillant que ça m'est égal, je ne me rappellerai sûrement aucune rue puisque je vais rentrer, et pas plus tard que maintenant. *Lojza*, me dit ma mère, ce qui veut dire petite bêtasse dans notre langue quand on ne veut pas dire sotte. *Lojza*, dit ma mère, je suis une vraie *lojza*, il faut que j'arrête de faire tout ce boucan car les gens regardent déjà.

Je sens que ma mère est inflexible et je me sens saisie soudain d'un désespoir confus, je pense que je ne peux pas laisser mon père tout seul, je ne me le pardonnerais jamais s'il se faisait du mal, je ne pourrais pas accepter l'idée qu'il dépense pour moi le peu d'argent qu'il a. Je ne veux pas, me dis-je, et je laisse mes larmes s'épancher. Ma mère dit d'un ton fâché, allez, mais allez, avance donc !

Une fois à l'internat, assise sur le lit qui m'est attribué, dans les mains la clé de mon armoire, j'efface les traces de larmes. J'observe les autres jeunes qui embrassent leurs mère et père pour leur dire au revoir et je m'aperçois que jamais encore je ne me suis séparée de ma mère avec un baiser. Ma mère lance encore un regard dans la pièce, elle a tout réglé avec la direction de l'internat, dit-elle en me tendant la main. Et tâche d'être sage, dit-elle en guise d'adieu, et elle s'en va.

Cette nuit-là, je n'arrive pas à dormir. J'ai l'impression d'être une traîtresse. J'essuie dans les draps les larmes qui se frayent un chemin en brûlant. La tristesse m'envahit comme une ivresse que je ne supporte que couchée. Je décide de ne plus me laisser aller à cette griserie, je me promets de ne pas parler de mes sentiments et de faire tout ce qu'on exige de moi. Personne ne doit apprendre ce que je ne veux pas révéler. Me laisser de côté, ce serait l'expression juste.

Comme le lycée pour les Slovènes n'a pas ses propres locaux, je dois d'abord m'habituer aux cours l'après-midi. Depuis plus de dix ans, il est hébergé les après-midis dans un autre bâtiment scolaire. À midi, les élèves germanophones rentrent chez eux en courant tandis que nous, les slovénophones, nous attendons près de l'entrée secondaire de pouvoir entrer dans l'école en passant par les vestiaires du sous-sol. La vie d'internat, l'attente commune devant l'école, les cours en slovène, tout cela m'intègre dans le groupe. Je sens que j'en fais partie et qu'il sera difficile de se cacher.

Lors d'un week-end que je passe à la maison, mon père se plaint une dernière fois de mon absence. La nuit, alors que nous sommes déjà au lit, il nous tire du sommeil. Il dit que ma mère a ce qu'elle mérite, elle l'a voulu et elle a mis la petite en danger, hurle-t-il dans la cage d'escalier. Qu'est-ce que ça apportait d'envoyer la petite à l'école, qu'est-ce qu'on avait besoin d'aller à Klagenfurt maintenant qu'on retirait les panneaux bilingues en Carinthie. Mais non, elle voulait toujours l'impossible et elle n'en faisait qu'à sa tête. Lui aussi il était un être humain, lui aussi il avait son mot à dire. *Ich bin ein Mensch*, crie mon père en allemand.

Je suis triste de sentir que je suis la cause du chagrin de mon père, en tout cas c'est ce que j'imagine et tout ce qui me concerne m'embarrasse, me pèse. Mon corps monté en graine ressent comme déplacée la rapidité avec laquelle il grandit. Je crois aussi ne plus pouvoir porter les vêtements campagnards dans lesquelles mon allure est pire que ce qui me semble supportable.

Je suppose que ma mère a déclaré la guerre à ma nature obstinée, car les week-ends que je passe à la maison, elle m'envoie toujours à la messe. Elle me fait sentir que si elle a dû me laisser échapper à sa surveillance, c'est à contrecœur, que désormais c'est à moi de me débrouiller, que je suis responsable de mon linge, de ma réussite scolaire. Du haut de mes onze ans, je porte une responsabilité particulière car j'ai eu le droit de quitter un chez-moi inhospitalier, telle est la mission implicite qu'elle m'attribue et que j'accepte comme un fardeau, par défi ou par désespoir.

Ma mère se raccroche à son ultime devoir éducatif et s'emploie à le remplir. Elle croit devoir veiller à ce que j'accomplisse mes obligations de chrétienne. Elle provoque mes protestations, ce qui, pour le coup, réconcilie mon père avec le cours des choses. Il cesse de résister à l'école et se fait à l'idée que les chemins que suit sa fille lui resteront étrangers, qu'il ne pourra pas, lui, les emprunter.

Grand-mère et moi commençons à nous éloigner l'une de l'autre. Bien qu'elle soit de plus en plus fragile, elle ménage ses forces pour se débrouiller, tandis que moi je marche vers quelque chose qui se trouve vaguement dans l'avenir. Grand-mère n'essaie pas de me retenir, elle a sa manière, parfois offensée, de me laisser aller mon chemin. Elle devient de plus en plus susceptible et impatiente. Un jour, alors que j'ai décidé de donner un baiser à mes parents en prenant congé chaque lundi matin pour aller à l'internat, elle refuse mes caresses. Dès que je me penche vers elle, elle secoue énergiquement la tête et me repousse.

Cet été-là, je porte pour la première fois à la maison un bikini. Dès qu'elle m'aperçoit, grand-mère va chercher sa poêle en fonte et m'enfume avec le parfum âcre des joncs. Elle est en colère, elle s'emporte. Je m'empresse de me rhabiller et je vais la trouver dans sa chambrette, pour l'apaiser. On ne montre ni son cul ni son argent, dit grand-mère. Une jeune femme doit savoir ce qui lui sied, dit-elle en sortant du tiroir inférieur de la commode un ensemble en satin bleu foncé. Cette robe, sa Mici l'avait portée pour le mariage de l'oncle. Elle était très élégante, dit grand-mère en m'adressant un regard réprobateur. Une femme doit toujours se parer d'un bouquet de fleurs ou d'une broche. Elle, quand elle allait à l'église, elle portait toujours un petit bouquet d'œillets parfumés, avec du pélargonium et de la citronnelle. Ça sent bon et ça produit son effet les jours de fête. Une fois séché, dans l'armoire, ça chasse les mites, affirme-t-elle.

Le tiroir ouvert de la commode laisse voir des bougies en cire jaunâtre et des chandeliers argentés joliment décorés, un crucifix avec son socle ainsi que des tissus et draps blancs brodés de motifs liturgiques. De mon temps, dit grand-mère, le trousseau de la mariée devait comporter non seulement le linge de lit mais aussi le linge mortuaire, afin que le nouveau foyer soit pourvu de tout le nécessaire. Elle a récemment préparé le linge pour sa mise en bière et, d'ailleurs, elle a un conseil à me prodiguer. Quand tu as tes règles, tu ne dois jamais te mettre du papier ni quoi que ce soit dans le vagin. Au camp, une femme médecin polonaise avait enjoint les femmes de son block de ne pas le faire, car quelques femmes étaient mortes de s'être mis du papier journal souillé. Il y a longtemps qu'elle voulait me le dire. Mais comme je ne rentre plus que rarement, l'occasion a manqué, dit grand-mère. Cette conversation met un terme à notre connivence. Plus jamais nous ne serons proches, grand-mère se retire peu à peu dans son amenuisement.

Les week-ends que je passe à la maison, j'entends grand-mère expliquer à mon père les ramifications de notre famille et le corriger quand il confond les cousines et cousins germains avec celles et ceux du second degré. Elle énumère tous les domaines voisins et les gens qui y vivaient jadis, ceux qui ont survécu au camp et ceux qui ont trouvé la mort dans les camps. Elle dessine les domaines sans écrire, nouant les mailles fines d'un filet qui va d'une ferme à l'autre, resserrant les noms par-dessus les collines, singulier entrelacs, voisinage secret de ceux qui ont été terrassés.

Pour la combe de Lepena, grand-mère nomme la ferme Dimnik, elle nomme Knolič, Šertev, Gobanc, Hirtl, Gregorič, Aupric, Hojnik, Skutl, la chaumière Hrevelnik, Winkel, Kožel, Peternel, Čemer, Blajs, Kokež, Potočnik, le Mozgan d'en haut, pour la combe de Remschenig Kach, Makež, Papež, Črnokruh, la chaumière Struz, Šopar, Pomovčar, la ferme Tonov, pour la combe de Lobnik Vivoda, Brečk, Topičnik, Mikej, Stopar, Wölfl, Tavčman, à Ebriach la chaumière Peruč, Jereb, Pegrin, la chaumière Pegrin, Smrtnik, Šajdnik, Urh, à Vellach Šein, Kristan, Podpesnik et la chaumière Vejnik. Les noms des camps sont accrochés à ceux qui ont été assassinés et aux survivants comme de petites étiquettes et ils s'estompent avec ceux qui sont décédés entre-temps. Ils disparaissent avec les fermes et domaines, l'herbe et les buissons les envahissent, les recouvrent, à peine s'il en reste une trace, un tas de débris, à peine un appentis vermoulu, un sentier broussailleux.

Comme toujours la mort fait ses rondes annuelles. Elle regarde une jeune voisine qui se pend, dont le suicide consterne tout le monde plus que tout autre auparavant. Encore une qui est partie trop tôt, dit-on, encore une qui a glissé, qui a chuté, est tombée à la renverse, tandis que les vivants se cramponnent à la vie et refusent de regarder le précipice qui leur donne le tournis. Grand-mère dit qu'il est temps de s'en aller, maintenant. Elle profite du délai que lui accorde la mort, comme elle dit, pour rester assise à parler avec des connaissances. Elle s'esclaffe avec Malka Knolič dont les joues rougissent encore plus quand elle se remémore avec grand-mère le retour réussi de Ravensbrück. Elle se fait conduire chez ses belles-sœurs par Tonči. Son fichu posé sur les épaules, elle est assise avec les belles-sœurs dans leurs nouvelles cuisines-séjours qu'elles lui montrent avec fierté, et elle respire difficilement, ses maigres mains couvertes d'une peau tachée posées sur les genoux. Sa tête a rapetissé, le nez et le menton sortent du crâne comme deux proéminences pointues. Grand-mère ressemble à un concentré d'elle-même. Un squelette la maintient droite et abrite son faible souffle. Voilà, elle est arrivée au but, dit-elle, maintenant elle ressemble enfin à une femme du Kazett.

À l'internat, mon refuge est la bibliothèque slovène située au rez-de-chaussée du bâtiment. J'y suis presque tous les jours. L'angoisse que me causent mon père et les récits de grand-mère se mettent à former un univers mental sur lequel je veille soigneusement et qui contient un secret, le secret de la menace qui pèse sur l'homme. Je crois être incapable d'évoquer ce secret, car je sens qu'il s'agit d'un mystère difficile, car j'ai l'impression que parler pourrait révéler ma maladresse, mes peurs qui constituent mon intimité, qui sont le noyau de mon intimité.

Les mesures prises pour le comptage des minorités en Carinthie me servent d'école et je comprends le message que véhicule le slogan qui resplendit sur les affiches : Si tu ne veux pas être un Slovène, choisis l'allemand ! Dans ce pays, me dis-je, le slovène est donc quelque chose d'indésirable, et je me décide pour ce qui est publiquement méprisé parce qu'à mes yeux et aux yeux de ceux avec lesquels je vis, cela a une importance et parce que pour la première fois je comprends ce que pourrait signifier le mot appartenance.

Je fais groupe maintenant et, dans l'un de mes rêves, je marche au premier rang d'une procession de Slovènes. Je connais les gens mais eux ne semblent pas me voir bien que je sois nue. À l'instant où je m'aperçois de ma nudité, je pense qu'il ne peut plus rien m'arriver puisque je suis morte, personne ne peut me nuire car je suis devenue invisible.

Malgré cette invisibilité nocturne, mon corps me joue un tour. On dirait qu'à l'intérieur, il œuvre inlassablement contre moi. Il se démultiplie sous la peau, il se continue, il s'étire, fermente. Il ne peut cesser de croître, il ne cesse d'attirer l'attention sur lui, tandis que moi je voudrais disparaître. Mon corps s'approche de moi par-derrière et frappe chez moi à l'improviste. Il veut qu'on le laisse entrer, il veut que je m'ouvre à lui, mais je n'y songe pas encore. Parfois il se manifeste comme petit orteil et me regarde fixement, moi et mes taches de naissance, il saillit sous forme de mamelon ou se déplace, escargot velu, dans l'entrejambe. Il rouspète sur mon épaule ou se tient sur ma nuque tout comme moi-même je suis assise sur ma propre nuque et avance la tête dans mon crâne et me fraye un chemin vers le haut, vers la langue.

Je déborde de langue, de formations verbales slovènes que je laisse tomber dans le vide, ne sachant que faire d'elles. Des phrases m'enveloppent comme une brume qui s'est élevée depuis les livres jusqu'à moi. Des phrases comme des molécules verbales non digérées qui se déplacent librement, que je peux expirer, que je peux faire ressortir de mes poumons. Des phrases comme une membrane grâce à laquelle je tiens à distance tout ce qui peut-être pourrait être touché ou devrait être dit, mais pas par moi. Je suis, comme on dit, une rigolote qui met un masque pour détourner l'attention de la mélancolie qui s'est emparée de moi et m'envahit. Durant des mois, je me sens comme un animal figé pendant la mue, auquel la peau qu'il faut ôter est restée coincée au-dessus de la tête, impossible à enlever. Si quelqu'un s'approchait de moi, je pourrais le cogner, sauf que je ne me doute de rien.

Du jour où grand-mère ne quitte plus son lit, notre ferme est en état d'urgence. C'est le plein hiver. Ma mère vient de mettre au monde son cinquième enfant, une fille, que mon père ne veut pas reconnaître comme sienne. Cela m'indigne, mais mon père ne se laisse pas impressionner par ma colère.

La seconde grand-mère, que j'appelle Bica, et Leni, une sœur de mon grand-père, se relaient à la ferme pour aider. Grand-mère se plaint d'étouffer, elle dit que son cœur ne veut plus. En février, elle fait venir le prêtre pour l'extrême-onction. Elle a les joues flétries, sa peau cède définitivement et sans réserve à la forme des os. Nous savons que les voisins et parents qui font mine de passer par hasard viennent pour lui dire adieu. En ce mois de février où il n'arrête pas de neiger, mon père est occupé toute la journée à déneiger. Et soudain le temps tourne, il fait plus chaud, la neige fond à une vitesse inhabituelle. Fin mars, le sol est sec, sauf dans les recoins et dans les replis à l'ombre où restent de minces plaques de neige, comme pour pimenter l'air d'un souffle de froid hivernal.

Au lycée, les cours ont lieu désormais le matin car la politique s'était enfin décidée à faire construire un bâtiment scolaire.

Un matin, mi-mars, on vient me chercher dans la classe. On m'informe que ma grand-mère est morte. J'ai beau m'y attendre, je sursaute. Je me vois faire plusieurs bonds à la suite et me dresser intérieurement. Dans le bus qui me conduit à la maison, je n'ai rien d'autre en tête que ma frayeur.

Quand j'arrive, en fin d'après-midi, grand-mère est déjà étendue sur le catafalque. Elle est un peu surélevée, en dessous d'une fenêtre de la salle de séjour donnant au sud. Le cercueil est posé sur un échafaudage improvisé recouvert de ses draps mortuaires. Ils sont complétés par ceux de ma mère, dont les broderies ornent le devant du catafalque. Comme à l'ordinaire, un guéridon est placé devant le cercueil, avec les chandeliers en argent, le crucifix noir et deux récipients d'eau bénite pour asperger la morte. Près de la tête de grand-mère, deux autres chandeliers avec des bougies qu'on n'allumera que le soir venu. Le corps de grand-mère est en habit des grands jours. Elle porte un vêtement noir et un foulard argenté. Ses mains livides croisées sur sa poitrine, ceintes d'un chapelet, sont pointées vers le haut.

Je m'avance jusqu'au cercueil et pose ma main sur ses doigts froids et rigides. J'observe à travers mes larmes son visage plein de clarté dans son dépouillement. Je regarde le corps de grand-mère comme une maison fermée, je voudrais appeler, attirer l'attention, mais je reste, bredouille, du côté de la vie. Tandis que je pleure, grand-mère, partie, entre en moi. Dans mes pensées, elle saisit le râteau appuyé au mur de la maison et commence à mettre en tas l'herbe tout juste fauchée sous le tilleul face à l'entrée. Elle veut me persuader de placer en catimini quelques pierres dans le sac à dos d'un hôte qui veut lui acheter du lard, pour qu'il ait quelque chose à porter. Elle me tapote le dessus de la tête avec ses longs doigts et dit, on s'entend bien, toi et moi, hein ?

Mon père est assis, les yeux brillants de larmes, sur la banquette du poêle. Leni, affairée, va de la cuisine au garde-manger et en revient. Elle donne l'impression d'avoir pris la maison en main comme cela avait déjà été le cas jadis, après l'arrestation de grand-mère.

Les premiers visiteurs arrivent. La pièce se remplit lentement, ceux qui conduisent la prière sont agenouillés près du catafalque, les coudes appuyés sur le banc de bois. La prière funèbre commence comme un chœur qui susurre, comme une mélopée monotone.

J'ai le temps de m'habituer à la morte dans la maison. Ma mère travaille encore à l'étable et ma petite sœur dort dans son landau à l'étage, au-dessus de la morte.

Entre les prières, on sert des infusions, du cidre et de la brioche. Dans la cuisine, les grandes marmites surveillées par tante Leni et Bica sont fumantes. Mon père et Tonči voudraient veiller la morte cette nuit, tandis que nous devons aller nous coucher, car le lendemain on s'attend, pour les prières, à un afflux de visiteurs. La plupart des parents n'apprendront que demain la nouvelle de la mort de grand-mère, pense Tonči, qui s'est chargé de prévenir tout le monde.

Les premières couronnes sont livrées au petit matin, on les place contre le mur du séjour, derrière le cercueil. Avant le petit déjeuner, je m'approche de la morte. Un bref instant, j'ai le sentiment qu'elle a passé la nuit à dormir, comme nous, et qu'elle vient de s'en aller. Assise sur le banc de bois près du cercueil, Mimi, une voisine, a les yeux rivés sur la défunte. Des larmes rondes aussi grosses que des pois roulent sur ses joues, à longs intervalles, et tombent de son menton sur ses mains. Depuis que je connais Mimi, j'ai toujours remarqué ses mains vigoureuses qui forment un tout avec son corps trapu. Ta grand-mère, dit Mimi, je l'ai trouvée dans le baraquement, elle venait de sortir en rampant de l'endroit où elle s'était cachée derrière les cartons. Elle avait une allure tellement misérable, c'est à peine si je l'ai reconnue. Pendant quelques instants, les larmes de Mimi semblent couler plus vite. On l'avait transférée du camp d'Uckermark, un camp pour adolescentes, à Ravensbrück, et on lui avait dit d'aller dans le block 6, là où il n'y avait que les politiques. Elle était tombée sur ma grand-mère et sur d'autres voisines, et avec elles elle avait pris la route pour rentrer. Elles étaient revenues ensemble, raconte Mimi. Je sais, dis-je, grand-mère me l'a raconté. Mimi s'essuie les yeux et les joues avec un mouchoir et reprend sa position du début.

Je vais à la cuisine, où l'on entend les voix des autres. Leni sert le café et houspille mon père, il devrait tout de même être content qu'une autre fille arrive dans la famille, car il y a toujours du monde dans les maisons où grandissent des filles, on ne s'ennuie jamais, les garçons viennent en visite, on ne reste pas longtemps tout seul. Les filles, ça porte bonheur, dit-elle. Mon père affiche un sourire martyrisé en trempant un bout de brioche dans le café. Je voudrais aussi que tu envoies tes enfants à l'école, continue Leni, je voudrais que, quand mon heure viendra comme pour ta mère, quand on descendra mon cercueil dans la fosse, ma tombe soit entourée de gens qui aient fait des études, tu comprends ! Les jeunes, il faut les former, leur faire apprendre quelque chose ! Bon, ça va, tata, dit mon père. Pendant un instant, on dirait un gamin réprimandé par sa mère, et il semble vraiment rentrer la tête dans les épaules.

Moi, cette conversation me distrait et je souhaite en mon for intérieur que Leni n'arrête pas son sermon. Et effectivement, elle poursuit après un silence, tu ne peux pas continuer comme ça, Zdravko, tu ne peux pas passer ton temps à penser à la mort. Il faut que tu arrêtes ça ! Je sais comment on se sent quand on n'a plus goût à la vie, mais tu vas démolir tout le monde autour de toi. Mon père blêmit. Il se lève et pose son café sur la plaque brûlante du fourneau.

Même au petit déjeuner on ne peut pas être tranquille, dit-il avant de quitter la pièce. Leni se tourne vers Bica, qui a entendu la conversation, et l'interroge, est-ce que j'ai raison, dis, n'est-ce pas que j'ai raison, hein ? Bica fait oui de la tête. Mais c'est aussi la faute de ma fille, dit-elle au bout d'un moment. Est-ce qu'elle a besoin d'être toujours aussi revêche et de monter son mari contre elle.

Le matin, les femmes sont occupées à la cuisine. On prépare des brioches pour les veilleurs, et le four à pain dans la pièce du catafalque dégage une telle chaleur qu'on laisse les fenêtres ouvertes pour que la température de la salle n'accélère pas la décomposition de la morte. Tout au long de la journée, nous sommes attirés par elle et croyons devoir nous rendre utiles près du cercueil. On vérifie les bougies allumées, on ôte la cire en trop, on coupe les mèches noircies, on remet d'aplomb les couronnes posées contre le mur, on lisse le linceul bordé de dentelles noir et blanc, on change l'eau des vases, on rajoute de l'eau bénite dans les coupelles. La morte est notre enfant chéri qu'il faut soigner et parer pour les hôtes.

Ma mère me demande de laisser ma chambre pour des parents. Peut-être que quelqu'un voudra passer la nuit, il faut préparer quelques couchages supplémentaires. Je dis, sans y réfléchir plus que ça, que je pourrais dormir dans le lit de grand-mère.

Comme on pensait, c'est en début de soirée que commencent à affluer les gens pour les prières. Ceux qui ne trouvent pas de place pour s'asseoir dans la pièce restent debout dans l'entrée ou sur le seuil et reprennent les prières en tendant le cou pour essayer de ne pas perdre de vue la défunte. La maison mortuaire enfle des murmures des gens qui se pressent autour de la dépouille. L'atmosphère est lugubre. On dirait que chacun couve quelque chose en son for intérieur qui ressemble au deuil de la morte mais qui est en vérité un sentiment longtemps réprimé, un nœud demandant à être défait. Je me demande si ces gens en pleurs ne versent pas aussi leurs larmes sur eux-mêmes. La morte sur son catafalque leur donne la possibilité de se lamenter sans qu'on le remarque, de montrer leur affliction sans se ridiculiser.

Pendant les pauses, je sers du thé et des gâteaux secs.

Plus tard, une fois que la majeure partie des veilleurs a pris congé, quelques tenaces prennent place dans la cuisine. Ils se préparent à la veillée mortuaire en buvant du café.

Je vais dans la maison aux anciens, je me couche dans le lit de grand-mère et m'endors aussitôt avec une sensation de profonde tendresse. Passé minuit, je me réveille en sursaut. Je comprends tout à coup que je dors dans un lit de mort. La familiarité du début se dissipe dans l'instant. Je songe à sauter du lit, car je sens que je ne serai pas à la hauteur des angoisses qui m'assaillent. Les pressentiments de mort s'abattent sur moi, tout m'assaille, le rigide, le terne, la charogne, le mot passer, la mer agitée avec le bateau et sa mâture morte, les voiles noires au-dessus des eaux mortes, la pierre calcaire calcinée à mort, trop pour être supportable. Je vois par la fenêtre la cuisine éclairée de la maison principale et la salle de séjour dans la lumière chaleureuse des bougies. Je m'habille et je sors. La nuit est claire, le vent a balayé les nuages, les étoiles, très nettes, scintillent. En contrebas de la maison, trois hommes pissent, me tournant le dos. Ils discutent et ne m'entendent pas venir. En m'approchant, je reconnais mon père, une cigarette au coin de la bouche. Stanko est en train de raconter que s'il voit la nuit une cigarette allumée, une luciole qui vole ou seulement quelqu'un qui gratte une allumette, il est pris de frayeur parce qu'il ne peut pas s'empêcher de penser aux partisans qui fumaient dans l'obscurité. Ils apparaissaient tout d'un coup derrière la maison de ses parents, ou dans son dos, en pleine nuit. Pour lui, les petites lueurs étaient le signal que la situation redevenait sérieuse, qu'il faudrait bientôt s'occuper d'un blessé ou mettre de la nourriture à disposition.

Eh oui, dit mon père en crachant, tu rentres avec nous ?

Non, répond Stanko. Il va retourner chez lui en admirant la nuit paisible. Il prend congé, non sans me faire la remarque que j'ai l'air d'être moi aussi de celles qui donnent des frayeurs aux gens.

Mon père va prendre du cidre à la cave et entre dans la cuisine avec moi et Sveršina. Je n'arrive pas à dormir dans le lit de grand-mère, dis-je pour expliquer que je suis réveillée. Dans la cuisine, l'atmosphère est détendue. Cyril est assis avec Leni de l'autre côté de la table et se frotte les mains parce qu'il vient de gagner la partie de cartes. Un ronflement bruyant parvient de ma chambre, au-dessus de la cuisine. C'est ma femme, dit Cyril, ajoutant qu'elle dort dans mon lit. Chez eux, elle ronfle tellement fort qu'on l'entend jusque dans la rue. Sveršina se déplace de l'autre côté de la table et dit que, puisque Zdravko n'a pas le droit de faire une partie de *schnapser*, il veut saisir l'occasion et demande à Leni comment c'était, à l'époque, quand elle avait pris les rênes de la ferme. Ça, moi aussi je peux te le raconter, dit mon père. Qu'est-ce que tu veux donc raconter, l'interrompt Leni, tu étais tellement retourné quand on t'a dit que ta mère avait été arrêtée que tu t'es jeté par terre devant chez toi et que tu t'es mis à manger de l'herbe. Tu t'en souviens, demande Leni. Mon père fait signe que non. Tu vois bien ! Une semaine après ton supplice, c'est ta mère qu'ils arrêtent, c'en était trop pour toi. Je te vois encore, un gamin de dix ans, dit Leni, je sais, tu étais secoué de convulsions.

Me voilà complètement réveillée. Je demande ce qui s'était passé. Eh bien, ils l'ont pendu, dit Leni. J'insiste et demande de qui il s'agit. Ton père, dit-elle. Comment ça, demandé-je parce que rien d'autre ne me vient. Allez, raconte, dit Leni à mon père qui l'a mauvaise, tout d'un coup. Il se gratte la tête et dit qu'ils voulaient savoir si grand-père avait rejoint les partisans et s'il lui arrivait de rentrer à la maison, c'est tout. Comment ça, c'est tout, demandé-je. La police d'Eisenkappel est venue à la ferme, très tôt le matin, j'étais encore en train de garder les vaches avant d'aller à l'école, alors ils m'ont cerné, là en bas, près du moulin. Ils ont demandé après grand-père, et si je savais quand il rentrerait, raconte mon père en regardant les autres pour s'assurer qu'on veut vraiment entendre ce qu'il raconte. Il remarque ma mine étonnée et continue. J'ai assuré plusieurs fois que je ne savais rien, et alors, les policiers ont tiré des cordes de leurs sacs à dos et m'en ont mis une autour du cou. Ensuite ils m'ont pendu à une branche, une branche du noyer qui était près du moulin. Avec la corde, ils m'ont hissé jusqu'à ce que je voie trente-six chandelles, et puis ils m'ont redescendu. Et ils m'ont remonté, et tout ça trois fois de suite. Alors grand-mère est descendue de la maison en courant et les a suppliés de me laisser partir, qu'ils me laissent donc partir, au nom du ciel, il fallait bien que j'aille à l'école. L'école, ce ne sera pas pour aujourd'hui, ont dit les policiers avant de remonter à la maison et de tout mettre sens dessus dessous. Après, continue mon père, ils l'avaient emmené à la ferme Čemer, ils venaient d'arrêter Johi Čemer et ils l'avaient mis dans un tel état que mon père ne pouvait même pas le regarder. Un policier leur avait parlé en slovène et leur avait dit qu'il les tabasserait encore plus tous les deux s'ils ne disaient pas la vérité, qu'ils finissent par la cracher, la vérité. Toute la journée, ils les avaient conduits, Johi et lui, d'un abri à l'autre qu'on leur avait révélé, mais ils n'y avaient plus trouvé personne. À deux heures du matin, ils l'avaient emmené au poste d'Eisenkappel où ils l'avaient fait dormir à même le sol. Ils m'ont jeté une couverture, et c'était tout, dit mon père. À l'aube, ils m'ont conduit dans une autre pièce et m'ont suspendu par les vêtements à un crochet au mur, une espèce de patère. Alors un policier m'a frappé avec un fouet, Madonna, dit mon père, fouetter un enfant. C'était un fouet grossier, avec beaucoup de lanières. Pendant qu'il le fouettait, le policier n'arrêtait pas de lui demander si grand-père était à la maison. Mais je n'ai rien dit, assure mon père. Alors on l'avait laissé partir. Le policier l'avait encore chargé de demander à Mici de se présenter à la police. Après ça j'ai couru comme un dératé. Sur le chemin du retour, ma mère est arrivée à ma rencontre. On m'avait tellement battu que j'en étais bleu et violacé, au visage et aux jambes. J'ai eu une de ces frousses, dit mon père, et il a l'air un peu surpris d'avoir parlé si longuement.

À ton retour, tu étais tellement effarouché que tu ne pouvais pas ouvrir la bouche, dit Leni. Tu avais des ecchymoses au cou et les jambes striées de bleu, mais tu n'as voulu à aucun prix révéler quoi que ce soit. Oui, c'était comme ça, dit mon père avant de plonger dans le mutisme.

Je suis au comble de l'excitation et je voudrais me lever d'un bond, poser des questions qui ne se laissent pas mettre en phrases. Elles vont et viennent en moi, flèches affolées se précipitant en tous sens et se heurtant l'une à l'autre. J'essaie de regarder de profil mon père assis à côté de moi, mais je n'arrive pas à bouger la tête. Je redoute de le regarder dans les yeux, ce serait un crime contre je ne sais quoi. Je constate que son récit est devenu le mien, même si, en cet instant-là, je ne constate rien du tout et que je ressens seulement qu'il m'a raconté une partie de ma propre histoire. Je recule d'effroi devant cette idée de même que je recule devant l'histoire de mon père, que je la trouve effroyable et incompréhensible, que je rapporte à moi cet incompréhensible et suis indignée d'avoir à penser des choses pareilles. Je ne veux pas devoir réfléchir à cela.

Assistant à l'arrestation de grand-mère, raconte Leni, elle avait saisi la petite Bredica et était accourue à notre ferme. C'était dans un état, vous ne le croirez pas, la maison entière était sens dessus dessous, et à la cave il y avait déjà une voisine qui essayait de remplir un sac de pommes. C'est pour cela qu'elle avait décidé de rester à la ferme maintenant qu'elle y était ; sinon ils auraient emporté la maison entière et vidé l'étable. Début novembre, trois semaines après l'arrestation de grand-mère, grand-père, qui s'était approché de la ferme avec un partisan, l'avait appelée pour qu'elle monte vers la forêt. C'était la première fois que je voyais mon frère en partisan, dit Leni. Grand-père était tellement désespéré par l'arrestation de sa femme qu'elle avait dû le rassurer. Elle lui avait promis qu'elle resterait à la ferme jusqu'à la fin de la guerre et prendrait soin de ses enfants. Ensuite elle était allée prendre du sucre, du sel et des fruits séchés et avait emporté le tout dans la forêt. Quelques jours après, ça avait commencé. Aujourd'hui encore je me demande qui a bien pu me dénoncer d'avoir emporté en forêt un panier rempli de vivres, dit Leni. À partir de ce moment-là, les enfants devaient monter la garde quand un partisan venait chez nous. Fin décembre, il y avait beaucoup de neige dehors, mon frère est rentré, tout d'un coup il était là, dans la cuisine aux cochons où j'étais en train de distiller de l'eau-de-vie avec les enfants. Il était monté seul en passant par Globasnitz, il y avait eu des coups de feu, son groupe s'était dispersé et tous avaient dû prendre la fuite. Un de ses amis avait été tué lors de ce combat. Mon frère a dit que tout ça était absurde, qu'il allait se rendre à la police, qu'il plongeait toute la famille dans le malheur, qu'il ne supportait plus cette vie. Il pleurait comme un enfant, comme un enfant il pleurait, mon frère, dit Leni. Elle lui avait fait une omelette et une tisane, lui avait donné du linge propre et mis son manteau à sécher. Elle et Tonči, le fils aîné, l'avaient exhorté à ne rien précipiter, la Gestapo le mettrait tout de suite en camp de concentration et le ferait torturer, ça n'avait aucun sens de se dénoncer et ce n'était pas ça qui ferait revenir sa femme et sa pupille. Après ça, ton grand-père s'est calmé. Et avant le lever du jour, il est reparti en catimini dans la forêt, dit Leni. Quelle époque c'était !

C'était une vie de cochon, dit Cyril. Comme soldat, il en avait vu des vertes et des pas mûres, mais cette incertitude, le manque de vivres, le froid, le fait de toujours devoir être sur ses gardes. Chez les partisans, l'humour, ça lui avait passé, encore que, de temps en temps, ça le démangeait de faire une sottise, mais on risquait toujours de mettre quelqu'un en danger. Šorli, par exemple, un messager, il fallait toujours qu'il joue de l'accordéon et coure après les femmes. Il s'est fait prendre par une patrouille et a été blessé mortellement à la ferme Wögel un jour que, l'accordéon sur le ventre, il voulait sauter par la fenêtre de la salle. L'accordéon s'est accroché à la fenêtre et il a laissé sa vie pour quelques heures d'insouciance, et encore. Voilà comme on était toqué parfois, dit Cyril. Lui aussi, il ne pouvait pas renoncer à chasser, ça le démangeait. Il était allé chez lui prendre son fusil de chasse et c'est là que c'était arrivé. Au moment où il sautait par-dessus cette maudite clôture, le coup était parti et lui avait troué la main. Jésus Christ, dit Cyril. Jusque-là, c'était moi qui m'étais occupé des malades et des blessés dans les abris, et maintenant, c'était à mon tour d'être secouru et soigné clandestinement. Il avait fallu lui construire un abri à proximité de sa ferme pour que sa femme vienne le soigner en secret. Sa sœur se procurait des pansements et des médicaments chez le médecin de la commune, qui était pour les Allemands. Le médecin, il s'en doutait, bien sûr, pour qui les médicaments étaient, mais comme dans d'autres cas, il les avait mis à disposition en grommelant et sans que personne se fasse pincer. Une fois que j'ai été guéri, j'ai été mis dans l'unité de protection des commandants. Je connaissais tous les chemins, tous les sentiers, les voisins me faisaient confiance, dit Cyril. Cette blessure doit bien être bonne à quelque chose, il s'était dit, peut-être que ça devait arriver comme ça. Après qu'il eut décidé, en Finlande, dans l'opération de défense aérienne, de déserter de la Wehrmacht, il s'était fait faire à Klagenfurt un pansement au bras par un vieux docteur carinthien afin de pouvoir rentrer chez lui. Le docteur m'a lancé un regard par en dessous et m'a demandé s'il pouvait me panser mon bras sain. Il n'en a pas dit plus. Sûrement qu'il savait que je prévoyais de déserter, dit Cyril.

Jusqu'à un certain point, les gens étaient complètement naïfs, intervient Sveršina. Il en a fallu, du temps, avant que ceux de nos vallées comprennent que c'était un combat à la vie à la mort. Pendant quelque temps, les fermiers, les valets et les filles de ferme ont cru que les partisans étaient des aventuriers dont on pouvait dire pis que pendre. Personne n'avait idée de ce qu'était une conspiration. Il s'était souvent cassé la tête à se demander pourquoi autant de gens des vallées s'étaient retrouvés en camp de concentration, dit Sveršina, comment il se faisait que la police était toujours tellement bien informée.

Mon cher Cyril, dit Leni, je crois que depuis la fois où toi et moi, dans cet hiver de malheur, on nous a arrêtés comme partisans, que jamais nous n'avons été réunis comme maintenant. Elle se lève. Tu as été un combattant courageux, si on laisse de côté l'accident avec le fusil de chasse. Tu as même récupéré les grenades que la police avait jetées chez moi et tu les as relancées à l'extérieur. Tu as sauvé la vie à mes enfants, qui étaient tous à la maison quand on nous a trahis. Tu as beau t'occuper maintenant de rien d'autre que de tes sculptures sur bois et n'avoir aucune sympathie pour nous, les politiques, tu as quand même largement contribué à la libération de notre pays.

C'était terrible, l'interrompt Cyril, l'état dans lequel ils ont mis Primož et comme ils t'ont torturée en prison.

Je n'ai pas fini, dit Leni en inspirant profondément. Elle croit qu'aujourd'hui, c'était une veillée mortuaire spéciale, lors de laquelle il se pourrait bien que Mitzi, sa belle-sœur dans son cercueil, ait écouté ce qui se disait. Elle est fière que le peuple slovène n'ait pas cédé devant les nazis, qu'il se soit mis à lutter pour sa survie. Certains jours, elle sentait encore dans le cou, sur les fesses et dans le dos les cicatrices de torture qui lui restaient de l'interrogatoire par la Gestapo. Ça, c'est le passé qui frappe chez moi, dit Leni, il m'appelle et commence à me tourmenter. Alors elle comprend qu'eux, les plus âgés, leur devoir est de transmettre ce qu'ils savent aux jeunes, pour qu'ils ne restent pas un jour sans souvenirs de leurs familles. Elle voudrait terminer, dit-elle, en notant qu'elle est contente que Zdravko n'ait pas eu un mot plus haut que l'autre de toute la soirée et qu'il soit resté paisible. Tandis que tout le monde a un sourire gêné, le visage de mon père se fige à nouveau. Il me demande si je veux bien veiller la morte, il doit aller s'étendre. J'accepte, car j'espère que je pourrai ainsi calmer mes pensées.

Leni va avec moi vers la défunte dans la grande pièce et avec un mouchoir, elle éponge l'eau bénite sur le visage de grand-mère mouillé à force d'avoir été aspergé. Elle change les bougies et sort de la pièce à reculons, comme pour rendre encore une fois les honneurs à grand-mère.

Je reste seule, assise dans la pièce avec le catafalque, à observer les langues de feu qui vacillent sur les bougies. Quelques gouttes d'eau bénite semblent résister sur l'habit de grand-mère comme de petites bulles de savon. On entend, venant de la cuisine, des bruits de sièges déplacés. J'ouvre la fenêtre et me rassieds sur la banquette du poêle. Je sens mes pensées descendre jusque dans mon ventre où elles se cherchent une région obscure où s'installer.

Il émane du cercueil une impression de calme. Dehors, on entend les premiers chants d'oiseau qui arrivent dans la pièce en vagues sonores de trilles et gazouillis. Le chant des oiseaux se déverse autour du noyau muet de la défunte, enveloppant grand-mère dans quelque chose vers quoi elle retourne, vers quoi elle est ramenée.

Cyril sort de la cuisine et dit que Sveršina s'est endormi sur la banquette de la cuisine. Quant à lui, il va encore prier pour sa sœur. Il s'assied à la tête du catafalque et sort un chapelet de sa poche. En une prière muette, ses doigts égrènent le chapelet, un grain après l'autre, une phrase après l'autre. Je m'étends sur la banquette et je m'endors.

Ma mère, qui s'est levée pour aller à l'étable, me réveille. Elle me dit que je peux me coucher dans son lit. Je vois Cyril encore assis près du cercueil et, tombant de sommeil, je me rends dans la chambre de mes parents. Quand je me lève, il est midi. Ceux qui ont fait la veillée mortuaire ont quitté la maison.

Le soir, les veilleurs apportent d'autres bouquets et couronnes. Les fleurs répandent une odeur douceâtre dans la salle de séjour qui se transforme jusqu'au matin suivant en l'odeur plus âcre de fleurs qui se fanent. Minuit passé, quand les derniers veilleurs quittent la maison, mon père décide de placer le couvercle du cercueil sur la défunte, parce qu'elle a commencé à travailler, comme il dit. On ouvre les fenêtres et on enfume la pièce. Avant que le couvercle du cercueil ne soit apporté dans la pièce, ma mère s'approche du catafalque et saisit brusquement la main de grand-mère. Elle se met à geindre tout bas, puis dit d'une voix assurée, si bien que je la comprends : De votre vivant, vous n'avez pas été bonne avec moi, mais je vous ai toujours respectée. Dieu puisse vous accorder la paix. Moi, j'ai fait la paix avec vous. Je suis déconcertée par cette manifestation émue qui culmine en un sanglot avant de retomber. Quand les hommes posent le couvercle sur le cercueil, ma mère s'arrache du catafalque. Elle se mouche et se met à prier d'une voix rauque. Obligés de répondre à sa prière, nous nous tenons, bouleversés, dans la pièce, qui ressemble tout d'un coup à une volière perchée en haut d'une falaise d'où l'on jette la morte dans les profondeurs.

C'est Tschik qui se chargera de la dernière veillée mortuaire pour dire adieu à sa compagne du Kazett, comme il dit. La couronne de la communauté du camp de Ravensbrück avec le triangle rouge au milieu est appuyée contre la tête du catafalque et brille.

Le matin, les porteurs de cercueil arrivent à la ferme. La morte dans son cercueil est soulevée et sortie par la fenêtre, puis posée une dernière fois sur le seuil de la maison afin qu'elle prenne congé de son foyer et des siens. Après quoi le cercueil est hissé sur une remorque, recouvert de couronnes et conduit au cimetière.

L'enterrement de grand-mère est solennel. Je me déplace dans l'assistance nombreuse comme si je me trouvais pour la première fois dans mon corps. Tandis que le cercueil est porté à travers la place du marché, un couple de grives batifole en gazouillant au-dessus du cortège et des couronnes imposantes.

Après les obsèques, on me présente à moi aussi les condoléances, ce qui m'étonne, car jusque-là je ne m'étais pas perçue comme adulte. Lors du repas mortuaire, j'observe mon père et je me dis qu'il fait l'effet d'un homme qui vient de perdre sa famille entière.

À la maison, je m'assieds dans le séjour vidé où flotte encore une légère odeur de décomposition. Avec cette odeur qui se retire lentement de la pièce nue, c'est aussi grand-mère qui se retire de moi. Elle remue en moi comme si le moment était venu de s'en aller. Elle se lève, pose son tricot sur la table, tire le rideau, ferme la porte et me quitte. À l'endroit où elle se tenait vient s'installer une douleur tenace, une douleur qui ne s'atténuera pas de longtemps. Mes yeux restent posés sur les renoncules au-dehors, au commencement de la prairie qui monte devant notre maison. Tout va changer, me dis-je.

Le lendemain, après avoir aidé ma mère à nettoyer la maison et à laver le sol de la pièce, je me blottis dans un creux chaud à l'orée de la forêt derrière notre maison. Je regarde vers la combe et je commence à me demander si je ne devrais pas mettre cela sur le papier. Les mots pourraient être conduits jusqu'à moi depuis leur incessante rotation, je pourrais les arracher à leur obscure trajectoire et leur faire raconter quelque chose qui me soit propre, mais ce qui m'est propre n'est rien d'autre qu'un mirage.

Après la mort de grand-mère, les choses s'ordonnent autrement chez nous. Son héritage est partagé. On me donne ses chapeaux de paille et ses fichus, ses jupons en lin blanc, quelques tasses à thé et des verres, ainsi que quelques photographies. Ces objets sont mes accessoires corporels, je trouve, ils sont les premiers à me donner forme.

Ma mère organise la maisonnée selon ses idées. Elle s'achète un cyclomoteur et, en cas de besoin, le prend pour aller au chef-lieu de canton, qui n'est pas tout proche, faire des courses et des démarches administratives. Elle range ses achats dans un grand sac à dos qu'elle se met sur les épaules ou dans des sacs qu'elle fixe sur le porte-bagages. Elle prend en charge progressivement la vie de la famille. Mon père se plaint qu'elle l'écrase, mais il n'en abandonne pas moins à sa femme les affaires officielles et l'organisation.

Il commence à mener une double vie, une pour les voisins et une pour la famille. Face aux voisins, il tente de donner le change en maintenant l'illusion d'une existence insouciante. Quand il est en société, il tient à se montrer gai, confiant et travailleur. Il voudrait passer pour l'ouvrier le plus robuste, le chasseur le plus averti et le plus circonspect de l'endroit. Il veut être un motocycliste téméraire, le clarinettiste et accordéoniste le plus jovial du village. Il veut, par ses tours et ses projets fameux, rester dans la mémoire des voisins et, l'hiver, quand bien même il ne sait pas skier, il se laisse chausser des skis et, à la grande joie de l'assistance, convaincre de dévaler la pente dans une trajectoire infernale. Dans la course de traîneaux, il fait un numéro comique en conduisant un vieux traîneau de ferme très lourd, il gobe des œufs crus jusqu'à en avoir la nausée, il grimpe sur toutes les carrioles surchargées et à tous les arbres, il suffit de le lui demander. Il boit outre mesure parce qu'il ne croit pas à ce qui est mesuré, parce que, aussi loin que remontent ses souvenirs, il n'a jamais été confronté dans la vie qu'aux transgressions, exagérations et outrances. À la maison, une vétille suffit à le désarçonner, le fâcher ou le désespérer. Il perd vite patience. Quand il ne comprend pas quelque chose ou quand on le contredit, il reste des jours sans prononcer un mot.

Après la mort de grand-mère, il cesse d'évoquer ses projets de suicide. La rage destructrice que mon père dirigeait auparavant vers l'intérieur explose désormais à l'extérieur. Quand il est ivre, son corps devient un instrument produisant des hurlements stridents et assourdissants. Sa voix est catapultée hors de sa mince cage thoracique dans tous les registres et avec toutes les intensités possibles. Sa furie évoque les cris d'un condamné à mort. Quand il est dans cet état, il fonce d'une pièce à l'autre ou se retranche derrière la table de la cuisine en tapant dessus. Il menace, il crie qu'il nous montrera bien ce qu'il vaut, il nous lance que nous, les enfants, et leur mère, nous ne voulons rien d'autre que l'anéantir. Il laisse libre cours à ses angoisses, nous bombarde de sa rage par un jet de mots qui nous ensevelissent comme des pierres d'où il nous faut, des heures après, nous extraire péniblement.

Les pensées de mon père tournent autour de la mort. Il est porté sur ce qui détruit. Quand il s'est dépensé physiquement ou quand il revient de chez Rastočnik, il se met à délirer sur des meurtres qui se sont produits avant, pendant et après la guerre dans notre région. En hurlant, il dit qu'il sait qui, avant la guerre, a assassiné Katharina la nymphomane, retrouvée poignardée dans le ruisseau de Lepena, qu'il sait qui a tué Peternel à son retour chez lui après la guerre, qu'il sait qui les partisans ont éliminé dans la combe de Benetek, il hurle qu'il se sent menacé et qu'un jour lui aussi sera assassiné, et ce sera par sa femme, elle a déjà tout combiné et planifié, elle a déjà préparé la hache et la bêche pour l'enterrer une fois qu'elle l'aura assassiné. Il est fermement convaincu que ses dépressions sont la faute de ma mère. Il lui reproche de l'humilier en tant qu'homme, de le trahir et de dire à la moindre occasion ce qu'il ne faut pas dire. Il dit qu'elle ne le comprend pas et qu'elle se comporte d'une façon qui jette le discrédit sur lui, qu'elle n'a aucune pitié de lui. Il lui reproche de ne pas être reconnaissante, elle, la fille d'une journalière, d'avoir pu épouser un fermier et s'élever socialement.

Ma mère est bien loin d'éprouver de la pitié pour mon père. Elle lui jette des regards de défi et de désapprobation parce qu'elle se sent incomprise et offensée. Elle lui fait sentir qu'il l'a déçue et qu'elle rêve d'une autre vie, qu'elle croit que son mariage était une erreur.

Les crises de mon père font l'effet d'un poison tranquille qui nous est administré goutte à goutte à nous, les enfants. Nous assistons au spectacle de notre père qui se conduit lui-même à l'échec, qui fait de nous ses camarades contraints à supporter sa rage fulminante, qui nous attire vers sa terreur de jadis, qui tente de nous rapprocher de sa souffrance que nous ne pouvons que deviner sans la comprendre, qui voudrait que notre désarroi efface le sien et nous fasse saisir l'essence de la vie dans l'effroi. Il se sent trahi par tous et nous livre traîtreusement à tous ceux qui sont prêts à accorder foi à ses soupçons. Une fois la tempête retombée, quand il est dégrisé et que la vie continue son chemin, notre père reste des jours entiers silencieux, d'horreur et de regret, de honte et de satisfaction de s'être une fois de plus exprimé à fond.

J'ai du mal à me remettre des ravages que provoquent en moi une nuit passée à veiller avec mon père, une nuit où aucun de nous n'a pu dormir car il n'arrivait pas à se calmer. Je suis harassée par ses accès de rage destructrice et ne trouve pas la langue qui soit capable de rendre la violence de ses crises. Comme je suis embarrassée d'être si déroutée et que j'ai honte pour mon père, mes tentatives de parler se soldent par des bredouillis craintifs et par le silence.

Néanmoins, je le prends sous ma protection tout comme le reste de sa famille aussi le prend instinctivement sous sa protection. On semble s'être accordé pour respecter ses crises, pour estimer qu'il est absurde de demander conseil à quiconque puisque, de toutes les façons, on ne peut pas compter sur de la compréhension ni de l'aide. On est d'avis qu'il est impossible de se soustraire à la fatalité. Il faut la supporter, comme le nom de famille vieux et tanné par les ans, car ceux qui ont pris la fuite se perdent au loin, ils se sont dissipés comme fumée au vent.

J'écris mes premiers poèmes, cherchant les mots à tâtons, et à l'internat, avant le baccalauréat, je vis comme dans un no man's land où m'est accordée une pause que je peux remplir de rêves éveillés et de chimères nocturnes. J'espère pouvoir plus tard trouver ou inventer la langue juste, et j'imagine des fantômes de phrases que je lance vers un lointain avenir. Plus tard, pas maintenant, ce que je pense et ressens, ce que j'éprouve et redoute deviendra langue, se retrouvera ou sera rassemblé dans une phrase, je l'espère, un jour, quand l'heure sera venue.

À la différence de Leni, qui est combative, qui a été politisée par la guerre, mon père se méfie de la politique et ne se laisse pas entraîner à ces manifestations qui ont lieu dans les années qui suivent l'offensive anti-Slovènes sur les panneaux toponymiques des villes et villages, car pour lui, il ne faut pas réveiller chat qui dort. Lui et ses compagnons des années de guerre n'ont aucune envie de se faire injurier et cracher dessus par des gens dans la rue. Après une manifestation des Slovènes de Carinthie à Klagenfurt, même Michi est d'avis que la population allemande de Carinthie en voudrait pendant des décennies aux Slovènes, aux enfants de fermiers et de journaliers, aux ouvriers et aux employés du pays d'en bas de s'être rebellés et d'avoir manifesté pour l'application du Traité d'État, pour l'application de l'article 7*, pour quelque chose qui est sans importance aux yeux de la majorité qui, dans cette région, ressent au contraire le Traité d'État comme un traité punitif dicté après la guerre par les puissances occupantes.

Mon père n'a plus la conviction que s'engager politiquement puisse avoir un sens, si tant est qu'il l'ait jamais eue. L'idée de pouvoir arriver à quelque chose en agissant lui est étrangère. Mon père croit que la politique se fait seulement au prix de la vie. Il croit que tout est toujours en jeu, qu'il ne s'agit pas d'intérêts particuliers. Il ne peut pas dissocier ces intérêts et sa survie. Il considère avec scepticisme quiconque se présente sous la protection d'une organisation politique ou trouve ses repères dans une conviction idéologique. Il ne peut se rappeler une seule formule politique à laquelle il puisse accorder foi. La seule chose qu'il sache dire de ses années chez les partisans, c'est que, enfant, il n'a pas été enrôlé dans les unités de combat, que les partisans lui ont sauvé la vie et qu'il a eu presque constamment le sentiment d'être en fuite.

Je me souviens avoir rarement vu mon père sortir autant de sa réserve en matière de politique qu'après l'une de ces rares excursions en Slovénie avec l'Union des partisans.

À son retour, il est plein d'exaltation lorsqu'il raconte l'accueil fait aux partisans carinthiens en Yougoslavie. Il décrit la pompe avec laquelle les partisans de Slovénie se présentent, leur manière d'afficher leur attachement à l'État et à l'autorité, leur allure qui a encore quelque chose de combatif, ce qui, parmi les partisans de Carinthie, ne vaut plus que pour les cadres. Il évoque l'impressionnant chœur des partisans venu de Trieste et, comme s'il voulait

* Article du Traité d'État de 1955 garantissant les droits des minorités slovène et croate. Voir la postface.

se revigorer, il bourdonne quelques mélodies martiales pour montrer qu'il est encore capable lui aussi de chanter ou de fredonner chants et marches. Chez nous, on traite les partisans de bandits et d'assassins, dit-il, comme après cette cérémonie à Klagenfurt, quand on nous a remis les distinctions du président yougoslave Tito pour nos mérites dans la résistance au national-socialisme. Un groupe d'anti-Slovènes attendait les partisans carinthiens devant le centre communal de Klagenfurt et les avait insultés à leur sortie. Il y avait eu une émeute lors de laquelle son cousin Peter avait attrapé un fort en gueule et l'avait jeté dans les buissons. À ce moment, dit mon père, il avait senti qu'il subsistait de l'esprit combatif d'autrefois. Lui, en tout cas, il s'était empressé de repartir à Eisenkappel avec quelques compagnons et avait commandé un goulasch et une bière à l'auberge Koller. Les diplômes, on les a laissés dans la voiture, sinon il y aurait encore eu la bagarre chez Koller.

Quelques années plus tard, il reçoit du président fédéral autrichien la médaille reconnaissant ses mérites lors de la libération de l'Autriche. Cette distinction, il en est fier, il va faire encadrer le diplôme, dit mon père. Malgré tout, il est convaincu que la politique est une fourbe qui tient en laisse les gens comme lui.

Les occasions politiques à la façon carinthienne, les enterrements et les visites de famille enferment mon père dans le passé et il a du mal à trouver comment en ressortir. Des semaines durant il souffre des séquelles d'un repas à l'auberge où quelqu'un avec qui il avait bu lui a affirmé que son malheur était sa faute à lui, que c'était la faute de son père et de sa mère s'il avait été pris dans ces complications. Si son père n'avait pas rejoint les partisans et n'avait pas combattu contre Hitler et pour les Slovènes, il ne lui serait rien arrivé. Alors pourquoi s'énerve-t-il, il faut assumer, avait ajouté ce fort en gueule, et les autres ne voulaient pas le contredire parce qu'ils étaient sous l'emprise de l'alcool.

Mon père est profondément atteint et moi je suis bouleversée parce que je sens combien il est vulnérable quand il a bu, désarmé face à la moindre provocation, la moindre allusion, la moindre rumeur, qu'il est tout de suite prêt à se remettre en question et accorder foi à ceux qui le raillent.

Seules les visites de sa plus proche famille, de son frère et des siens, ou les visites des cousines et cousins avec lesquels il a traversé les années de guerre, parviennent à le rendre singulièrement heureux. Nous aussi, les enfants, sommes contents quand la grande salle se remplit et que les invités assis autour de la table dressée papotent gaiement. On rit, on raconte, on chante. Parfois, l'un des convives se lève et prononce un discours. Mon père pleure sans honte, parfois ce sont les autres qui pleurent, surtout sa cousine Zofka, à laquelle mon père est particulièrement attaché. Quand ils se remémorent le jour dramatique où grand-mère fut arrêtée, quand Peter et Tonči décrivent les gifles humiliantes et douloureuses que leur avait flanquées un policier lors de la perquisition, à chaque fois ils évoquent un fonctionnaire, un rouquin, d'âge mûr, plein de retenue, qui avait les larmes aux yeux en regardant les gamins désespérés. Les larmes du policier qui assistait à l'arrestation de grand-mère tirent les larmes de ceux qui racontent, comme s'il fallait les émotions éprouvées par l'inconnu pour rendre possible leur deuil à eux, comme si leur désespoir s'était reflété de manière plus réelle et plus crédible dans les yeux du policier qu'en eux-mêmes. Michi évoque la fille Šporn qui avait son âge, donc une enfant. Sur le pont près de chez Kupitz, dans la combe de Remschenig, des policiers l'avaient assommée avec les crosses de leurs fusils parce que ses parents avaient rejoint les partisans, dit-il. Son camarade de classe qui plus tard devint son mari la raccompagnait chez elle ce jour-là, les policiers l'auraient presque rossé à mort lui aussi. Sa cage thoracique porte jusqu'aujourd'hui les traces de cette torture, dit Michi. Mon père le sait. Il affirme aussi que c'est le comte Thurn qui a sauvé la vie des enfants. Comme les policiers n'arrêtaient pas de frapper alors que les petits gisaient déjà au sol, ayant perdu connaissance, le comte s'était interposé et avait fait soigner les petits chez Kupitz. Dans la vallée de Remschenig, ç'auraient été treize familles en un seul jour que les policiers auraient emmenées si quelques-uns n'avaient pas réussi isolément à échapper à l'arrestation en se réfugiant chez les partisans, dit Michi, et il faut dire que ça, c'était dans une vallée où il n'y avait même pas vingt fermes.

Durant mes trois dernières années de lycée, mon père s'intéresse timidement à ma carrière scolaire et l'exprime en passant et avec retenue. Il regarde mes bulletins et lit les noms des matières, parce que les dénominations bilingues lui plaisent. Un lundi matin d'hiver où je dois partir tôt pour Klagenfurt, que la neige est haute et que Michi, qui me conduit toujours en début de semaine à Eisenkappel prendre le car pour Klagenfurt, n'arrive pas à sortir sa voiture du garage, mon père se lève à quatre heures et commence avec son tracteur à dégager les voies d'accès. Il roule jusque chez Michi et puis, en marche arrière, pousse les masses de neige sur les bords de la chaussée. À un moment, il s'arrête sur la route et attend que la voiture le rejoigne, et Michi s'arrête près du tracteur et descend. Les deux hommes fument leurs premières cigarettes dans l'obscurité matinale et parlent du temps. Ils se gravent dans ma mémoire, ces deux hommes grelottant debout dans la neige tombante, qui me fraient le chemin vers l'école.

Quand mes parents sont invités à la cérémonie de remise du baccalauréat, mon père refuse de venir. Il ne peut pas imaginer aller à une fête scolaire, jamais, dit mon père. Il en veut à ma mère de prendre part à la cérémonie car, dit-il, c'est se parer des plumes du paon.

Le bac passé, mon avenir ne m'apparaît plus que sous la forme d'un champ de nuages blancs, et il me semble la vouloir, cette partance pour l'indéterminé.

Mes parents se contiennent, aucune proposition ne s'échappe de leurs bouches, ils me laissent le choix de mes études, ne tentent pas de se mêler de quelque chose qui leur est étranger et qu'ils n'ont jamais envisagé. Que la fille fasse ce qu'elle veut tant que cela ne leur cause pas de honte, car la notion de honte leur est plus familière que le mot *Studium*, études. Ils l'emploient avec précaution, comme tous les mots étrangers. Après plusieurs mois seulement, ma mère prononce, avec hésitation, le nom de ce que j'ai choisi, études théâtrales, et mon père, lui, n'essaie même pas de se rappeler ces mots. Quand on lui demande ce que sa fille étudie, il répond que cela a à voir avec le théâtre, cela lui suffit, car il ne s'y connaît pas en travail intellectuel et ne veut pas non plus y réfléchir.

La décision de m'inscrire en études théâtrales vient de mon idée, résultat de nombreuses soirées au théâtre comme spectatrice, que la scène pourrait devenir pour moi un espace où affronter sans danger tous les désespoirs et les complications. Sur scène, les catastrophes sont limitées, on a beau tuer les protagonistes, ils survivent toujours. Ils manifestent leurs déceptions, leurs travers, leurs rêves, leur amour et leur haine, ils peuvent se laisser aller à leurs sentiments et à leurs craintes les plus cruelles. Une représentation a forcément un début et ne finit pas toujours bien. Mais dans tous les cas elle se finit. Le théâtre ne peut pas nous attaquer par-derrière comme la vie, même quand il se débat dans tous les sens. Tout est jeu, tout est en suspens.

À Vienne, je reprends mes tentatives d'écriture et j'écris en slovène comme si cette langue me permettait de me ramener à ma conscience, comme si le slovène pouvait me reconduire à mes sensations, qui me sont devenues étrangères. Un deuil, qui ne sait pas encore ce qu'il est ni comment il s'appelle, attend d'être nommé, attend que je résolve son énigme. Il veut être enchaîné à moi par les mots, comme tous les sentiments qui bougent indistinctement en moi. Mes phrases sont aussi gauches que si elles étaient bricolées avec des bouts de mots arrachés. On dirait des lettres qu'on ne peut attribuer et dont on ne peut remonter la trace, qui ne veulent pas révéler leur véritable auteur.

Dans une lettre, ma mère m'écrit qu'elle songe à partir de la maison, qu'elle n'y tient plus, qu'elle va chercher un travail.

À Noël, quand je rentre, elle me raconte qu'elle s'est expliquée avec mon père, qu'il lui a promis de changer, dit-elle d'une voix mal assurée comme si elle savait qu'elle doit renoncer à une part de ce qu'elle espère. Elle a décidé de prendre de petites libertés, d'aller en cure, de participer à des excursions ou de faire de la randonnée le dimanche. Elle a besoin de quitter la maison de temps en temps, de penser à autre chose, pour mieux supporter la semaine. Je l'encourage dans ses intentions et lui demande comment elle avait imaginé la vie en ville, si elle a songé au divorce. Mais pour ma mère, il est hors de question de divorcer.

Un soir, durant l'hiver de ma deuxième année d'études, j'arrive tard à Eisenkappel et je me demande comment je pourrai parcourir avec mes bagages les sept kilomètres qui me séparent de Lepena puisque je n'ai pu trouver personne qui me conduise en voiture jusqu'au bout de la vallée. Je me tiens avec ma valise sur la grand-place enneigée et je décide de jeter un coup d'œil dans les tavernes où doivent bien se trouver quelques hommes de Lepena.

En passant devant l'église, je vois le tracteur de mon père avec une remorque garé devant la caisse d'épargne slovène. Trois sacs de farine sont posés sur le plateau, non recouverts, exposés au froid. Je jette un coup d'œil chez Koller, mais il n'est pas venu, me dit une serveuse. Alors je vais chez Bošti, une taverne décatie aux salles obscures et basses de plafond. Et effectivement, j'y trouve mon père. Il me salue d'un bruyant : Eh bien ! Elle est de chez moi, dit-il, radieux, elle arrive de Vienne pour me chercher !

Tandis que les hommes attablés se poussent pour me faire de la place, les clients de la table d'à côté lèvent à peine les yeux. Je pose ma valise, accroche mon manteau et donne à mon père un baiser sur la joue. Les hommes reprennent leur conversation que j'ai interrompue. Tine, qu'ils s'amusent à appeler Général, est justement en train de leur décrire un épisode du temps des partisans dont ils voudraient bien connaître la conclusion. La tablée voisine est occupée à quelque chose de bruyant. À brefs intervalles, les hommes partent d'un rire sonore.

Tine raconte comment, commandant de compagnie, il avait dû laisser trois blessés à Koprivna chez des gens de sa famille. Des fermiers les avaient soignés en secret. Le dernier hiver de guerre avait été particulièrement dur. Sa compagnie avait dû évacuer l'infirmerie de Solčava et avait reçu l'ordre de transporter dans la neige profonde, jusqu'à une vallée éloignée, dix-sept combattants blessés. Trois hommes grièvement blessés étaient morts pendant ce transport nocturne. J'avais du mal à supporter de voir mourir des partisans, dit Tine, tout comme la rage des commissaires politiques à nous contrôler et à nous commander. Ils n'arrêtaient pas de tout vérifier, de fouiller sa besace, et ils lui avaient même interdit d'écrire à sa fiancée, qu'ils avaient classée comme peu sûre. Ils se mêlaient des affaires privées et donnaient des ordres absurdes, dit Tine. À notre table, un homme a demandé comment ça s'était passé chez Peršman, puisque sa compagnie était à proximité de la ferme. Tine inspire profondément, oui, chez Peršman, dit-il, chaque jour ils attendaient l'annonce de la fin de la guerre. Lui et sa compagnie, avec deux autres unités, étaient restés presque trois semaines à proximité de la ferme. Déjà à l'époque, il avait trouvé ça irresponsable, mais l'état-major voulait attendre. Les partisans répétaient même déjà des danses, pour la paix, on était frivoles à ce point, raconte Tine. Durant la nuit cruciale, un homme de Globasnitz, qui montait la garde, s'était endormi et ne s'était pas aperçu que des unités de la SS avançaient en direction de chez Peršman. Alors il s'était produit la catastrophe que plus personne ne croyait possible dix jours avant la fin de la guerre. Les partisans avaient battu en retraite après une escarmouche parce qu'ils voulaient éviter le combat, sur quoi une unité de la SS s'en était prise à la famille du fermier. Le massacre chez Peršman l'avait bouleversé, dit Tine, les civils morts, ceux du temps qu'il avait passé dans la Wehrmacht en Pologne et en Russie, l'avaient rattrapés, la guerre entière s'était dressée devant lui, un immense tas de cadavres de civils, horrible, dit-il, horrible ! La première nuit il avait tout mélangé, les Russes pendus dans les villages ukrainiens, les fermes détruites par le feu, l'odeur de chair brûlée qui flottait au-dessus du domaine Peršman.

À ce moment-là, à la table voisine, un homme dit que c'est un mensonge, que ce sont les partisans qui ont tué la famille Peršman. Comment ça, dit Tine en levant la tête.

J'ai soudain le sentiment que la tablée de mon père est tombée dans une embuscade.

Vous n'avez rien fait d'autre que de terroriser la population fidèle à son pays. Vous, vous vous battiez pour la Yougoslavie. Des traîtres à leur pays, voilà ce que vous êtes, hurle l'homme à la table voisine. Tu veux dire terroriser la population fidèle au Reich, dit Tine, qui reprend lentement son sang-froid, je connais ça par cœur ! Vous en êtes toujours à croire que sous l'Allemagne hitlérienne, on se battait pour l'Autriche. Pour l'espace vital allemand, ça oui, mais pas pour l'Autriche ! L'Autriche libre, elle n'existait bel et bien plus du tout. Est-ce que c'est encore ton pays, le Reich allemand, encore maintenant, pour que tu nous traites de traîtres à leur pays, demande Tine d'un ton menaçant, mais l'homme de la table voisine s'obstine. Vous méritez la cour martiale, poursuit-il, c'est vous que les

Anglais auraient dû arrêter au lieu d'enfermer les citoyens honnêtes qui ont fait leur devoir.

Les Anglais, ils étaient nos alliés pendant la guerre, rétorque Tine, nous faisions partie des Alliés, au cas où ça te dirait quelque chose ! Mais ça ne te rentre pas dans la caboche, hein ? Après toutes ces années, les gens n'ont rien d'autre à dire sur l'époque nazie qu'à répéter sa propagande, après toutes ces années, lance Tine, indigné. Il aurait mieux fait de suivre son instinct et de rentrer chez lui.

Le voilà qui veut s'en aller, entend-on à l'autre table, à la guerre il nous aurait abattu illico, et voilà maintenant qu'il veut s'en aller !

Lui non, mais moi, moi je t'aurais abattu si je t'avais attrapé, dit un homme à notre table en lançant un regard menaçant au provocateur.

L'écho de la guerre arrive jusqu'à nous l'espace d'un instant. La taverne se transforme en un lieu de combat où les adversaires se mettent en position.

Ça, je m'en souviendrai, dit l'agresseur menacé.

Mon père est nerveux. Tine donne un ordre à l'homme en colère de notre table, qui s'est levé d'un bond, rassieds-toi, allez, rassieds-toi !

La table voisine repasse à l'attaque.

Et toi, Zdravko, dit le fort en gueule à mon père, toi aussi, tu n'étais rien qu'un mouchard, le président sans patrie* aura beau te décorer autant qu'il veut. Pour moi, tu es un bandit comme tous les autres.

Mon pouls s'accélère, j'éprouve le besoin de répliquer à l'attaquant et de protéger mon père, mais il ne me vient rien d'autre que de le traiter de nazi. Mais c'est que vous êtes un nazi, et ma voix cassée me fait peur. Mon père se met à rire, un rire bref et forcé lui sort de la gorge, après quoi il dit au provocateur, si moi je suis un bandit toi tu es un crétin.

* C'est ainsi que ses détracteurs désignaient Rudolf Kirschschläger, président de la République d'Autriche qui, le premier, avait reconnu les mérites des Slovènes de Carinthie dans la lutte contre Hitler.

Moi, je vais chercher mon fusil, menace le belliqueux défenseur à notre table en se relevant d'un bond.

Si tu vas le chercher, profites-en pour rester chez toi, dit la patronne d'une voix ferme. J'appelle la police, tout de suite !

La ligne de front est rompue, les rangs commencent à se défaire.

Je demande à mon père de payer pour que nous puissions quitter les lieux. Mon père lève la main d'un geste de refus. C'est moi qui décide quand nous partons. Tine pousse son verre au milieu de la table. L'addition, lance mon père après une seconde d'hésitation en jetant l'argent sur la table. La patronne tient son bloc dans ses mains tremblantes et calcule la note. Mon père laisse un pourboire généreux et tente de se lever. Il vacille. Il doit encore y avoir quelque part un carton de nourriture, dit-il, il ne faut pas l'oublier. Je lui tiens sa veste d'hiver en désignant le carton avec les courses posé par terre.

Bon, dit mon père après avoir ramassé le carton, maintenant on se met en route ! Il semble se demander s'il doit encore lancer quelque chose à la tablée des adversaires, mais comme visiblement rien ne lui vient à l'esprit, il ouvre la porte.

Nous sortons dans la rue. La grand-place est déserte. J'espère que personne n'a volé les sacs de farine, dit mon père quand nous tournons en direction de l'église. Le tracteur se dresse dans le froid comme un fantôme dédaigneux. Je soulève ma valise pour la placer dans la remorque et mon père y laisse tomber le carton de nourriture à en faire craquer le plateau. Nous grimpons dans la cabine. Le tracteur ne démarre qu'au bout de plusieurs tentatives. Les jambes de mon père montent et descendent quand il appuie sur la pédale d'embrayage et sur l'accélérateur, on dirait les membres d'une marionnette. Ses manœuvres me donnent froid dans le dos. Je lui demande s'il a quelque chose contre le fait que je conduise. Mon père roule un moment sans répondre, en zigzaguant légèrement sur la chaussée glissante, puis il s'arrête. Tu veux conduire, crie-t-il, tu n'as pas ton permis et tu n'y connais rien ! Mais comme tu veux, dit-il en me laissant son siège.

J'ai bientôt des difficultés à passer les vitesses et mon père se gausse, qu'est-ce que je disais, espèce de vantarde, incapable, pas de permis, mais ça veut conduire !

La chaussée est glissante et j'ai la frousse. Mon père est de plus en plus agité. Me traiter de mouchard, dit-il, furieux, me traiter de mouchard, comme ça, et de bandit, je ne laisserai pas passer ça, je lui apprendrai, à ce gars, à ne pas me traiter de mouchard et de bandit. Stop, dit-il, il faut que j'y retourne, il faut que je le lui dise, crie-t-il en se jetant sur le volant que je tiens.

J'immobilise le tracteur et je demande à mon père, qui fait mine de vouloir descendre, de rester assis. Nous sommes en pleine nuit, les hommes ont quitté l'auberge depuis longtemps, il n'a pas à s'énerver de ce que racontent une poignée d'indécrottables. Facile à dire, répond mon père. On ne me traite pas de cette façon, pigé ! Il me regarde, les yeux écarquillés, respirant avec difficulté comme s'il allait étouffer. Je regarde fixement la route, je décide de ne plus faire attention à lui et je repasse la vitesse.

Le bruit régulier du tracteur le calme. Lorsque j'engage le véhicule dans une portion plate de la vallée, où la combe s'élargit et où les versants boisés s'éloignent du bord de la chaussée, mon père semble s'être assoupi. Tout d'un coup, il sursaute, j'ai perdu mes gants, j'ai laissé glisser mes gants. Il faut que je fasse demi-tour et reparte dans l'autre sens ! Je ne peux pas, dis-je, nous les chercherons demain. Il va faire ces quelques mètres à pied et chercher ses gants, grommelle mon père. Ils ne peuvent pas être bien loin, il les tenait encore dans la main un instant plus tôt, dit-il en tentant de se lever. Je m'arrête. Mon père descend sur la route et dit qu'il revient tout de suite. Je descends de mon siège en maugréant et je suis des yeux la silhouette sombre de mon père.

Le froid me saisit comme un frisson lancinant. Dans le calme nocturne qui étincelle autour de moi, le grésillement du moteur arrêté fait l'effet d'une musique cadencée. La nuit d'hiver se dresse devant moi comme un tableau vivant où la lumière de la lune se fige et la couche de neige brillante se pétrifie. Puis, soudain, la couche de neige se met à bouger comme si elle portait une robe de plumes qui se soulève sans un souffle. Au ciel, les étoiles sont des cristaux de neige qui tombent ou des flocons de glace montés là-haut qui se retirent de plus en plus loin dans l'infini. La vallée se dilate sous l'air brûlant. Près de la route, l'eau glacée du ruisseau crépite.

Mon père ne revient pas. Je redescends la route en appelant doucement *ati*, papa, mais l'eau du ruisseau engloutit mes appels. Tout au bout du plat, j'aperçois une tache sombre dans le talus. Je m'approche et vois mon père allongé sur le dos dans l'amas de neige.

Ça ne va pas, tu veux que j'aille chercher de l'aide ?

Laisse-moi couché, dit mon père. Laisse-moi comme ça. Je ne veux plus, je veux rester couché, c'est tout.

Tu vas prendre froid, tu vas attraper des engelures, tu dois te lever tout de suite ! Je ne dois rien du tout, dit mon père, je reste couché ici. Sveršina m'a montré comment faire. Sveršina est capable de dormir dans la neige comme un partisan, et moi aussi j'en suis capable.

Et les gants, demandé-je.

Sous ma tête, dit mon père.

Ma patience est à bout. Je saisis la main de mon père et le tire pour le lever, lève-toi, lève-toi, mais mon père se recouche dans la neige et croise les bras. Tout le monde fait n'importe quoi, alors pourquoi pas moi aussi, me dis-je, au désespoir, et je me mets à crier en imitant Hitler, Levez-vous, camarade ! Qu'est-ce qui vous prend, Debout ! Rassemblement ! En avant, marche, marche ! Et je tends le bras pour faire le salut hitlérien. Mon père part d'un rire qui ressemble à un hurlement. Il se lève aussitôt et salue, Heil

Hitler, dit-il en vacillant, de rire cette fois-ci. Je fais demi-tour au pas de l'oie et entonne en vociférant un chant des partisans. Mon père titube à ma suite en hurlant Heil Hitler, Heil Hitler, *ta je pa dobra*, c'est bien, ah, c'est vraiment bien, ça ! Je réussis à démarrer le tracteur avant qu'il ne soit monté et assis. Je continue imperturbablement le chant des partisans, même en roulant, car j'ai peur que mon père veuille redescendre si je m'arrête. Mais il est d'accord avec mon programme. Il rit, il dirige, il chante, il me tape sur l'épaule et recommence, nous deux, c'est nous les vrais crétins, c'est nous les combattants pour la liberté et le pain !

À la maison, dans mon lit, je ne m'endors pas de longtemps. Il fait froid dans la chambre, je suis gelée jusqu'aux os et j'ai la chair de poule sur les bras et les jambes. Le froid s'est glissé sous ma peau. On dirait qu'il veut hiberner dans mon corps, et je suis trop épuisée pour le chasser.

Cette nuit-là, je rêve que je m'enfuis de la maison. J'attends un train qui descend avec beaucoup de retard le versant de la montagne et j'attrape tout juste le dernier wagon. Je me couche à plat ventre sur le toit du dernier compartiment pour que nous puissions remonter plus vite le versant abrupt, car l'homme qui ne veut pas me laisser partir s'est posté à l'affût sous le sommet de la montagne et veut me tirer de force du train en marche. Il a provoqué un bain de sang chez nous. Il a assommé tous les enfants et leur a tranché la gorge. Mon père non plus ne doit pas me voir, il ne doit rien savoir de moi. Je le vois, en dessous de moi, à l'intérieur du compartiment, couché sur un lit de malade, et j'ai peur qu'il puisse en tomber. Il est tout petit et très fragile.

Les allers et retours entre Vienne et mon village d'origine se transforment en expéditions dans le temps, en voyages à travers différents événements historiques et diverses variantes historiques existant l'une à côté de l'autre. Plus je m'approche de mon village, plus j'ai le sentiment de faire un voyage dans le passé, et plus je m'en éloigne, plus les heures et les jours accélèrent. Je me perçois dans ces va-et-vient comme catapultée à travers le temps, comme si j'étais tombée du futur ou arrivée trop tard.

Depuis que je suis étudiante, les appels à l'aide de mon père prennent une tournure sociale, et même politique. Je commence à réfléchir en termes collectifs. Je suis certaine que dans ce pays, c'est l'attitude par rapport au passé qui rend nos histoires familiales si étranges et les fait se dérouler dans un tel abandon et un tel isolement. Elles sont quasiment dépourvues de liens avec le présent. Entre l'histoire de l'Autriche telle qu'elle est proclamée et l'histoire effective s'étend un no man's land où il y a de quoi se perdre. Je me vois aller et venir entre une petite cave sombre et oubliée de la maison d'Autriche et ses vastes espaces clairs et richement décorés. Dans ces pièces claires, personne ne semble soupçonner ou pouvoir imaginer qu'il y a dans cette bâtisse des êtres que la politique a enfermés dans la cave du passé, où ils sont assaillis et empoisonnés par leurs propres souvenirs.

J'ai la surprise de trouver dans une anthologie slovène deux poèmes de la sœur de mon grand-père, Katrca Miklav, des textes rescapés du camp de concentration, et je suis étrangement émue. Comme si un fœtus de souvenir oublié jusque-là avait remué dans mes pensées. Je suis effrayée de son existence. Je lis dans les notes que trois jours avant sa mort, Katrca a rédigé quelques poèmes sur de petits bouts de papier et les a remis à une codétenue originaire d'Eisenkappel, Angela Piskernik, dont elle pensait qu'elle respectait le mot écrit et saurait donc la valeur de ces lignes. Après la guerre, Angela avait publié les poèmes dans une revue culturelle slovène. C'est ainsi qu'ils ont été conservés, est-il écrit.

Après plusieurs publications dans des revues, un premier recueil poétique de moi va paraître. J'ai peine à y croire : un livre qui rassemble mes poèmes slovènes en un quelque chose de téméraire qui pourrait donner une impulsion nouvelle à mon existence estudiantine. J'espère que cela me forcera à plus de clarté, à plus de précision. Cela pourrait retarder la disparition de la langue slovène en Carinthie, me dis-je avec enthousiasme, susciter l'illusion que cette langue a encore une fonction.

Réfléchir à des questions de politique culturelle m'est plus facile que d'employer le Je dans mes textes. Mon moi ne dit pas je. Il joue sur sa scène à lui. Il s'exprime en langues cryptées, il est dissimulé sous des costumes, vieux et neufs, il essaie sans distinction des vêtements de langue qui lui plaisent ou lui semblent utiles dans la quête de son vrai visage. Il fouille dans le bric-à-brac des explications et des significations.

Je m'exerce avec persévérance à prêter l'oreille au moins à la tonalité de mes pensées, à la reconnaître parmi une multitude d'autres tonalités. À peine l'ai-je perçue qu'elle se perd, parce qu'elle est trop faible, parce qu'elle sombre dans une confusion de voix, dans les efforts pour rassembler mes contours éparpillés.

Convaincue cependant d'avoir perçu cette tonalité, je ne m'en défais plus, je cherche sans arrêt les retrouvailles avec elle, j'aspire à une rencontre lors de laquelle nous pourrions étinceler de mille feux et trouver une mélodie qui nous réunisse d'une manière merveilleuse.

Pendant ma troisième année d'études, mon père m'écrit quelques-unes de ses rares lettres. Salut, *Mic*, écrit-il. Je suis tout seul à la maison, maman est en cure. C'est donc à lui de m'écrire des lettres et de me demander des nouvelles. Lui, il ne va pas bien. Il me fait suivre le courrier arrivé à mon ancienne adresse, et de l'argent. Je peux en faire ce que je veux. Il termine par cette phrase, reçois le salut du sans-valeur, *od ničvrednega*, écrit-il, comme s'il s'était biffé lui-même en signant.

Au début de l'été, un ami me raccompagne à la maison. Mon père est hors de lui.

Une fois que l'homme a pris congé, tandis que ma mère me montre ses nouvelles plates-bandes, mon père bloque la porte d'entrée et nous laisse dehors. Il crie par la fenêtre de la cuisine qu'il ne laissera plus la traînée, la putain que je suis mettre un pied dans la maison. Je suis si blessée que je le menace d'appeler tout de suite la police s'il ne nous laisse pas rentrer sur-le-champ. Je lui crie qu'un père comme ça, je m'en passe.

Dénonce-moi si tu veux, hurle mon père. Si tu n'as pas d'autre idée que me dénoncer, alors reste dehors, et ta mère avec.

Il est jaloux, dit ma mère, attendons un peu, et ensuite nous rentrerons en grimpant par la fenêtre de la cuisine. Je me demande si je dois me sentir offusquée ou si la situation n'est pas trop grotesque pour être prise au sérieux. À mon soulagement, la fenêtre de la cuisine n'est qu'entrebâillée. Ma mère me fait visiter le jardin encore une fois et à notre retour, la porte est toujours fermée. Je déniche dans le bûcher un vieux tabouret de traite et je le place sous la fenêtre pour enjamber les jardinières, monter sur le rebord et entrer dans la cuisine.

Mon père est assis dans le séjour sur la banquette du poêle et regarde par la fenêtre sud le versant opposé de la combe. Je m'approche de lui.

Donne-moi la clé, dis-je. Il me lance un regard farouche et réprobateur.

Va-t'en, feule-t-il, allez, vas-y, à la police !

Où est la clé, demandé-je d'un ton résolu.

Là, dit-il en jetant la clé sur le sol.

Je ramasse la clé et regarde mon père du coin de l'œil.

Allez, disparais, va à la police, dit-il.

À cet instant, une colère sauvage et rebelle m'envahit. On ne me fera pas ça, pas à moi, me dis-je. Une impulsion brusque me fait m'approcher de mon père et lui caresser deux fois la tête de la main. Je lui caresse les cheveux comme si je tentais une expérience. La tête de mon père cède sous ma paume. Elle tombe sur sa poitrine comme si les muscles de son cou refusaient brusquement de fonctionner. Il avale un soupir, oui, Mic, dit-il, oui, et puis, quelle vie de merde, *kurc, pa to življenje* !

Un instant durant, je suis réconciliée. Je pourrais sourire, mais le sourire se métamorphose sur mon visage en un masque de rage, d'indignation et de compassion. C'est facile à ce point de faire plier mon père, si facile. Mais j'ai fait mon calcul sans tenir compte de mon père, car ce n'est pas moi qui changerai mon père.

Dans la nuit, je suis debout dans une salle de bain devant un lavabo et je suis chargée d'administrer un comprimé à chacun des hommes qui entrent dans la pièce. Entrent des hommes que je crois connaître. À chacun je donne un comprimé qu'il prend obligeamment. Juste après, les hommes sont pris de convulsions et meurent.

Au bout d'un moment, je suis prise de doutes sur cette mission meurtrière. Je ne veux plus devoir assister à ces agonies. Un inconnu s'approche de moi. C'est l'homme que j'attendais. Nous nous enlaçons et nous laissons tomber au sol, abandonnés l'un à l'autre. Une fenêtre s'ouvre au-dessus du lavabo. Il y a là la moitié de ma famille qui regarde à travers et nous montre du doigt. Je quitte nos étreintes et j'entre, au coin, dans la salle d'un palais où est dressée une grande table de fête. Mon père et ma mère sont assis au bout de la table et m'invitent au repas.

Les collines de mon pays se sont métamorphosées en un piège qui m'attrape et se referme sur moi chaque été. Je puis de moins en moins établir des liens entre ma vie et mon lieu de naissance et je réfléchis à la manière d'aménager des sentiers de secours afin de pouvoir faire sortir ma confiance subrepticement de la vallée. Je persiste à essayer de trouver le réconfort dans le paysage, d'y déceler un lieu où je puisse vivre sans qu'il soit menaçant pour moi. J'espère, au fil de nombreux étés, me glisser sous sa peau pour découvrir ses mystères, afin de ne pas revenir les mains vides, avec rien que ma peau à moi.

Comment ramener vers moi la scène de mon enfance ? Comment me rendre présentes ses formes ? Me faut-il commencer en rappelant que la vallée encaissée est un cul-de-sac du paysage où chemins et routes mènent à un point mort ? Affirmer qu'elle ressemble à une chaussette ouverte en haut qu'on aurait coincée entre les collines afin de les tenir éloignées l'une de l'autre. Constater que tous les versants s'affalent dans un fond de vallée marqué par un ruisseau et une route ? Que la vallée essaie de gagner un peu de largeur sur son étroitesse, qu'elle réussit même çà et là à garnir une portion plate de prairies et de champs ? Mais les prairies doivent bientôt s'adapter au rétrécissement et se blottir contre la prochaine pente abrupte. Tout ce qui est spacieux s'est retiré de ce paysage.

L'eau du ruisseau répand une brise froide. Les feuilles glabres de l'adénostyle des Alpes éventent le froid dans le paysage. Le froid gagne la lisière des prairies et flotte au-dessus des forêts de feuillus et de résineux. Là où cesse la forêt, la roche luit sous une mince couche d'humus, comme les os d'un squelette montagneux que des avalanches auraient précipité dans l'abîme. Buses, autours et aigles tournoient au-dessus des forêts. Sans qu'on s'y attende ils surgissent isolément du calme de la forêt, planent au-dessus des vallées encaissées, décrivent leurs cercles avant de disparaître vers d'invisibles ravins. Il est rare qu'ils descendent en piqué pour s'emparer d'une proie. Ils ne se hâtent pas, ils sont sûrs de leur proie, elle a été poussée dans son retranchement.

Les hommes ont édifié leurs domaines aux endroits plats au-dessus des versants. Ils en avaient trouvé, des prairies se déployant entre deux pentes, des surfaces planes où installer plusieurs bâtisses et jardins. Aux jours de printemps, les pentes semblent se rebeller contre les hommes qui se déplacent sur elles. Mais en plein été, elles déploient devant les fermes des tapis de lumière et de chaleur qui exercent un irrésistible pouvoir d'absorption et attirent littéralement les habitants. On les voit, seuls ou en groupe, assis dans l'herbe ou devant leurs maisons, allongés à la lisière des champs, abandonnés au soleil, harassés de chaleur. Ils tournent la tête en tous sens et n'ont d'yeux que pour les hauteurs et forêts qui les environnent, pour les couleurs chatoyantes dans les creux et bosses de la combe. L'automne naissant fige le paysage. La fraîcheur familière monte du fond des dépressions. Les seuls intrus, ce sont les bouches des carrières abandonnées béantes dans les coteaux, envahies de broussailles. Certaines d'entre elles sont encore carrossables, abritées sous des toits de roche, des cages de pierre.

Je pense à grand-mère qui, chaque matin, embrassait du regard le paysage, aux yeux de mon père qui observaient d'abord le ciel et constataient la position du soleil et de la lune avant de se tourner vers le sol. Chaque jour, les yeux palpaient l'état de la nature. Aujourd'hui, le moment est venu de moissonner, de labourer, disait-on, aujourd'hui le sol est mûr et l'air suffisamment chaud, disait mon père. Les formes des nuages, la lumière du soir et le cri de la chouette annoncent un malheur, prophétisait grand-mère. Son paysage secret avait ses noms à lui, le vieux champ de blé, le champ à patates abandonné, le creux du marronnier, l'étang à frai, la pierre au soleil, le rocher qui goutte, la gueule du diable, le dôme aux esprits, le pré aux lys, la pente aux œillets, le pâturage d'achillées. Les prairies et versants tournés vers le soleil avaient des noms lumineux et les creux et lieux de l'ubac des noms ombrageux ignorés de toutes les cartes. Les sentiers de forêt passent devant des lieux funèbres, ici c'est Fritz qui a été assommé par une branche, se rappelait grand-mère, là trois hommes avait été carbonisés par la foudre, sur la clairière près du hêtre de la mort pas loin du ruisseau, les fillettes qui hurlent sous la source de la ferme Poset où les morts déambulent en gémissant, le Fossé sauvage où l'on trouva la tête de mort.

J'aurai beau m'efforcer de me rapprocher de lui, le paysage de mon enfance m'induira en erreur. Il se placera en travers de mes pieds et laissera mes questions sans réponses. Il restera impassible. Tous les sentiers du paysage se révéleront être une embûche sur le chemin qui mène jusqu'à ce paysage. Eux qui devraient conduire au centre, ils se contrediront eux-mêmes et repartiront en sens inverse. La contrée n'admettra pas une seule ligne droite, elle ne sera que plans obliques imbriqués, protubérances s'ordonnant autour d'un sommet plus élevé. Les coteaux boisés de la combe se feront reconnaître par leurs imbrications contradictoires et contreviendront aux points cardinaux. Je n'aurai pas plutôt cru avoir pris le bon chemin que déjà je m'égarerai. Je devrai monter sur les buttes pour apercevoir d'en haut mes chemins d'errance. Là-haut, sous le ciel dégagé, je pourrai débrouiller l'écheveau des profondeurs. Je comprendrai que le paysage se dissimule et ne veut pas être déchiffré, qu'il engloutit les impatients et recrache sans les avoir digérés ceux qui attendent de lui prévenance et douceur.

Parfois, après une assez longue marche à travers une forêt escarpée et touffue, le pays me comblera de vues insoupçonnées qui rendront la région aimable et bienveillante. Des versants abrupts paraîtront plus doux, les angles seront atténués et arrondis. Une immensité inespérée absorbera mon regard et le laissera se promener sur les vallées étroites, traverser sans pesanteur ni vertige les défilés profonds. C'est depuis de tels endroits qu'à l'ouest je pourrai voir la façade rocheuse blanche et rude de la Košuta, à l'endroit où la combe rejoint la plaine. C'est le blanc de la montagne qui s'imposera le plus longuement face aux tons bleu-vert plus sombres de la plaine qui commence. La mer se réfléchira dans le ciel bleu clair du Sud, comme si le firmament regardait d'un œil l'Adriatique et fermait l'autre sur les vallées étroites.

Aussitôt que j'aurai quitté la région, mes regards seront traversés de plantes et d'herbes pointues, envahis par les broussailles et pour finir fatigués de s'être constamment tournés vers le ciel, unique point d'orientation. Après mon départ, je me sentirai comme une visiteuse que la nature a mise dehors après une fête généreuse et qui repart de mauvaise grâce car le paysage opulent lui reste sur l'estomac.

Le dessous du paysage, son reflet sombre, sera mon refuge, le lieu nocturne qui engloutira et absorbera tous les endroits où j'ai posé un pied, avenues, villes, trains, cars, avions. Il entassera tout en son dedans et le jettera dans l'oubli. Des immeubles pousseront au beau milieu des prairies et monteront jusqu'au ciel, des scènes de théâtre seront construites à même la montagne et entourée de forêts. La mer se rapprochera de ma maison et demeurera dans les profondeurs. Le ciel sera un toit coulissant et maintes nuits quitteront l'obscurité en se levant contre son firmament.

Le paysage où je trouverai asile cet été-là rayonnera des couleurs les plus vives. La lumière se déversera sur les collines, l'air scintillera. Mes yeux seront dirigés vers la plaine avec une acuité de faucon. J'explorerai la contrée avec les flux de chaleur de mon cuir chevelu, avec des capteurs secrets je scruterai la région. Un groupe d'hommes arpentera le plateau. Ils iront dans la montagne où circulera un chemin de fer qui les conduira à leurs lieux de travail, ou bien à la ville qui bourdonnera dans les profondeurs de la montagne. Avec mon frère, devant la porte de la maison je monterai dans un tramway et partirai pour la France. Dans le creux de la vallée, derrière la maison, je monterai une nouvelle fois et me présenterai à tous les passagers. Ce sera le soir lorsque nous arriverons en Provence et entrerons dans une tour. Dehors, des champs de blé dorés ondoieront, et des hauteurs couvertes d'herbe claire. Le ciel sera pourpre, d'un noir de velours. Pourquoi le champ de blé rayonnera-t-il ?

La sœur de grand-père, Leni, a enregistré sur bande magnétique ses souvenirs de l'époque passée chez les partisans. L'enregistrement paraît sous forme de livre, traduit en allemand. Il doit être présenté à Vienne, au secrétariat d'État à la Question des Femmes. Pour ma famille, c'est une occasion rare d'aller à la capitale. Mon père décide d'accompagner ses cousines et cousins. C'est la première fois qu'il voit la capitale. Je dois aller le chercher devant le tribunal de Vienne car le groupe, après la présentation du livre, voudrait visiter le lieu d'exécution des treize premières victimes de Zell Pfarre et des vallées d'Eisenkappel condamnées à mort par le président du Volksgerichtshof en personne, Freisler*.

Je descends du tram dans la Landesgerichtsstrasse et j'aperçois devant l'entrée gigantesque du tribunal un petit

---

* Le *Volksgerichtshof* ("Tribunal du Peuple") était la plus haute cour de l'État national-socialiste chargée des affaires pénales politiques. Son président de 1942 à 1945, Roland Freisler (1893-1945), fit prononcer un très grand nombre de peines capitales et présida – outre le procès où furent condamnés Hans et Sophie Scholl et d'autres membres du groupe de la Rose blanche ainsi que celui des conjurés de l'attentat contre Hitler du 20 juillet 1944 – trois procès spectaculaires à Klagenfurt contre des résistants carinthiens, notamment issus de la population slovène.

groupe qui m'attend. Je lui fais un signe de la main. Ils s'empressent de traverser le grand carrefour, mais mon père, une fois que le feu pour piétons est passé au rouge, reste arrêté au milieu de la rue à plusieurs voies et ne peut plus ni avancer ni reculer. Les voitures qui arrivent klaxonnent et le frôlent. Je cours pour lui venir en aide.

Mon père tremble quand je lui prends la main. Viens vite, dis-je.

Je ne peux pas, dit-il en souriant, et il ne bouge pas tant que le feu n'est pas repassé au vert. Je ne suis pas fait pour Vienne, soupire-t-il, debout sur le trottoir, tout va bien trop vite. Pourquoi est-ce qu'il n'a pas avancé, demande Michi, et mon père hausse les épaules. Il tient à la main droite un jerricane en plastique blanc.

Je lui demande ce qu'il trimbale. Du cidre, dit mon père. Pour cette occasion, il a apporté dix litres de cidre et voilà des heures qu'il traîne inutilement ce jerricane, mais le poser simplement à un endroit quelconque, il ne veut pas non plus.

Je propose que nous accompagnions la famille jusqu'au Ring, puis j'irai avec mon père au centre-ville pour lui montrer la cathédrale Saint-Étienne et la Michaelerplatz où se trouve l'Institut d'études théâtrales.

Nous passons en flânant devant le bâtiment de l'institut pour aller vers l'université. La main tendue, je décris le parcours du boulevard circulaire, je désigne le Parlement, la mairie de Vienne, et le "Burg" en lui disant, regarde, ce théâtre, j'y vais souvent. Bien, bien, dit Michi, mais mon père, lui, pense qu'on ne pourrait jamais le faire entrer dans une maison si magnifique, non, pour tout l'or du monde on ne me traînerait pas là-dedans. Le jour où je passerai ma thèse, il faudra bien que tu y entres, dans le bâtiment princier de l'université, dis-je. Non, rétorque mon père, il attendra ici, dehors, avec le tracteur. Nous rions et convenons de nous retrouver près de l'Opéra.

Je continue seule avec mon père. Sur la Heldenplatz, il s'arrête sous le monument à l'archiduc Charles et se redresse un peu comme s'il voulait que ses yeux quittent l'ombre de son front pour se tourner vers la lumière. Dans son vieux costume gris-vert, on dirait quelqu'un qui se serait retrouvé en ville par mégarde. Sa cravate marron est voyante avec ses motifs verts et orange. Le col de sa chemise blanche s'est tordu, il a une pointe qui se soulève. J'essaye discrètement de la remettre en place, mais elle se relève tout de suite. Mon père a maintenu son pantalon trop grand pour lui avec une ceinture qui fait des plis aux hanches. Il y a longtemps que sa cage thoracique amaigrie ne remplit plus un veston. Il a les cheveux courts, mais dans la nuque ils ont poussé. Je me surprends à rendre ma mère responsable de ce qui ne va pas dans la tenue de mon père. Comment peut-elle le laisser partir ainsi, me dis-je, et en même temps je trouve que je devrais cesser d'espérer que ma mère veille sur lui comme sur un petit garçon. Il ne viendrait jamais à mon père l'idée de s'acheter quelque chose de neuf. Rien qu'essayer des vêtements dans un magasin, ce serait bien trop pour lui. Les regards des vendeuses le perturbent et l'embarrassent tellement qu'on ne peut lui imposer cela. Il se sent sans défense et renvoyé à lui-même et à son aspect lamentable, comme il dit. Je suis inquiète de voir à quel point mon père est perdu en ville. On pourrait facilement ne pas le voir, pensé-je, mais il suffirait de lui adresser la parole pour se sentir responsable de lui, pour faire spontanément en sorte qu'il ne se trompe pas de chemin.

Sous la coupole de l'aile Saint-Michel, je montre avec fierté l'escalier qui monte à l'Institut d'études théâtrales. Je lui dis que c'est une matière impériale que j'étudie, et il répond, impératrice sur le tas de fumier, oui, avec un sourire en coin. Nous descendons le Kohlmarkt et le Graben jusqu'à la cathédrale Saint-Étienne, mon père est impressionné et cela se voit. Il demande quand l'église a été construite et je lui donne quelques chiffres. Elle a de l'allure, cette église, dit-il en s'asseyant sur un siège devant l'autel de la Vierge dans une nef latérale. Je fais un tour dans l'église. À mon retour, mon père m'attend devant la sortie. Allons-y, dit-il, il a envie de boire quelque chose. La cohue de la Stephansplatz le perturbe. Il cherche un endroit plus calme et nous trouvons sur le Graben un petit café avec des tables hautes qui ne semble pas intimider mon père. Debout à une table, il commande un petit blanc coupé d'eau gazeuse et tombe la veste. La première gorgée bue, il retrousse ses manches de chemise et cherche ses cigarettes. Tu en veux une aussi, demande-t-il. Tout à coup je me rappelle le jerricane et je lui demande où il l'a laissé. À côté de l'autel de la Vierge. J'ai pensé que la sainte Vierge aimerait bien goûter à mon cidre, dit-il avec un sourire.

J'ai envie d'une cigarette. Donne-m'en une, et mon père m'allume la première cigarette. Depuis quand tu fumes, demande-t-il. Depuis maintenant, c'est un mensonge et je pense au jerricane dans Saint-Étienne. Mon père fait un mouvement rapide de la main et la cendre qu'il a oublié de mettre dans le cendrier tombe sur son pantalon. Je vois que le pantalon est raccommodé à un endroit et, avant de m'énerver de nouveau, je m'empresse de me dire que ce pantalon reprisé n'a aucune importance, que je dois me concentrer sur l'essentiel, sur cette première promenade dans Vienne avec mon père. Mon père raconte que la secrétaire d'État à la Question des Femmes les a reçus très aimablement et a tenu un discours combatif. Elle a du courage, dit-il avec admiration, en Carinthie ça n'aurait pas été possible. Je demande s'il a feuilleté le livre, tout en sachant bien qu'il ne lit pas de livre. Même mon recueil de poèmes, il l'a rangé sur l'étagère sans l'ouvrir. Oui, oui, dit-il, il y a même une photo de lui dedans, mais le livre, non, Leni a beau parler de lui, il ne le lira pas. Les livres ne racontent pas toujours la vérité, dit-il, ils racontent des histoires inventées. Tandis que lui, c'est la vérité qui l'intéresse, ce qui s'est réellement produit.

Il commande deux autres verres et, tandis que le serveur apporte les boissons, il se tient debout, souriant, devant la table haute, une main posée légèrement sur la hanche et tenant la cigarette de l'autre. Un bref moment, tout semble possible.

Mon père raconte que les quetschiers donnent bien et qu'il espère pouvoir en tirer une bonne eau-de-vie. Il a déjà pensé à se procurer de belles bouteilles pour la meilleure gnôle afin de pouvoir la vendre, mais il n'a pas encore décidé. Il raconte aussi qu'il a acheté quelques moutons, car il compte n'avoir plus que deux vaches. Tout le reste, ça ne vaut plus la peine, trop de travail, trop de complications. Il n'arrive pas à s'expliquer pourquoi il s'échine à ce point et arrive à peine à en vivre. Tout va aller à vau-l'eau, dit-il en souriant. Tout. Il croise les bras et laisse brûler la cigarette entre ses doigts, qu'il tient placés près de l'épaule. Alors il lui vient à l'esprit que son frère Tonči se souvient d'avoir vu Jurij Tavčman sur la place du Marché à Eisenkappel, à l'époque, après son arrestation, avant qu'il ne soit conduit à Klagenfurt puis à Vienne au tribunal pour y être décapité. La police venait de le sortir de prison et de le tirer vers la rue. Il portait une chemise blanche à col ouvert et avait fait comprendre aux gens qui l'entouraient qu'on allait le tuer. Tous avaient été saisis jusqu'à la moelle, à ce moment-là on avait senti qu'on ne pourrait plus faire machine arrière, dit mon père.

Je pourrais te couper les cheveux quand je viendrai à la maison, dis-je hâtivement.

Mais seulement si je veux, répond mon père en regardant attentivement les passants qui défilent devant les vitrines. Il n'est pas pressé de retrouver la famille.

Ça te plaît, Vienne, veut-il savoir tout à coup. Oui, dis-je, sans savoir si je dois me mettre à raconter. Je laisse seulement entendre que sous peu je dirai sans doute au revoir à cette ville. Aha, dit mon père. Il faut y aller, non ? Allons-y, dis-je en lui tendant son veston.

Dans la nuit, mon père me décrit comment sa tête s'est transformée en four à fusion. Elle cuit ses maux de tête comme une pierre pour les liquéfier, mais pas à la chaleur, avec une patience froide. On a mis une sorte de couvercle sur son occiput, comme un second crâne qui coulisse sur le premier et qu'on a fixé au bas des tempes avec un sparadrap. Je me demande si je dois faire une remarque à mon père quant à sa double tête, c'est alors qu'il tourne vers moi son visage de tous les jours. Surtout ne rien dire, pensé-je, ne pas l'inquiéter, sinon sa tête va tomber. Il n'y survivrait pas.

La deuxième nuit, mon père a une crise d'étouffements. Il dit que l'air s'est enfermé dans son cerveau. Qu'il manque d'oxygène. Je le couche de côté sur le sol et lui passe une main sous la tempe. Dans un délire de demi-sommeil je vois courir au-dessus des circonvolutions du cerveau de mon père la douleur qui se met à briller et qui change petit à petit de couleur. Les cristaux de douleur se fixent le long des sillons du cerveau et forment une écume douloureuse décidée à attaquer toutes les cellules nerveuses de son corps. Au point d'ébullition, la douleur perd enfin sa force, elle s'apaise. Plus tard, quand sa lumière durcira, je l'ôterai du tissu cellulaire, voilà ce que je pense ou rêve, je gratterai le cerveau de mon père pour enlever le cristal de sang caillé, l'éponge cuivrée.

L'adieu à Vienne est brutal. Comme ma bourse touche à sa fin, je décide de poursuivre en Carinthie la rédaction de ma thèse. À mon retour, je range au grenier chez mes parents la vaisselle et le peu d'ustensiles que je me suis achetés, dans l'espoir de pouvoir bientôt les utiliser ailleurs. Le piège de la vallée se referme.

Avec mon retour en Carinthie, ma mère poursuit son projet à elle. Elle estime qu'il est temps que je devienne responsable de la famille. Elle pourrait faire des ménages à Klagenfurt et commencer une nouvelle vie, dit-elle. Elle a tenu assez longtemps dans le mariage, mais arrive le moment où ça suffit. Comme toujours avec force détails, elle me décrit les crises de mon père, on dirait qu'elle veut par là m'expliquer encore une fois ce qui la pousse à partir. Moi j'ai eu la possibilité d'aller à l'école, il faut que je sois prête à en payer maintenant le prix, ainsi raisonne-t-elle. Dès que nous sommes seules, elle s'approche de moi, déesse vengeresse et amère. Depuis des années je ne rêve que de serpents, dit-elle, où que je regarde il n'y a que couleuvres et vipères. Elles me poursuivent et me harcèlent. Elles ont déjà construit des nids en moi. Je n'arrive plus à me débarrasser du venin que mon mari a déversé sur moi. Pour que je cède, elle me jette dessus littéralement son désespoir, son amertume et sa rage. Je crois discerner dans ses projets un attentat contre moi. La nuit, je me réveille en sursaut dans mon lit aux prises avec des sentiments qui se prétendent adultes alors qu'ils se comportent comme un petit enfant réclamant l'attention. Combats de l'ombre. Fantômes de la soupe cosmique, qui m'attaquent. Je ne sais plus ce que je tente d'éloigner de moi, je me sens menacée, je ne sais que faire de mon agitation. Comment ai-je pu en arriver là ? Pourquoi ma mère voit-elle en moi une adversaire ?

Quand j'étais enfant, ma mère était pleine de fougue, toujours un peu énervée et irritée, même si elle arrivait à dissimuler son tremblement intérieur qui avait un rapport avec mon père et grand-mère. Parfois, je l'entendais sangloter, bien plus souvent chanter, et sa voix, lointaine et proche, était comme la mienne, on aurait dit que les sanglots et le chant sortaient de moi et que ma mère parlait à travers mon corps. Ses sentiments étaient notre secret. Quand je suis entrée à l'école ses épanchements sentimentaux se sont taris, ses pleurs aussi. Elle s'est retirée dans son travail, dans ses idées à elle, qui culminaient dans la conviction qu'il faut endurer son destin comme un stigmate. Un jour, elle m'a raconté que la mère de Dieu l'avait mise en garde avant son mariage avec mon père. Pendant qu'elle priait, elle s'était aperçue que la statue de la Vierge pleurait. Dès cet instant, elle avait pressenti qu'elle commettait une erreur, mais il était déjà trop tard pour revenir en arrière. Ma mère semble se complaire dans les martyrologes et les hagiographies de stigmatisés avec leurs plaies. La sensualité qu'elle tente de réprimer se fraye ses propres chemins pour se manifester. Elle a pour habitude de rire très fort et de façon déplacée, et à l'église de chanter d'une voix presque stridente et de tousser bruyamment. Je ne peux pas accepter qu'elle se comporte en public avec relâchement alors qu'elle exige de nous discipline et discrétion. Pendant les week-ends que je passe à la maison au cours de mes années d'école, j'ouvre ses penderies pour être dans les effluves parfumés qu'exhalent ses vêtements. Je touche son linge et ses bas, j'examine ses nappes, mouchoirs et taies brodés qu'elle garde dans une commode comme une princesse Fleur-d'Épine son trésor secret. Je brigue sa reconnaissance mais, quand je lui en parle, elle dit qu'un travail accompli suffit à sa propre récompense et n'a pas à être particulièrement souligné. Parfois, quand nous nous crions dessus, elle clôt nos discussions en disant qu'elle ne voit pas pourquoi elle devrait être plus chaleureuse avec ses enfants alors que personne dans cette maison ne lui a témoigné affection ni attention. Une fois que je me suis faite à l'idée que c'est à cause de mon père que ma mère est si endurcie, je cesse d'importuner ma mère avec mes histoires. Même si nous nous écrivons une fois par mois pendant mes années d'études et si elle me raconte ce qu'elle fait et ce qu'il y a de neuf à la maison, notre relation ne devient pas plus chaleureuse, car ma mère, en son for intérieur, m'envie ma liberté, l'admire et la maudit, et elle me reproche d'être trop compréhensive envers mon père. Elle cesse de me demander comment je vais.

Après mon départ pour Vienne, elle délaisse ses contes d'épouvante catholiques pour commencer à lire de la littérature. Elle lit des romans historiques, des récits de voyage, des livres sur la Seconde Guerre mondiale, mais aussi Tolstoï, Flaubert, Lipuš et Handke. Je tente en ce moment la littérature moderne, écrit-elle dans une lettre, et c'est une énigme pour moi, mais au moins j'aurai essayé. Elle n'a pas pu aller à l'école, mais tout cela l'aurait intéressée, écrit-elle. Elle se met à écrire elle-même des poèmes et, pendant les vacances, me donne à corriger ses textes en vers. Pour elle, dans la vie il faut serrer les dents et raconter des histoires qui finissent bien et où la moralité est au premier plan, car sinon, où va-t-on, si on ne montre pas aux gens la route à suivre.

Du vivant de grand-mère, ma mère n'arrivait guère à parler d'elle. Elle restait assise à côté de ceux qui racontaient et on ne lui demandait jamais rien. L'histoire de sa famille passait pour quantité négligeable, il n'était rien arrivé de bien grave à sa mère pendant la guerre, disait-on, après que son mari était tombé au front elle avait dû élever seule ses enfants en travaillant comme journalière, certes, mais cela n'avait rien d'extraordinaire. Dans l'école religieuse où ma mère avait pu suivre pendant une année une formation de ménagère, on lui avait mis dans la tête qu'il fallait lire uniquement des textes chastes et pieux et éviter les ouvrages d'écrivains dépravés. Une telle lecture pouvait corrompre une jeune fille disait-on. Elle devait se garder de lire l'hebdomadaire slovène *Slovenski vestnik*, désapprouvé par l'Église catholique car il exaltait les traditions des partisans. Une Carinthienne slovène devait si possible porter un foulard et ne pas regarder de films avec Errol Flynn. Bien peu d'écolières s'étaient sans doute tenues à ces préceptes, mais ma mère, elle, voulait faire de sa vie un modèle d'existence catholique.

Dès le début, tout avait semblé aller de travers, elle était restée chaste, certes, mais pas assez longtemps, elle s'en tint à la règle inculquée, épousa le premier homme qui l'avait approchée, mais la réalité du mariage ne fut pas à la hauteur de ses attentes. Les enfants aussi, à peine passé l'âge des nourrissons, commencèrent à n'en faire qu'à leur tête, ce qui fâchait ma mère et lui ôta ses illusions. Elle respectait le commandement de parcimonie et de frugalité et peu lui importait de ne pas suivre les modes. Chez nous, comme l'argent manquait pour l'acquisition d'une voiture et que de toutes les façons, selon ma mère, un véhicule rapide pouvait être un danger pour mon père, elle se contentait d'un cyclomoteur qu'elle utilisait pour aller à l'église et faire les courses, des excursions et des visites. Elle et son cyclomoteur devinrent inséparables et parfois, en la voyant en descendre, il me semblait qu'elle rattrapait en roulant sa jeunesse perdue. Ses yeux brillaient, ses mains vigoureuses et hâlées n'aspiraient qu'à l'action. Elle donnait l'impression d'être une jeune intrépide pour qui ses enfants étaient des casse-pieds et son mari un raté.

Ma mère est désormais résolue à livrer un dernier combat avec moi car inconsciemment elle me sent incertaine. Elle mise tout sur la carte maternelle et elle perd, car en réalité pour rien au monde elle ne voudrait être vindicative. Elle renonce à son projet de s'installer à Klagenfurt et elle m'en fait endosser la responsabilité. Je dois être consciente que si elle est vouée à rester dans la misère, c'est uniquement à cause de moi, dit-elle.

Au contraire de ma mère, mon père me témoigne sa sympathie. Quand je le rencontre en compagnie et qu'il a, comme on dit, bu plus que de raison, il me dit à haute voix, presque à la cantonade, pour que tout le monde entende, celle-là, c'est la mienne, je l'ai à la bonne ! Depuis notre expédition en tracteur dans la nuit d'hiver glacée, le salut hitlérien est devenu pour lui notre manière secrète, presque intime, de nous dire bonjour. Quand il est de bonne humeur, il me salue avec un Heil Hitler et se réjouit comme un gamin des regards de l'assistance. Il me laisse lui couper les cheveux et, quand il juge le moment venu, il s'assied devant la porte de la maison dans un fauteuil, avec une serviette sur les épaules, et sourit d'aise quand je prends ses fins cheveux entre mes doigts.

Ses moments d'épuisement sont de plus en plus flagrants. Depuis qu'il a failli perdre son œil gauche dans un accident en travaillant dans la forêt, il se blesse souvent. Il s'entaille l'index avec la scie, il se donne un coup de hache à la jambe. Il veut garder son rythme de travail souple et effréné et souffre de ne plus avoir la force ni l'endurance nécessaires. On lui trouve un emphysème pulmonaire, et comme il ne veut pas arrêter de fumer, il refuse de l'admettre. Fumer, c'est l'élixir de sa vie, dit-il. Il lui arrive désormais de se sentir comme à l'époque où, dans la forêt, il s'était retrouvé tellement affamé et épuisé après une fuite de plusieurs jours que ceux qui combattaient avec lui lui avaient donné à fumer des feuilles séchées. C'était cela qui l'avait remis d'aplomb, il ne permettra pas d'en être privé. Sa seule concession à la maladie est qu'il décide de fumer des cigarettes-filtres. Cela ralentira un peu le cours de la maladie, pense-t-il.

La guerre envahit mon lieu nocturne.

D'énormes camions patrouillent sur la route d'accès à chez nous. Des véhicules de secours vont et viennent, sirène hurlante, entre un hôpital éloigné et le champ de bataille invisible. La maison située sur le plateau a disparu. Me voici sans abri à errer dans la contrée de mon enfance où l'on m'a reléguée.

Pendant la journée, je m'accroche obstinément à mes vers et aux phrases de mes travaux scientifiques.

La nuit, je pars sur un voilier chercher ma mère en Libye où elle est en cure. La mer est agitée et périlleuse. Quand notre bateau accoste, je vois ma mère qui attend assise sur un trône doré orné de pierres précieuses. Elle a la fièvre. Son état a encore empiré. Je me fais du souci pour elle.

Durant l'année dite commémorative de l'annexion de l'Autriche au "Troisième Reich" cinquante ans plus tôt, l'Autriche officielle se souvient et verse une prime de réparation de cinq mille schillings aux victimes du national-socialisme encore vivantes.

À l'occasion d'une visite à mon père, Peter, son cousin, attire son attention sur cette prime. Il lui dit de prendre conscience que lui aussi a été une victime des nazis.

C'est quoi, une victime, dit mon père, comme si, en lui disant ce mot, on lui avait jeté une patate chaude qu'il veut lâcher le plus vite possible. Il en a assez de ce cirque, dit-il, à l'époque, après la guerre, il était allé quelquefois à Klagenfurt avec sa mère pour déclarer devant le tribunal que le policier l'avait torturé et maltraité. L'auteur des coups était assis face à lui et on lui avait demandé s'il le connaissait. Le policier l'avait regardé et mon père, lui, n'avait rien dit. Pourquoi il avait agi ainsi, il ne savait pas. Simplement, il n'avait pas pu sortir un mot et avait pensé, que le diable l'emporte, moi je ne dis rien !

Je regarde mon père, abasourdie. À quoi est-ce que ça aurait bien pu servir, dit-il pour dissiper mon embarras.

Quand mon père reçoit le virement avec la prime, il saisit un moment où nous sommes seuls à la cuisine pour me chuchoter que cet argent, il veut l'utiliser pour lui seul. À quoi bon avoir tellement souffert ? Pour laisser tout cet argent à ma mère et qu'elle le dépense pour la maison ? Puisque j'ai maintenant le permis de conduire, il voudrait que je le conduise avec la voiture de mon frère chez le dentiste à Prevalje, car il doit faire réparer son dentier.

Un jour de fin août, je pars en Slovénie avec mon père. Dans le sud du Jaunfeld, les routes sont bordées de champs de maïs et d'étendues de tournesols plus que mûrs, noircis. Dans les vergers, les premières pommes pourrissent au pied des arbres. Les guêpes exécutent au-dessus des fruits épars des danses sauvages et bruyantes. Sur le siège du passager, mon père s'étire et regarde le paysage. Ses yeux palpent les champs comme si les fruits, les plants, la végétation, devaient lui fournir des indications sur la durée de l'automne ou la rigueur de l'hiver.

Nous franchissons la frontière à Bleiburg et, via Poljana, gagnons Prevalje.

Chez le dentiste se trouvent déjà deux personnes du pays, qui veulent profiter du tarif avantageux des traitements. Mon père dit qu'il préfère que ce soit un Slovène qui lui tripatouille la bouche plutôt qu'un dentiste carinthien car les Slovènes perdent moins vite patience. Voilà des mois que sa prothèse dentaire bouge et lui fait mal. Il veut enfin la réparer, c'est devenu insupportable, raconte-t-il en attendant son tour. Quand c'est à lui, je lui dis que je vais l'attendre dans un café de l'autre côté de la rue.

Mon père apparaît après plus d'une heure. Ça a été la barbe, dit-il. Il faut refaire la prothèse du bas, ça a pris un temps fou avant que les empreintes aient été bonnes. Je crois que nous avons mérité un déjeuner, qu'est-ce que tu en penses, dit-il.

Avant que nous ne quittions Prevalje, il achète dans le plus grand bazar de la ville dix cartouches de cigarettes yougoslaves. Dix cartouches, tu veux vraiment passer dix cartouches à la frontière, lui demandé-je, consternée. Eh bien quoi, dit-il, il faut bien le dépenser, cet argent. Et il saura bien se débrouiller pour que les douaniers le laissent passer.

Sortis de la localité, nous tournons pour prendre un chemin de caillasses qui, au début, monte en pente raide à travers un petit bois. Plus haut, on a une vue dégagée sur le paysage de ce côté et de l'autre de la frontière. Mon père connaît l'auberge, il y est venu une fois avec des chasseurs, en allant à Šmartno où ils étaient invités à une chasse. Nous commandons du rôti de porc et jetons un regard autour de nous dans la petite salle au plafond bas. À la table voisine, quelques villageois boivent. Mon père leur fait un signe de la tête et dit qu'ici, le rôti est bon. Un homme de la table voisine demande si nous venons de Carinthie. Oui, oui, dit mon père, nous sommes du pays de Carinthie, et il se commande une autre bière. La patronne s'assied à la table voisine et très vite mon père et moi sommes absorbés par la conversation villageoise familière même si nous n'avons pas notre mot à dire et ne voulons d'ailleurs pas non plus forcément écouter.

Mon père fait un signe à la patronne, il veut offrir une tournée à tout le monde, dit-il en souriant. Qu'est-ce que vous avez à fêter, s'enquiert la patronne.

Rien de spécial, dit mon père. C'est ma tournée, lance-t-il aux villageois avec un petit sourire en coin, comme s'il venait de leur jouer un bon tour.

Il est détendu quand nous quittons l'auberge. Il lui vient à l'esprit qu'il pourrait encore acheter des outils à la coopérative slovène de Bleiburg. Voilà longtemps que les fourches et les haches de la maison ne sont plus dans le meilleur état.

Nous nous rapprochons de la frontière. Il s'allume une cigarette. Maintenant, il va falloir savoir mentir, dit-il en toussotant. Après le contrôle des passeports, le douanier slovène nous fait signe de passer. L'Autrichien demande si nous avons quelque chose à déclarer. Je réponds que nous n'avons rien, mais mon père dit qu'il a un paquet de cigarettes, et il met son paquet de cigarettes sous le nez du douanier.

Ouvrez le coffre, dit le douanier. Ça sent le roussi, me dis-je avec un léger vertige en descendant de voiture. Je n'ai pas plutôt ouvert que le douanier découvre les cartouches de cigarettes sous la couverture en laine que j'ai dépliée dessus, et il les sort l'une après l'autre. La tentative de contrebande a raté. Mon père se présente comme le propriétaire des cigarettes et est prié d'aller au bureau de la douane. Il doit laisser huit cartouches au poste de douane et payer les droits de douane pour les deux restantes. Ils ont dit que je devais m'estimer heureux de m'en sortir à si bon compte, *porca duš*, jure-t-il en montant. Ça a foiré, au diable, ça a foiré, dit-il, et il remet en tremblant l'argent qui reste dans son portefeuille. Comme si je ne m'en étais pas douté, rouspète-t-il, à Lavamünd les douaniers ne sont pas aussi sévères. À Holmec, ils s'ennuient, ils n'ont rien d'autre à faire que contrôler. Après cette tuile, le magasin coopératif de Bleiburg peut aller se faire voir. Il veut rentrer directement à la maison via Globasnitz.

Pendant la suite du trajet, l'après-midi donne à la lumière du soleil un ton doré et chaud qui plonge le Jaunfeld dans une mélancolie limpide. C'est une lumière qui a ôté toute couleur criarde et annonce la fin de l'été. Je regarde, étonnée, la Peca, notre montagne de chez nous que je contourne à moitié, car sa face nord a quelque chose de doux. Ici, la Peca est une montagne ventrue, un tas de sable allongé couvert d'une forêt et de prairies vertes. Son dos tout en longueur est hérissé de blocs calcaires qui donnent à la cime un air plus sévère. Autour de la Peca se pressent et s'alignent de petits dômes et cônes verts, comme les petits d'un animal tournés vers leur mère. C'est ici que se terminent les Alpes, ici que les flancs abrupts et blancs perdent leur dureté provocante. Derrière, en direction du sud, le pays vallonné, avec ses ramifications, ses recoins, s'étend comme un îlot imprenable de défilés et de mamelons boisés qui n'ont rien perdu de leur caractère reclus de conjurés et de rebelles.

À la limite sud du Jaunfeld, une fois passé le petit village de Globasnitz qui se blottit contre un versant boisé, nous bifurquons vers une étroite route empierrée qui conduit au col de la Luscha et que les locaux utilisent pour convoyer les marchandises. Je me sens toute chose sur cette chaussée à une voie et j'espère bien qu'aucun véhicule n'arrivera en sens inverse. Mon père perçoit mon inquiétude et me dit pour me calmer qu'il a déjà emprunté cette route à moto sans lumière et qu'il est quand même arrivé chez nous, je n'ai donc pas à avoir peur. Qu'est-ce que nous pourrions faire de cette journée déjà bien entamée, grommelle-t-il. Nous pourrions aller nous installer chez Riepl, si Flortsch est chez lui, qu'est-ce que tu en penses ?

Après avoir laissé derrière nous les alpages de la Luscha, quand nous passons devant la petite église œcuménique que Flortsch a fait construire sur le bord de la route où elle surgit toujours comme un rocher inattendu, le voisin Johi Čemer se trouve devant l'église et nous fait signe.

Je m'arrête et descends avec mon père. Johi est hilare. Qu'est-ce qui vous a fait vous perdre jusqu'ici ? Lui, il fait son tour quotidien, dit-il en nous tendant la main. Mon père parle du dentiste et raconte que la douane s'est pris huit de ses cartouches de cigarettes. Ces maudits douaniers, dit-il, et il crache.

Il est content d'avoir arrêté de fumer, dit Johi avec un grand sourire. Il n'a plus à s'occuper de cigarettes, ses poumons travaillent comme une pompe en parfait état de marche, il peut monter et descendre la montagne sans problème autant qu'il veut. Les foins, il les fait tout seul, le travail à l'étable aussi, il n'a pas à se plaindre. Ma machine à moi elle bafouille, dit mon père en tambourinant de la paume sur sa cage thoracique. Le moment viendra où elle cassera, alors fini, je serai plus là. Mais non, dit Johi, ça t'emportera pas aussi vite. Tu es endurant ! Quand il pense à tout ce qu'il a déjà supporté dans sa vie, lui. Récemment, il a repensé au jour où les policiers les avaient traqués tous les deux, d'un abri à l'autre, tu te rappelles, demande Johi. C'est ce jour-là qu'il avait vu son père pour la dernière fois. Quand les gendarmes l'avaient descendu de la forêt en le traînant parce qu'ils l'avaient tellement arrangé qu'il ne pouvait même plus marcher, son père sortait juste de l'étable et avait eu une telle frayeur qu'il en avait levé les mains en l'air. Les policiers voulaient que son père leur dise si la mère avait rejoint les partisans. Bien sûr, il avait fait comme s'il ne savait rien, alors il avait été arrêté et s'était retrouvé à Dachau où il avait péri. Lui, à la fin de la guerre, quand il était rentré du camp pour adolescents de Moringen, tout était changé ; la maison incendiée, l'étable pillée, la moitié de la famille assassinée, sa mère revenue malade de chez les partisans. La première chose à faire, dans la vie nouvelle, c'était d'oublier l'ancienne. D'abord le B. A.-BA de l'oubli, une dure école, hein, Zdravko, demande Johi en me regardant.

Est-ce que tu as reçu de l'argent toi aussi, demande mon père.

J'ai une petite pension à cause du camp, tu sais bien, dit Johi.

Oui, oui, répond mon père, et il répète qu'avec la prime, il veut faire arranger son dentier. Après ça, l'argent de poche de l'État sera épuisé, envolé, dit-il.

Pour que la conversation cesse de tourner autour du passé, je demande où passe la frontière avec la Yougoslavie. Les deux hommes tendent leur bras droit et désignent le sud. La frontière passe là-bas, sur la crête de la forêt, et ensuite, derrière le pâturage, elle va sur l'autre versant.

Dans les derniers jours avant la fin de la guerre, se souvient mon père, il a erré par ici avec les messagers des partisans. Pendant des jours entiers ils avaient fui leurs persécuteurs et ceux-ci avaient retrouvé leur trace. Fin avril, il était tombé de la neige fraîche, et une foule de soldats, venant du sud de la Styrie et battant la retraite devant les partisans, passaient le col de la Luscha. Un peu plus et son groupe se serait retrouvé entre les mains des policiers qui étaient montés de Globasnitz. Ce coin, il avait beau le connaître comme sa poche, dit mon père, depuis le temps, la végétation l'avait envahi et on ne pouvait plus voir d'un seul coup d'œil tout le pâturage de la Luscha. C'est la vie, Zdravko, ça pousse et ça envahit, dit Johi. Quand il est seul, il médite sur la vie. Il traverse les prairies et les champs, il regarde vers le fond de la vallée ou vers les montagnes et il se dit qu'il est content que personne ne l'ait envoyé à la mort, dans le temps. Il se demande souvent ce qu'ils sont devenus, ceux qui avaient dénoncé les gens d'ici, les paysans, les enfants, les femmes, les vieux, et les avaient trahis pour les nazis. Le jour où lui et ses voisins avaient été livrés à la police par un espion de Slovénie, il avait laissé tomber la question nationale. Le fait qu'un Slovène soit allé à la police et ait dit qu'un tel ou une telle travaillait pour les partisans, donc que quelqu'un ait cru qu'il puisse être juste de livrer des gens, les siens, c'est encore pire que les Allemands, qui partaient du principe, eux, que leur race supérieure leur donnait le droit de dominer les autres, dit Johi. Il ne comprend pas comment on peut dénoncer des gens seulement parce qu'on croit qu'ils sont tous communistes et qu'il faut les tuer ou il ne sait quoi. Moi je ne m'en laisse pas conter, ça m'est égal si mes enfants parlent slovène ou pas, dit Johi. Il a arrêté de s'occuper de ces choses. Ça ne me regarde pas, dit-il en souriant.

Mon père ne dit rien. Il a les yeux fixés sur le sol et tire sur sa cigarette.

Après la guerre, tout s'est arrangé, et rien n'est redevenu vraiment tout à fait bien, dit Johi, c'est comme ça qu'il essaie de voir les choses. Ce qu'était l'hitlérisme, ça, il a compris, il est content d'y avoir survécu. Parfois, quand il se promène, il regarde les épicéas au-dessus du talus. C'est là que les partisans ont abattu le fermier Keber, soi-disant parce qu'il avait eu quelque chose à voir avec la déportation de ses voisins, et dans ces moments il se dit qu'il préfère encore la pire des paix à la guerre, parce que dans une guerre, tout le monde devient fou et parce que dans une guerre il n'y a pas de justice, jamais, dit Johi.

Oui, soupire mon père. Après la guerre, son père avait indiqué à la famille l'endroit où se trouvait Keber pour que le cadavre puisse être exhumé et enterré au cimetière. Grand-père n'avait pas pu se faire à l'idée que Keber ait été exécuté. Le restant de ses jours, beaucoup de choses de l'époque des partisans le préoccupaient, dit mon père. Après la guerre, il était déçu et maudissait la politique.

Mais pas plus ton père que les trois oncles de ta femme qui sont tombés dans les rangs des partisans, ce n'est quand même pas contre Keber qu'ils sont partis en guerre, c'est quand même pour autre chose qu'ils se sont battus, dit Johi. Je le regarde, surprise, parce que je ne l'ai jamais entendu parler ainsi et parce que je suis étonnée d'entendre pour la première fois que trois oncles de ma mère sont tombés parmi les partisans. Trois bûcherons qui avaient décidé de déserter la Wehrmacht, et personne de notre famille n'a trouvé que cela méritait qu'ils trouvent place dans le récit familial, c'est comme si les grands-oncles du côté maternel s'étaient évanouis dans les airs après leur mort, s'étaient drapés dans le brouillard pour qu'enfin on ne les reconnaisse et ne les soupçonne plus de rien, pour disparaître de l'histoire.

Bon, maintenant il doit aller s'occuper de son bétail, dit Johi avant de me donner un baiser sur la joue. Nous n'avons qu'à l'attendre, mon père et moi, et ensuite nous l'accompagnerons chez lui où sa femme nous fera à manger.

Je vais y réfléchir, dit mon père en tendant la main à Johi.

Une fois que nous sommes seuls, mon père se met en route pour monter jusqu'aux épicéas au-dessus du talus. Arrivé en haut, il fait quelques pas vers la droite et vers la gauche et tourne autour des arbres disséminés sur la prairie en pente. Monte, dit-il, je vais te montrer quelque chose. Il s'arrête à un endroit et, du pied, désigne le sol. C'est là, c'est là qu'ils l'ont enfoui. Il sort de la poche de son veston un petit cierge qu'il a probablement ramassé près de l'escalier de l'église et l'allume. Une fois que je l'ai rejoint, nous nous asseyons dans l'herbe. Le sycomore change déjà de couleur, dit mon père au bout d'un moment, c'est bientôt l'automne. Nous regardons vers la vallée en silence. La petite flamme de la bougie de cimetière brûle derrière le plastique rouge, puis s'éteint.

Je parcours en pensée le cours de la frontière qui sépare les alpages de la Luscha et le mont Olševa, elle monte et descend, c'est une ligne ondulante censée contenir le passage d'ici à là-bas, une loi écrite, gravée dans le paysage.

Aussi loin que je me souvienne, je me déplace dans le champ magnétique de cette frontière. Les gens n'ont qu'à respecter cette frontière s'ils veulent se croire en sécurité, entend-on dire. Qu'ils ne ressassent pas de vieilles histoires, car elles pourraient bien mettre la paix en péril. Mais la paix s'est-elle seulement installée dans cette région, ou bien les langues parlées ici portent-elles encore l'uniforme ? La paix est-elle désormais visible ? Un toponyme slovène peut-il apparaître à côté d'un toponyme allemand, ce qui serait un symbole plus riche de significations qu'une colombe de la paix, un arc-en-ciel, un monument ?

C'est à cause de la frontière, qui aux yeux de la majorité dans notre pays ne peut être qu'une frontière nationale et linguistique, que je suis obligée de m'expliquer et de justifier de mon identité. Qui suis-je, qui sont les miens, pourquoi est-ce que j'écris en slovène ou parle en allemand ? Se déclarer ainsi induit qu'il y ait un lieu d'ombre, repaire de spectres qui ont pour noms fidélité et trahison, possession et territoire, mien et tien. Ici, franchir la frontière n'est pas un processus naturel, c'est un acte politique.

Après la parution de mon deuxième recueil de poèmes et l'achèvement de ma thèse, je m'installe à Ljubljana. Dans leurs propos, leurs rêves, leurs débats, mes collègues écrivains slovènes appellent de leurs vœux une république de Slovénie démocratique censée faire oublier les décennies de communisme. Ils veulent détacher de la Fédération yougoslave la république fédérée de Slovénie et la conduire vers l'indépendance.

Mais en ces temps de bouleversements politiques en Slovénie, je m'aperçois que j'observe cette crise en invitée et que je me sens comme une lointaine parente qui, venue rendre visite aux siens après longtemps, constate avec étonnement combien ils ont changé. D'un coup, je prends conscience que je ne connais la réalité politique de la Yougoslavie que par la littérature et par quelques rares récits et visites privés.

Durant les sessions de l'Association des Écrivains, je me demande pourquoi je me sens si faible, si modérée dans la lutte pour ce qu'on appelle l'apothéose du national – pour l'État national, pourquoi je souhaite aux Slovènes d'avoir un État à eux, pourquoi je le souhaite même profondément tout en me tenant en dehors. Appartenant à une minorité ethnique, comme on dit maladroitement, j'ai toujours eu affaire aux questions nationales. Pourquoi cette réserve ? Parce que les efforts des Slovènes de Carinthie pour faire respecter publiquement le slovène en Carinthie s'adressaient à l'Autriche et représentaient un encouragement à l'Autriche pour plus d'ouverture. Ce n'étaient pas des aspirations à une démocratisation de la Yougoslavie communiste ou de l'État de Slovénie, qui n'existait pas encore.

J'éprouve mon hésitation comme une liberté mais aussi comme une perte, car même si je comprends la crise et partage les objectifs des écrivains, je ne me sens pas menacée.

Dans le passé, à l'époque où ma famille s'était vue contrainte à réagir, elle était devenue une famille agissant en termes de nation parce que son appartenance la mettait en péril, parce qu'il y allait de sa survie physique. Soit oublier la langue et la culture et se fondre dans l'allemand, soit se défendre et en supporter les conséquences dévastatrices. Elle se décida en faveur d'une action commune avec les résistants de Slovénie qui organisaient la lutte. Au moment de la plus grande catastrophe, elle prit part, de conserve avec les Slovènes, au grand combat européen contre le fascisme, elle crut en l'avenir, en la libération et l'unité des Slovènes après s'être retrouvée avec l'annexion de l'Autriche à l'Allemagne nazie sans protection dans un

État qui voulait l'expulser et l'anéantir. En quelle Autriche aurais-je dû croire ? En celle qui n'existait pas encore à ce moment-là, qui ne s'était pas défendue et s'était fondue dans le national-socialisme, qui menaçait une partie de ses citoyens et livrait l'autre à la destruction ?

Et moi, qu'est-ce que je représente ? Agir en termes de nation, est-ce une réalité ou une chimère ?

En Slovénie, le Parti communiste se dissout aussi et avec lui le mythe dont il tirait le droit de gouverner seul – le mythe qui était celui des partisans et du Front de libération. L'histoire de la prise du pouvoir par les communistes à l'intérieur du mouvement de libération apparaît sous une autre lumière et cet éclairage révèle toujours plus de morts, de meurtres d'épuration pendant la lutte des partisans, de massacres de guerre perpétrés contre des adversaires politiques et des civils innocents lorsque les partisans quittèrent les forêts et rejoignirent l'Armée populaire yougoslave.

Un historien me demande à l'issue d'une table ronde ce que les communistes slovènes de Carinthie diront de ces révélations. Je lui explique qu'à la différence de la situation en Slovénie, les communistes ne sont pas au pouvoir en Autriche. Oui, dit-il, cela, il le sait, mais l'équation partisan égale communiste doit tout de même bien exister aussi en Carinthie. Je lui réponds que c'est ce que prétendent les adversaires des partisans, mais que cette équation est fausse.

Je ne peux m'empêcher de songer aux partisans et partisanes de nos vallées étroites qui, vus de la perspective slovène, la perspective centrale, celle du pouvoir, ont l'air de promeneurs éparpillés dans les forêts. Ils n'ont rien de commun avec l'iconographie qui a marqué pendant des décennies la représentation des partisans dans l'opinion publique en Yougoslavie et en Slovénie, des images surdimensionnées montrant des personnages d'acier fonçant vers l'avant. Au contraire, ils ressemblent à des blocs erratiques qu'on aurait laissés tomber de l'histoire révolutionnaire. Étant donné qu'on avait le droit dans l'historiographie yougoslave et slovène d'après-guerre de glorifier uniquement les mérites des communistes, il est évident que les autres partisans, les croyants et les incroyants, les apolitiques et les tièdes, les déçus, les sceptiques et les désillusionnés, échappent au champ visuel.

Je réplique à l'historien que je viens du versant carinthien, là où ceux qui sont partie prenante ne sont pas aveuglés par le culte des héros. Sans doute auraient-ils bien voulu s'y délecter afin d'oublier un bref moment les blessures de la guerre et d'accéder enfin à une reconnaissance. Dès que les partisans sortent de leurs vallées profondes et apparaissent à la lumière de la vie publique en Carinthie, ils se transforment de toutes les façons en des figures tragiquement distordues. Il leur suffit de quitter leurs quatre murs pour se retrouver en territoire ennemi. Ils doivent lutter pour leur victoire historique comme si elle ne leur avait jamais été reconnue.

À l'occasion d'une réunion de famille, je demande à Tonči, qui avait trois ans de plus que mon père lorsqu'il s'est enfui pour rejoindre les partisans, comment grand-père, catholique croyant, s'était accommodé des communistes. Tonči dit que jamais les partisans n'ont remis en cause la foi de grand-père, la seule chose importante pour eux était qu'on puisse faire confiance à grand-père comme commandant d'un poste-relais de messagers. D'ailleurs, en Carinthie, cela n'aurait jamais pu fonctionner autrement, la population slovène était en majorité catholique. Quand grand-père se rendait avec Žavcer et d'autres dans des fermes sélectionnées de ce côté et de l'autre de la Peca pour recruter des résistants, les fermiers disaient être contents de l'armée slovène, enfin quelqu'un qui était avec eux ! L'uniforme des partisans leur plaisait bien, mais l'étoile rouge et le béret pas tant que ça. Beaucoup d'entre eux auraient été prêts à se battre pour l'empereur, parce que sous la monarchie, il y avait moins de problèmes. Mais comme, fin 1943, une victoire sur les nazis devenait de plus en plus vraisemblable, beaucoup de fermiers et d'ouvriers agricoles s'étaient déclarés prêts à aider. D'ailleurs, plus tard, quand on sentit que ce n'était plus qu'une question de mois d'ici à ce que le "Troisième Reich" capitule et, comme on regardait les partisans comme une partie des forces alliées, les partisans ne sollicitaient plus les soutiens, ils allaient les chercher et les exigeaient.

Nous devions tenir des listes pour savoir dans quelle ferme nous avions pris tant de cochons et tant de bœufs, car il allait falloir dédommager les gens après la guerre, raconte Tonči. Parfois, même les ouvriers agricoles n'avaient pas de quoi vivre. Leurs provisions étaient épuisées. Il connaît le cas de familles qui souffrirent de la faim parce qu'une grande unité de partisans épuisés avait installé son camp à proximité de leur ferme reculée. Seulement, comment aurait-on pu faire sans la population rurale ? Aucun groupe de partisans ne pouvait survivre en Carinthie sans son aide. Où trouver les vivres, où prendre les informations, dit Tonči. Il n'y avait pas d'équipage qui suivait les partisans pour les nourrir, personne pour sortir les cuisines des abris et les transporter pour eux. L'alimentation provenait de la population, et de nulle part ailleurs. Il fallait être très prudent avec les patrouilles qu'on surnommait les mendiants, afin de ne pas dépasser les limites du supportable, dit Tonči. Que de fois il avait espéré que les paquets lâchés par les Alliés sur les territoires libérés ne contiennent pas seulement des armes et de quoi panser les blessures, mais aussi de la nourriture, surtout de la nourriture. C'était cela, la première nécessité. Le plus souvent, on se retrouvait avec des armes automatiques toutes neuves entre les mains dont on ne savait même pas se servir, dit Tonči. Au poste-relais des messagers dirigé par mon grand-père, il n'était pas rare qu'on récite son chapelet, même en présence des commissaires politiques, dit Tonči. Les politiques savaient bien que nous ne pouvions pas rentrer chez nous et que ce n'était pas parce que quelqu'un priait qu'il représentait un danger. Le commandant de la Première Unité carinthienne, Franz Pasterk-Lenart, de la combe de Lobnik, était allé trouver le curé Zechner pour lui demander conseil avant de rejoindre les partisans. Impossible de revenir en arrière, avait-il dit, impossible pour lui de concilier cette guerre avec ses idées. Ils avaient passé une nuit entière à prier dans une église et, aux premières heures du matin, Lenart avait rejoint les partisans. Le jour où sa dépouille mortelle avait été transférée de Mežica à Eisenkappel, le curé avait déclaré devant sa tombe qu'avec Lenart, l'un des catholiques les plus exemplaires du village était tombé. Le danger pour les partisans venait plutôt des jeunes gens instables, et pas des fidèles, dit Tonči. Des hommes qui désiraient savoir à quoi ressemblait une vie de partisans, mais qui la quittaient parce qu'ils ne supportaient plus d'errer misérablement, parce qu'ils subissaient des injustices, des punitions sévères, parce que tout leur était devenu trop dangereux, trop pénible, trop insupportable. Souvent, ils révélaient tout, ils se faisaient avoir par la Gestapo, ou même, c'était la Gestapo qui les infiltrait dans les unités de partisans. Cela avait coûté beaucoup de vies humaines, causé beaucoup de malheur et entretenu la méfiance entre les combattants. Un bon partisan, c'était un partisan par nécessité, dit Tonči, quelqu'un qui ne voyait pas d'autre issue que se réfugier en forêt, qui était sous la menace d'une arrestation et du Kazett, qui n'avait pas d'autre possibilité que s'enfuir parce qu'il avait été dénoncé comme militant pour avoir nourri des partisans ou déserté de la Wehrmacht. Les meilleurs combattants, c'étaient les déserteurs, habitués à la discipline militaire, ils luttaient pour leur survie, pour celle de leurs familles et se réservaient toujours la dernière balle pour le cas où ils tomberaient aux mains des Allemands. Quant aux politiques, aux gens instruits, ils étaient partisans par conviction et occupaient aussi des fonctions politiques mais, par rapport au nombre de combattants, ils étaient en minorité, dit Tonči.

Mon père se souvient que Tine, qu'ils appelaient Général, lui avait raconté à Ebriach, chez Kovač, comment Gašper, Županc et Žavcer avaient cherché des communistes en Carinthie, sans succès. Lors d'une rencontre de partisans, on avait constaté que s'il y avait trop peu de communistes, eh bien, il fallait en fabriquer et faire entrer quelques militants et combattants au Parti communiste. Il y avait eu des formations, quelques militantes et des combattants avaient même réussi l'examen d'entrée, certains autres en étaient restés au stade de candidats. Ainsi, le Général était resté candidat jusqu'à la fin de la guerre, bon combattant, mais inapte à la lutte des classes, avait inscrit un colonel dans son bulletin, c'est ce que le Général avait raconté à mon père. Après la guerre, il était retourné dans sa ferme en Carinthie, dit mon père. À Ljubljana, ils voulaient faire de lui un fonctionnaire. Ils lui avaient donné des vêtements neufs et quantité de nourriture, mais il avait tout envoyé balader, tout comme quelques autres qu'il connaissait bien. Jurči, un compagnon de chasse et partisan originaire de Lepena, lui avait raconté un rassemblement politique interdit après la guerre. Les fonctionnaires des partisans avaient réclamé l'annexion à la Yougoslavie de la partie sud de la Carinthie et appelé les masses populaires à voter pour la révolution. Il trouvait ça exagéré, disait Jurči. Si nous avons fait décamper les nazis, est-ce que c'est pour aimer les communistes maintenant, se demandait-il, ça il ne le comprendrait jamais, non, ça ne lui entrait pas dans la caboche, ce tout blanc ou tout noir, Madonna, ça n'amenait que du malheur, disait Jurči.

Le portrait du Partisan inconnu originaire des vallées peut être modelé à nouveaux frais et délivré de l'armure qui cache ses multiples visages.

Un partisan doit se faire un allié des contrées dans lesquelles il combat. Il doit prendre les couleurs et les formes du paysage, devenir invisible, être montagne et ruisseau, épicéa, maison, colline, forêt, chevêche, serpent. La prairie doit être son camouflage et il doit revêtir le manteau de feuillage. Il se confond avec le chemin, avec l'air, il peut surgir tantôt ici, tantôt là, il peut être partout. Hier il a été aperçu dans tel village et aujourd'hui déjà il contourne une montagne lointaine sur le flanc de laquelle son ombre passe. Il doit défendre sa maison et son champ, son petit pays à lui. Un partisan doit se déplacer comme un poisson dans l'eau. Dans l'eau des gens, dans les eaux humaines que l'ennemi tente d'assécher, car à la différence des partisans, la population civile, elle, demeure visible, identifiable. Un partisan peut exercer le jour une activité civile mais, abrité par la nuit, il doit courir et frapper. Un partisan ne dort pas, la nuit est pour lui le jour, il combat pour battre en brèche la morale de l'adversaire, il s'esquive car la fuite est son triomphe et son succès. La crainte est son frère, sa sœur, son nom, car la crainte de la mort lui permet d'endurer tout, la faim, le dégoût, la solitude. Le désespoir le plus farouche peut le sauver, une habileté malvenue le perdre. L'eau dans laquelle il nage le portera et le nourrira, de bouchées tantôt petites tantôt grosses, de viande tantôt grasse tantôt maigre. Sans l'eau, le partisan périrait, il serait à sec, il étoufferait dans la fange. L'eau est l'air qu'il respire, l'eau est son corps vulnérable. Ce corps est caressé et battu, aimé et haï, usé et piétiné, senti et redouté, estimé et brisé. Il est le prolongement de son bras et sa jambe engourdie, son cœur fort et sa chair faible. Il est son plus grand ami et son meilleur ennemi. Le partisan donnera au corps une forme neuve, un visage neuf, il le sortira de l'oubli, tous le percevront. Son énergie se reportera sur lui. Les plaies du corps l'attiseront, ses blessures le feront bouger, son désespoir l'encouragera. Il sera le cri qui échappe au corps, il sera la voix qui parle pour lui.

Dès la guerre finie, le partisan rendra au paysage ce qui est au paysage. Il se dépouillera de ses vêtements de camouflage et ira parmi les humains redevenus humains, qui auront repris leur forme, la ressemblance le rendra inidentifiable. La nuit, il pleurera les morts, le jour il accomplira son travail et fera l'éloge de la paix. Il placera la paix au-dessus de toutes choses et abandonnera le triomphe aux armées victorieuses. Son honneur lui viendra de la certitude d'avoir repoussé l'humiliation, d'avoir dit non, d'avoir tracé une limite entre lui et l'injustice. Son fragile espoir lui donnera un visage, son désir de vie se verra édifier un monument.

Ou bien le partisan veut-il pousser la révolution jusqu'à son climax sanglant, veut-il continuer le combat au moment du triomphe, veut-il célébrer la victoire comme des représailles. Veut-il transformer la paix en une perpétuelle guerre de méfiance, effacer le bain de sang en assassinant au centuple ? Sa statue de vainqueur se dresse, abandonnée, sur le champ, son arme sans cran de sûreté, cernée par les fantômes.

En Slovénie, je cesse de me demander si quelqu'un autour de moi est importuné par la langue slovène. Si seulement il n'y avait pas cette perplexité dans l'air face à la guerre qui menace, je pourrais bien m'accoutumer au pas ample et délicieux de la langue slovène, à son mouvement léger, traînant, enjoué.

Au bout d'un an, je retourne en Carinthie. Je suis portée par des sentiments d'appartenance et troublée par les contradictions politiques. J'en suis encore à rêver de réveiller le dialogue pétrifié entre les Slovènes de ce côté-ci et de l'autre de la frontière, et je commence à travailler en Carinthie au projet d'une revue de littérature et de politique culturelle transfrontalière, mais il échoue.

Durant l'époque où je travaille au théâtre de Klagenfurt, la langue slovène se retire peu à peu de mes textes. Je m'apercevrai un jour qu'elle n'apparaît plus dans mes notes et mes écrits, qu'elle est sortie des tiroirs, qu'elle a quitté ma table en emportant ses plus beaux atours. Offensée, lassée de mes infidélités, la belle a tiré sa révérence, me dirai-je le jour où je m'aperçois de ce changement. Je me demanderai si avec cette langue qui a fugué ma pensée elle aussi s'est transformée, si, avec cette langue qui avait poussé sur mes lèvres de même qu'une chaîne poussait dans ma main pour tirer le monde à moi, le monde m'a de nouveau glissé des mains. Aurais-je dû moins tarder à quitter ce pays incertain et peu sûr qui s'étend entre les langues, cette contrée qui me laissa longtemps baguenauder, qui n'imposait aucun absolu, à la différence de l'écriture dans une seule langue, une écriture qui ne connaît que des alternatives claires et décisives ?

Vu du dehors, tout demeurera à l'identique, tout sera comme avant. Les livres slovènes resteront à leur place. Je n'oublierai pas le slovène, je ne m'en dépouillerai pas, je ne le renierai pas. Rien ne se sera décalé dans le silence. Seulement, quelque chose se sera brisé, quelque chose de perméable et d'insaisissable. Seuls les vers de mes poèmes se seront glissés dans de nouveaux habits, seront allés voir ailleurs parce qu'ils voulaient s'évader de ce no man's land situé par-delà la frontière.

Le désir d'écrire s'émoussera. Mes projets exaltés seront brisés. Les mots joncheront le sol autour de moi, épars, comme si je les avais jetés dans un accès de désespoir et n'étais plus capable de les ramasser. J'aurai le sentiment d'être assise sur un tas de débris.

Mais avant d'en arriver à ce point, je me trouve au soir du 26 juin 1991 place de la République à Ljubljana à regarder le nouveau drapeau national slovène que l'on hisse pour la première fois en l'honneur de la république indépendante. J'essaie de graver en moi une phrase, je me la répète sans cesse en pensée, c'est un jour historique. Mais qu'est-ce que je discerne dans cet instant chargé de symboles ? La dimension historique comme imagination débridée ? À ma joie se mêle la crainte que l'Armée populaire yougoslave n'occupe cette nuit même les postes-frontières. Je rentre en Autriche avant minuit. Le matin, les frontières slovènes sont en effet tenues par les militaires. J'ai l'impression d'être une rescapée. Après des jours paralysants où la Slovénie se trouve face à l'imminence d'une guerre, l'Armée populaire yougoslave se retire inopinément du pays.

La guerre qui menace fait presque perdre la raison à mon père. En début d'après-midi, il est assis à la table de la cuisine, un peu éméché, à grommeler que là-bas, en Slovénie, on dirait qu'ils ne savent plus ce qu'est une guerre. Il me demande de bien vouloir me tenir à l'écart de tout cela ! Des angoisses non élucidées et longtemps réprimées reprennent possession de lui. Il reste des jours entiers sans pouvoir se calmer et se sent abandonné de tous.

Je lis dans un livre quelque chose sur les séquelles tardives d'un traumatisme de guerre et je suis presque soulagée de pouvoir appliquer à mon père ce terme médical, mot interminable. Voilà, c'est sans doute cela, me dis-je, cela m'aidera à pénétrer le fourré des intrications personnelles et politiques. Et pourtant, un mot par lequel on désigne une maladie peut-il changer quelque chose ? Est-il possible de débrouiller les angoisses de mon père, de les scinder, comme le dit le livre, en liaisons nerveuses, cellules et synapses ?

Qu'il est étrange de se représenter que le souvenir d'un état d'angoisse, enjambant failles du temps et fentes synaptiques, rejoigne ainsi le présent et l'éprouve comme étranger et irréel, comme si la seule réalité s'était produite jadis, il y a longtemps, très longtemps, et que ce qui arrive maintenant n'est que futilité qui distrait de l'essentiel.

Le livre parle de la disparition de l'empathie dans le maintenant, d'enfermement dans son propre corps dont le métabolisme enferme le passé comme un microbe de la mémoire, un microbe vivant qui en certaines occasions prend possession de la personne, l'envahit et la scinde de tout le présent.

Mon père renaît grâce au souvenir de la douleur passée si tant est qu'elle soit une douleur et pas une danse d'ombres enivrées. Il s'invente et se rejette compulsivement. Son état de tension ne se relâche que lorsqu'il a bu, quand son corps entre en léthargie et se désinhibe, là où les frontières se dissolvent, quand il se transforme en une masse molle à la dérive dans sa conscience. Alors seulement il arrive à respirer et à faire jaillir, à catapulter hors de lui ce qui s'y trouve emmêlé, agglutiné, pris dans la glace. Un homme-volcan.

L'angoisse, c'est elle la grande discordance, elle est la déchirure entre lui et nous. Elle forme en lui le noyau de survie qui n'admet aucune sensation à notre égard. Dès qu'il l'éprouve lui-même, il nous rejette. Sa vie semble se concentrer et s'intensifier dans les heures où l'alcool lui ôte sa réserve.

Dans le paysage paternel de l'angoisse ramifiée et déformée qui, vue du dehors, paraît parfois plus grande qu'elle ne l'était peut-être en réalité, dans ces contrées un mot de moi ne peut s'aventurer seul. Le mot solitaire que j'expédie en voyage ne peut espérer qu'il atteindra le noyau d'angoisse de mon père, il ne peut prétendre à ce que l'angoisse se mette en travers de sa route et se désigne elle-même. Eh, mot, c'est là que tu dois viser, l'angoisse ne voudra probablement pas le dire, elle ne se laissera pas assujettir au point de se soumettre à n'importe quelle dénomination. Le ressenti de mon père démolira la langue ou le mot qui l'approchera, tout comme lui me rend muette par ses accès de rage, car ses hurlements ont toujours triomphé de ma parole.

Parfois, lorsque ses humeurs maussades durent plusieurs jours, je me prends à soupçonner que le paysage natal pourrait bien aussi causer ce trouble en lui. Il fait comme s'il ne voulait pas voir ses prairies et versants familiers, comme s'il préférait se retirer dans la maison et ne plus sortir, ne plus se laisser aborder par ces proliférations végétales. Est-ce le paysage qui lui rappelle quelque chose, le champ de bataille d'autrefois qui menace de l'écraser ?

Mais comme c'est étrange aussi de se battre derrière une étable, de tomber sur un champ de pommes de terre, sous un cerisier, d'être découvert dans une cave, comme c'est curieux d'être enseveli au pied d'un sureau ou sous le vieux sapin solitaire. Comme c'est curieux, lorsque la guerre asservit un paysage.

La guerre commence en Bosnie, au Kosovo et en Croatie. Dans les premiers mois de la guerre, j'entends mon père, j'entends nombre de voisins et de connaissances se lamenter de ne pas pouvoir regarder les informations télévisées, d'être incapables de voir un film de guerre, de ne tout simplement pas supporter un tel film. Le vacarme affreux de la guerre, les grenades, les projectiles les transpercent, eux, les empêchent pendant des heures de s'endormir le soir, les font se tourner et se retourner dans leur lit, les obligent à penser à ces pauvres gens fuyant leurs maisons incendiées, c'est plus qu'il n'en faut, est-ce que les hommes politiques ne comprennent donc pas ce que cela signifie, être entraîné dans une guerre.

Les souvenirs des habitants des vallées se rebiffent, se soulèvent, reprennent possession d'eux. Après la fin du nazisme, ils connaissaient encore leurs histoires, ils se racontaient ce qu'ils avaient vécu, ils se reconnaissaient dans la souffrance d'autrui. Puis était venue la peur de s'exclure à force de parler de ces histoires, d'être étranger dans un pays qui voulait entendre d'autres récits et considérait les leurs comme négligeables. Ils savent que leur passé n'apparaît pas dans les livres d'histoire autrichiens, et moins encore dans les livres d'histoire carinthiens, où l'histoire du Land commence à la fin de la Première Guerre mondiale, s'interrompt puis reprend à la fin de la Seconde Guerre mondiale. Ceux qui racontent le savent et ils ont appris à se taire.

Mais maintenant, ils extirpent le souvenir, ils le ressortent de leur sac, ils le laissent tomber comme par mégarde dans l'espoir qu'il sera ramassé par l'un des auditeurs. Il se pourrait que quelqu'un veuille en apprendre davantage. Il serait temps.

Bien sûr, les questions ne sont pas posées avec insistance. Les questionneurs font preuve de circonspection, comme s'ils voulaient éviter de fouiller dans d'anciennes blessures, comme s'ils avaient peur d'en apprendre trop, peut-être même sur leur propre famille. Bien vite, ceux qui s'apprêtent à raconter, ces quasi-narrateurs, sont envahis par leur vieille crainte de voir leurs récits utilisés contre eux ou contre d'autres, de voir réveillées de vieilles inimitiés, des amitiés trahies, ou de se rendre suspects d'une manière ou d'une autre.

Alors ces quasi-narrateurs s'empressent de ranger dans leur sac ce qu'ils ont laissé tomber et font comme si telle remarque leur avait échappé par mégarde, une bévue, on va recommencer tout de suite à se taire si des étrangers sont là. Moi, je passe pour une étrangère, je le sais.

Mais quelques silencieux n'attendent que d'être interrogés et leurs histoires surgissent alors sur leurs lèvres. Ils ne savent où commencer, la puissance du souvenir les bouleverse, ils trébuchent d'une personne à l'autre, d'une année à l'autre, ils ne suivent pas la chronologie, confondent les noms et les lieux, partent de l'idée qu'on s'y connaît, parlent de fantômes, de fermes et de domaines qui n'existent plus depuis longtemps, qui ont été démolis ou envahis par la végétation. Ils se rappellent même les récits des autres, tout ce qui aurait pu se produire, tout ce qu'on redoutait le plus.

Lorsque la manière éparpillée dont sont faits les récits devient trop pour moi, je me demande pourquoi les histoires se morcèlent dans la conscience de ceux qui les racontent et ne sont pas reliées à un ensemble plus vaste, comme si chacun avait été laissé seul avec sa guerre, comme si l'esseulement des témoins faisait partie d'une stratégie de l'oubli. Je commence à creuser en posant des questions, à chercher des correspondances. Ce que j'entends me travaille. Cela se relie aux histoires d'enfance qui se sont empêtrées en moi. Je tourne constamment autour du gouffre historique où tout semble avoir sombré.

La guerre s'est rétractée dans les forêts de nos vallées. Prairies et champs, collines et versants, pentes et lits de torrents, elle en a fait son lieu de combat. Maisons, cuisines, caves, elle les a arrachées à leur destination et les a transformées en bastions. Elle a enserré le paysage, l'a pris entre ses mâchoires, elle a lu la carte géologique comme une carte de guerre.

Le champ de lutte n'est plus visible, partout le guet-apens menace, ce qui est familier change, le visage connu apparaît dans le masque. Le territoire de la guerre est camouflé, sans frontière et sans limite comme la lutte elle-même. La bataille se décompose en escarmouches. Le champ d'honneur est le garde-manger des paysans.

L'ennemi lutte avec de l'eau et le pain, les vêtements et la viande, le travail et le silence. La Gestapo se costume en partisan, la langue slovène est sa couverture. Le front passe au point le plus fragile. Les combattants sont extirpés de la forêt par les cheveux de leurs femmes, enfants et parents. C'est par leurs familles debout dans les champs qu'on les combat, et pas dans les tranchées. On les punit triplement de leur résistance et jusqu'à la fin de leur vie ils doivent se demander si la lutte contre les nazis valait la peine de s'engager dans un tel conflit et de livrer leurs proches aux nazis pour qu'ils subissent des châtiments collectifs. C'est dans les fermes que sont livrées les plus belles batailles et que se déroulent les procès les plus expéditifs. De petites histoires dont nul ne peut témoigner, une vie humaine, vite saisie, vite jetée. Personne n'aura voulu voir, personne n'aura voulu y croire. Ce dont on a été témoin oculaire, on pourrait en perdre le sommeil et la langue, mais la Gestapo veut qu'on parle ; tous les bandits qu'on aperçoit et connaît doivent être déclarés dans la langue qu'il faut, pas dans celle qu'il ne faut pas. Les partisans, en revanche, exigent qu'on se taise, nul ne doit savoir qu'ils sont venus et repartis aussitôt.

Voilà comment les choses commencent après que les deux cents premières familles de paysans slovènes eurent été chassées de leur ferme sur ordre de Himmler, cela commence avec du pain pour les partisans, avec de la soupe pour les résistants, le pain changé en arme. Les ennemis, ici, portent tabliers, jupes et cartables d'école. Sans savoir que ce sont maintenant eux, les combattants, ils portent les cheveux paisiblement tressés, ils n'ont jamais tenu un fusil en main, ils n'en sont pas moins *complices de ces bandits terroristes, ils leur ont donné une ou plusieurs fois le gîte ou le couvert ou les ont aidés d'une manière ou d'une autre. Ils ont perdu leur honneur. Ils ont favorisé les ennemis du Reich et pour cela sont condamnés à mort. Ils sont honnis à jamais.*

Ce qui reste, ce sont les enfants contraints d'entendre la police qui harcèle et frappe leur mère, les cris dans leurs oreilles, les tracts dans leurs bidons à lait, les biffetons cachés dans leurs tresses, les missives placées dans les boules de neige, les poux dans leurs cheveux. Ce qui reste, ce sont les traces dans la neige, qu'ils effacent, c'est la puanteur de l'école où on les bat parce qu'ils ne savent pas l'allemand. Un Carinthien ça parle allemand !, et tout va dans le froc, on leur fait rentrer la langue allemande dans les doigts et les têtes à force de gifles et de coups de bâton. Aujourd'hui encore ils se saluent avec ces mots, espèce de merdeux, avec ton cul qui pue, pleurnichard, t'as encore peur ?

L'histoire tombée en morceaux : père à la Wehrmacht, père déserteur, mère à Ravensbrück, le frère cadet, le frère aîné à Dachau, à Stein-sur-le-Danube, prison de la Gestapo à Klagenfurt, Mauthausen, Lublin, Moringen, Auschwitz. Et la mère de Rose qui donne à manger à un mouchard en croyant que c'est un partisan et qui, s'apercevant de son erreur, saisit ses trois enfants et s'enfuit dans la forêt, s'y cache, court retrouver les partisans, envoie les enfants chez leurs grands-parents, les enfants qui regardent d'autres enfants qu'on emmène enchaînés à un homme, Mimi et avec elle un gamin de dix ans à peine. Et des enfants qui prennent leur mère dans les bras quand elle passe jeter un œil en pleine nuit pour emporter du linge, qui veulent repartir avec elle dans la forêt ennemie.

Le père tombé au combat, tombé pour Hitler. Et Stanko qui voit emmenées les familles Vivoda, Šopar et Brečk, et Simon qui ne veut pas y aller, qui boit jusqu'à perdre connaissance et que la police jette sur le chariot à ridelles pour qu'on l'emmène de sa ferme. Les bœufs morts sur la prairie de Mikej, leurs ventres gonflés, leurs pattes en l'air, au bout de quelques jours ils commencent à empester, l'étable détruite par le feu, les fermiers partis rejoindre les partisans. Les combattants abattus qui gisent dans la neige, enterrés sous des branchages, les jambes brinquebalantes et les têtes dodelinantes des morts quand on les conduit au village sur le chariot à ridelles. Garder les vaches près des tombes récentes, la guerre, l'été, la neige.

Pas reconnues, les chaussures du frère abattu et enfoui par la police, Vincent, enseveli à côté de l'étable de sa sœur, pas reconnues, les chaussures qui pointent hors de la fosse. Plus tard seulement, des semaines plus tard, grand-mère, ma Bica, s'aperçoit que c'est son frère qui est couché là sous la gouttière, lui et un autre partisan derrière la maison, dans la prairie, ensevelis dans la neige. Au printemps le tas sanguinolent qui n'arrive pas à dégeler et Bica qui ne sort pas de son lit, elle est couchée, épuisée à mort, comme morte. Elle ne parle pas, elle ne mange pas. Les enfants s'occupent des bêtes et font la cuisine pour leur mère. Ils l'exhortent à se lever enfin, à devenir enfin une adulte comme eux.

C'est en plein jour que la police traque les partisans, pas la nuit. La maison cernée, une patrouille entière, vingt, trente, quarante, cinquante hommes contre les femmes, les enfants, les ombres dans la forêt. Les bruits de lutte dans la maison, sur la prairie, devant l'étable, les fermes qui brûlent, le trou dans la poitrine du partisan mort gisant devant la porte de la maison, fauché par une rafale de mitraillette, les cris d'Anna qui court autour de la maison jusqu'à l'épuisement, jusqu'à ce qu'elle s'avoue battue par cette guerre venue la trouver dans sa cuisine. Le liquide verdâtre que vomit Mirka lorsqu'elle apprend que son mari est mort à Dachau. La fillette que les SS ont pendue par les jambes et qui doit assister plus tard au spectacle de son père menacé par des partisans. Les gifles, les têtes des enfants qui font mal tandis que la police vide les garde-mangers pour qu'il ne reste plus rien pour les bandes qui sont partout, dans le foin et à l'étable, dans le réduit, les victuailles enfouies pour échapper à la mainmise de la police, des partisans. Dans les caves, les abris et les chambres, les combattants qui saignent, blessés par un coup de feu. Pas de lumière dans la cuisine, dans l'obscurité le corps tremblant du partisan, enduit de vinaigre, frictionné au vinaigre toute la nuit. Le bétail de Kach qui sort de l'étable au pas cadencé, la fermière qui a couru avec sa sœur rejoindre les partisans et a été tuée, les hommes, Juri et Johan, arrêtés avec Maria et Anna. Et de nouveau les cendres qui arrivent de Ravensbrück, de Lublin, mort de, s'est éteint le, les huit noms des morts devant la ferme vidée par les pilleurs, qui ne reprend pas vie après-guerre et finit par tomber en ruine. Les combats non loin de l'école, les enfants plaqués contre le sol de la classe, tremblant de peur, deux Allemands qui boivent du lait chez Dimnik et sont abattus sur la prairie, le sang jaillit de leurs vestes, de leurs ventres goutte le lait. Les femmes de chez Vivoda emmenées dans la forêt, à Ravensbrück et à Auschwitz. Restée à Auschwitz, Klari. Et à Vellach de nouveau, les bœufs confisqués, toute la famille dans l'abri, mon grand-père blessé au ventre par balle, mon père dont les cheveux sont devenus gris chez les partisans et qu'il perd presque tous en l'espace d'une nuit. Dans la Burggasse de Klagenfurt, les tortures qu'on est contraint à écouter pour finir par révéler où sont les autres, des passants qui crachent sur les prisonniers emmenés à la gare ou reconduits en prison. Marija, la fière Marija à laquelle l'art de couturière de ma mère n'est d'aucune utilité, les tabliers ornés qu'elle a reçus pour Noël ou Pâques. Elle les croit, ces hommes qui affirment connaître son frère Johan, le premier partisan, Kadrovec le Vert, ils veulent le rejoindre, à elle de les aider. C'est ce qu'elle fait, elle les croit, ces combattants renégats qui prétendent être au courant de tant de choses, elle leur fait confiance jusqu'au bout, jusqu'à ce que la grande pièce, chez le fermier Golob à Ebriach, se remplisse de voisins et de militants, jusqu'à ce qu'elle s'aperçoive qu'ils sont cernés par la Gestapo qui les arrête et que se remplissent les prisons de Klagenfurt et Begunje. Une proie bien grasse prise au filet. Trouvée à Zell, la liste des noms des sympathisants du village et des environs, opération punitive mise à exécution. La belle et paisible Marija de l'été 42, Marija, la belle évanouie, rossée, devant le tribunal de Freisler, sur elle pas une parcelle de peau qui n'ait été frappée et blessée, corps qui se tait et auquel le froid avril apporte la mort, en l'an 43 la hache la décapite, son frère Mihael la suit dans la mort, au tribunal de Vienne. La famille déchirée, la mère déportée à Ravensbrück, le père à Stein-sur-le-Danube, reste le chapelet du camp, les grains formés avec du pain imprégné de salive qui glissent entre les doigts. La guerre a aussi déchiqueté tous les frères. Et Jurji de la combe de Lobnik qui brode dans son mouchoir les mots, j'attends, je crois, j'espère, j'aime – *čakam, verujem, upam, ljubim* – avant d'être décapité à Vienne. Deux partisans dans la grande pièce chez

Bistričnik, la maison encerclée par la police, devant la porte la tante abattue d'un coup de feu, derrière la maison un combattant tué qu'ils ont torturé chez le voisin, nus et battus les cadavres des partisans auxquels on creuse des tombes sous les épicéas, par-delà des prairies, en lisière de forêt. Les tombes dans la neige et les cadavres qui empestent. Le sang dans la cave du bas, la cervelle qui a éclaboussé les navets, le sang sur les étagères, le valet qui hurle, battu à mort par des partisans. Les filles Piskernik qui geignent avant que le tribunal secret des partisans n'ordonne leur mort, Franz le déserteur abattu par des partisans dans l'abri de Hrevelnik. Les trois frères Blajs, Jakob, Filip et Janez, qui soignent un partisan blessé, leur arrestation par la Gestapo puis le retour de leurs cendres à la ferme orpheline. La fuite après l'arrestation, les multiples manières de fuir.

Johann Hojnik qui s'échappe lors de son arrestation, grand-père, père et mère battus par la police, tués, fusillés, et lui qui voit de ses yeux le bain de sang, les cadavres jetés sur le tas de fumier, brûlés, Paula qui s'échappe après l'arrestation, après que son père est mort sous la torture au pénitencier de la Gestapo à Klagenfurt, mort d'un éclatement de la vessie, d'une défaillance rénale ; enfuie après que sa mère eut mis au monde un enfant à Aichach, une fille, une petite chose toute tendre, enfuie après que la police eut emmené trente moutons, douze bœufs et deux chevaux, enfuie tandis qu'on la conduisait en prison comme plus tard les frères Josef et Jakob, sauvetage à la dernière minute ainsi qu'Ivanka, Malka, Marija et tous les autres. Voilà comment on devient une partisane. Les enfants qui, dans les maisons orphelines, attendent le retour des parents, qui s'enlèvent les poux des cheveux, leurs visites en prison, leurs supplications, leurs prières, leurs pleurs. Des enfants qui ne reconnaissent plus leur mère quand elle revient des camps, les femmes vieillies, étrangères, les pères taiseux au comportement bizarre. Née à Ravensbrück, Bernarda Hirtl a survécu. Grâce à l'aide de Tinca, qui avait ramené la mère chez elle avec son enfant de cinq mois. Les cadavres des Peršman qu'on a laissés là et qui, après des jours entiers, sont déposés chez Rastočnik derrière l'étable, les nuées de mouches sur leurs cercueils puants. Personne ne se dit prêt à creuser la tombe pour la famille, seul le curé, Zechner, creuse infatigablement, toute la nuit, avec Marta, jusqu'à ce que d'autres osent se joindre à lui en espérant que ce cauchemar se termine enfin, que cette souffrance cesse à jamais. Les partisans traqués le dernier hiver, la victoire à portée de main, plus de si ni de mais, ils veulent qu'on les porte, il faut aller chercher la selle, tuer le bœuf, cuire le pain, traire les vaches, farcir les beignets, préparer le linge, le bal doit avoir lieu, certitude de la victoire, certitude de la mort, la suspicion généralisée de chacun contre chacun, l'interrogatoire des prétendus délateurs, le commando clandestin des exécutions, les pelles et les bêches, le commandant, tireur acharné.

La vie misérable des combattants, la faim permanente, l'horrible viande crue, impossible de la faire cuire car un feu les trahirait tous, pas de lait, pas de légumes, les plaies qui suintent, le froid, la crasse. Tout cela, dit Tine, il ne le supportait que grâce à la certitude d'avoir combattu les porte-malheur de la destruction, les nazis, d'avoir entrepris quelque chose contre leur guerre totale. Partisan pendant trois ans, trois ans à se battre contre les nazis, il ne faut pas lui en conter, cela le fortifie aux heures de doute, à part ça rien, rien à part ça.

Comment reviennent les survivants une fois la guerre finie ? Clandestinement, fuyant les recoins et confins du continent ? Isolés ou en groupes, arrivent-ils des forêts ou des camps, cherchent-ils leur chemin de retour ? Ils s'approchent prudemment de leurs fermes pillées, détruites et incendiées. Encore fuyards, encore habités par le sentiment d'avoir agi à tort ? Sont-ils des vainqueurs ou des vaincus ? Se rappelleront-ils les noms des morts ou voudront-ils les oublier ? Trouveront-ils une langue pour leur douleur porteuse non de victoire mais de dévastation ?

Ils sentent que d'autres viendront prendre la place de ce qu'ils ont vécu, ceux qui pourront raconter une histoire cohérente là où pour eux il n'y a que fragments épars. Ils sentent que parmi eux, parmi les survivants et les vainqueurs il y aura encore des perdants et des battus. Ils sentent qu'il leur faudra être avare de leur espérance qui suffira tout juste pour qu'ils tiennent le coup, sans plus.

Les Britanniques perquisitionneront leurs maisons à la recherche d'armes et de matériel de propagande, car d'anciens partisans pourraient bien dans leurs familles, en revendiquant l'annexion à la Yougoslavie, menacer les frontières qu'il s'agit de contrôler de nouveau.

Les alliés de la veille se transforment en adversaires. Les communistes slovènes trieront parmi les combattants entre le bon grain et l'ivraie, celui-ci est des nôtres, diront-ils, pas celui-là, celui-ci était un fervent combattant, cet autre non, celui-ci est un politique, un révolutionnaire, l'autre non, il tergiverse, il se méfie de nous, cet autre non. Les communistes autrichiens excluront du Parti les titistes slovènes, l'Église menacera d'excommunication les familles des partisans et leur lancera en face, à la messe, que tant qu'ils croient aux partisans, ils n'ont plus rien à faire à l'église. Des commandos de cogneurs attaqueront les premières manifestations culturelles slovènes. Les autorités régionales de Carinthie ouvriront des enquêtes pour savoir si les partisans ont commis des meurtres et qui a dénoncé, arrêté et tué les adversaires des partisans après la guerre, pas davantage, car davantage ce n'est pas dans leur intérêt, ne rien élucider, ne pas poser de questions, ne pas se souvenir, étendre sur tout le manteau du silence. Des histoires privées.

En temps de paix le butin est-il mis en pièces ? En temps de paix faut-il avoir peur de perdre la raison, de chasser l'ami hors de chez soi et d'embrasser l'ennemi ?

Les hésitants, les circonspects, les offensés, les horrifiés, les tranquilles, les bouleversés, tous auront le dessous, la politique qui a causé la guerre leur refusera toute compassion. Les blessés à plus d'un titre resteront à la traîne. Pour éviter de provoquer la majorité des suiveurs nazis et les anti-Slovènes, le nouvel État se défiera de ses citoyens qui ont combattu le national-socialisme. Car, dit-on, ce qui était douteux dans ce combat n'était pas qu'il ait été livré contre les nazis, le scandale était que ce combat ait permis d'élaborer sa propre conception de l'avenir des Slovènes de Carinthie, dont il fallait tenir compte lors des négociations sur la constitution de l'État autrichien, il ne manquait plus que ça, devoir garantir en guise de compromis une loi généreuse de protection des minorités, en réaction aux revendications territoriales yougoslaves, à la demande des occupants ! Alors que l'Autriche n'avait rien à voir avec les nazis, qu'elle en était elle-même victime, elle ne comprenait pas, elle n'avait pas été mêlée, elle n'avait pas été là en ce temps difficile. Personne, dans ce paradis de la dissimulation, n'avait souhaité la bienvenue aux nazis, personne n'avait appelé de ses vœux le Grand Reich allemand, personne ne s'était rendu coupable, personne n'avait pratiqué la solution finale, juste un peu participé aux tirs, aux assassinats, aux gazages, mais ça ne compte pas, rien ne compte.

La politique croit au langage de la guerre. Les Slovènes politisés jetteront un regard sans compréhension sur ceux qui ne le sont pas, car c'étaient bien eux qui avaient conquis le droit en luttant, parce qu'ils avaient pris sur eux de rester identifiables, attaquables, de servir de tampon. Ils se sont réfugiés dans l'action tandis que ceux qui ont été brisés se taisent et refusent de comprendre pourquoi leur lutte pour survivre devrait fournir un prétexte à la victoire d'une idéologie. La révolution : une promesse creuse.

Les domaines ne se libèrent que lentement de l'emprise de la guerre. Lentement, prairies et champs se tiendront prêts à restituer leurs morts, clairières et lisières à rejeter leurs cadavres. Les prairies auront couvé leurs morts qui s'étaient nichés en elles comme d'étranges chenilles moisies. Les renards ne pourront plus ronger les jambes de ceux qu'on avait ensevelis à la sauvette. Les orées des bois pourront enfin redevenir orées de bois, les prairies des prairies et les champs des champs. Le paysage protecteur en aura assez de ceux qui se tenaient cachés en lui, il découvrira les versants de ses montagnes et étirera au soleil ses pentes dénudées. La tranquillité du paysage annoncera la paix à ses habitants. Il ne les mettra plus en fuite, sinon par la pluie et le froid. Les habitants retourneront aux champs et aux prairies. Ils remplaceront les clôtures et sèmeront les graines, ils planteront les ubacs et éclairciront les forêts. Ils prendront pied sur les versants escarpés, dans les dépressions obscures, les clairières accueillantes. Ils recommenceront à travailler dans les forêts du comte et remettront leurs maisons en état. Les forêts seront longues à bannir leurs esprits, car dans les forêts le sang continuera à couler des plaies qu'infligent aux bûcherons les haches et scies, les branches qui s'effondrent, les troncs glissant vers la vallée. Des plaies béantes d'où s'épanchera du sang, à la différence des plaies causées par les balles et les grenades, plaies qui éclatent, explosent. Le sang qui jaillit des veines des combattants, au rythme de leur pouls, le pus, la chair parfumée du gibier, l'odeur de champignon et de moisi, la fraîcheur des sous-bois, la bonté des forêts, la forêt peut encore avoir de la bonté. Elle peut encore déployer ses frondaisons au-dessus des humains et des bêtes et permettre à des créatures harassées de dormir sur ses branchages, elle peut déposer ses ramures sur les tombes des hommes traqués et abattus et offrir ses branches comme dernière bouchée. Elle peut garder le calme tandis que sur son sol on étripe chevreuils et cerfs. La forêt ne peut gémir ni pleurer, les arbres ne livrent pas leur mémoire avant qu'on les abatte. Mémoire qui se cache dans les anneaux de leur tronc, dans leurs déformations et leurs ulcères. La forêt croît lentement, avec le souffle long des arbres elle croît depuis le passé vers le présent, mais elle croît.

De nombreux survivants abandonneront leurs domaines et leurs fermes. Ils ne voudront plus exploiter leurs biens car la guerre leur a imprimé sa marque. Ils affameront par leur silence les souvenirs de guerre. Ils redouteront d'être reconnus comme blessés et battus, car cela pourrait augmenter encore leur opprobre. Des années plus tard, ils craindront encore de décrire à l'ancien Sturmbahnführer SA, homme politique d'extrême droite, psychiatre et expert officiel du Land, leur persécution sous les nazis. Ils ne voudront pas se soumettre à l'examen tardif des victimes par leurs anciens adversaires. Le temps passant, le sens de tout cela se perdra. Ce qui a été vécu jonchera le sol comme des détritus, attendra vainement un contexte. Ce sera détruit.

Les autres, ceux qui, ne pouvant oublier, chercheront un sens dans ce qu'ils ont vécu, vivront leurs défaites. Dans leur propre pays ils ne pourront se reposer sur le fait qu'ils ont fait ce qu'il fallait faire, on les remettra en question, eux-mêmes se remettront en question, on ne leur viendra pas en aide. Ils se demanderont pourquoi le slovène entraîne toujours des coups. Un peuple soudé et déchiré par la douleur. Rares seront ceux qui réfléchiront à la raison pour laquelle ils ont trahi quelqu'un, délibérément ou par mégarde, par bêtise ou par négligence, par fierté offensée, par vengeance, nombreux seront ceux qui ressasseront la question de savoir qui les a signalés, qui les a dénoncés, qui a mené leur famille à sa perte, et tous sentiront que les conjectures et soupçons ne suffisent pas pour surmonter la souffrance, qu'il vaut mieux refouler les ombres de la guerre, les déjouer par les mariages et la parentèle, car la vie doit continuer, il faut bien continuer d'une manière ou d'une autre.

Ils se secoueront, ils célébreront des mariages et se rapprocheront dans des familles nouvelles, ils ne pourront surmonter leur méfiance, après la guerre ils se laisseront de nouveau entraîner à manifester pour davantage de justice, pour davantage de pain et pour Josip Broz-Tito, à Eisenkappel ils affronteront les germanophones, les poings s'agiteront, on brandira les bâtons, hommes et femmes se frapperont, les habitants des vallées essuieront leur échec, ils rentreront dans leurs maisons et leurs chaumières, ils ne se fieront à personne. Plus jamais la politique ne devra les approcher de trop près, plus jamais les mettre en danger, avoir le droit de les tuer. Ils attendront que leur pays, qui les a laissés tomber alors qu'ils étaient dans la plus grande détresse, les accueille enfin, qu'il déplore ceux qui parmi les leurs sont morts et ont été assassinés, qu'il retrouve leurs noms, qu'il partage leur deuil, qu'il honore leur résistance. Ils attendront pendant des décennies. Ils constateront avec quelle retenue les moulins de la justice tournent dans ce pays, avec quelle pesanteur les corps de l'administration se meuvent, avec quelle négligence et mauvaise grâce on traite les traces des nazis, surtout ne pas se presser, surtout ne pas se faire remarquer, afin que tout puisse resplendir d'une beauté inaltérée, pour que rien ne soit survenu, que rien ne rappelle les nazis.

Ils constateront que la destruction, bien que tout juste vaincue et domptée, produit d'étranges pousses, qu'elle se réinvente, qu'elle bourgeonne sans qu'on s'en aperçoive, qu'elle ne peut pas s'empêcher de produire des fantasmes de la mort. Les gens les plus insignifiants céderont à son attrait et se tueront d'une balle, se pendront, se couvriront d'essence et s'immoleront. Leurs familles se demanderont qui a semé ce désespoir chez leurs proches, qui a laissé ces ténèbres en eux. Ils s'inclineront devant l'irrévocable, les pères frapperont leurs fils, les fils mépriseront leurs pères, les filles craindront leurs pères, les époux imposeront à leurs épouses le silence.

Les domaines envahis par le froid commenceront à tomber en morceaux, mais ceux qui les ont quittés ne pourront pas y laisser leur angoisse. Ils rêveront d'un petit bonheur modeste, de la possibilité de trouver repos et travail, d'assurer leur subsistance, de se marier, d'élever des enfants. Ils auront le sentiment d'avoir enfin pu s'échapper de l'époque funeste. Parfois seulement ils seront rattrapés par les images de leurs parents décédés ou tués, en des éclairs de pensée les pénétrant jusqu'aux os. Ils auront le sentiment d'avoir été frôlés par des fantômes, de devoir tirer les rideaux, de devoir s'asseoir, puis, après un moment, de se lever, oppressés, et d'ouvrir la fenêtre pour percevoir le monde au-dehors, pour se réjouir de la vue des passants, des maisons et des balcons fleuris, des rues ou du calme qui règne chez eux. Le présent les accaparera et ils rangeront dans une boîte leur visage blessé, ils le joindront aux photos pâlies, ils porteront leur visage du dimanche, arborant la confiance.

Mon père acceptera le défi et s'avancera jusqu'à la maison de ses parents. Avec l'aide de grand-père, il remplacera fenêtres et portes, il refera le toit. Il mettra les premières bêtes dans l'étable orpheline. La guerre l'aura transformé. À douze ans, il aura le sentiment que la violence et la peur de la mort lui sont familières. La nuit, il se réveillera dans son lit en criant. Il entendra les jurons de grand-père, il ne voudra pas aller à l'école quand les fonctionnaires des partisans passeront pour convaincre grand-père d'envoyer son gamin à l'école. Il pourra travailler en forêt avec son père. À quinze ans, il se plantera une hache dans le genou et sur le chemin à la maison, qu'il lui faudra parcourir seul, il s'évanouira plusieurs fois et manquera de mourir. Il passera des semaines à l'hôpital et, plâtré, sera jeté à bas de son lit par son turbulent voisin de chambre. Ses parents le vêtiront de neuf. Le costume neuf n'ira pas avec ses grosses chaussures à clous. Il apprendra à jouer de la clarinette et se produira à des noces. Il deviendra, comme on dit, un boute-en-train, avec le premier argent qu'il aura gagné il s'achètera une moto et un blouson en cuir et, à moto, il ira quand même à l'école agricole slovène de Föderlach. Il ira à l'école et écrira des rédactions, les premières rédactions sur la culture des champs et l'élevage du bétail et l'entretien des forêts.

Il fera du théâtre, il se produira sur les planches du presbytère et mimera un aubergiste affublé d'une moustache postiche et un tablier blanc, il jouera un policier qui ne le menace pas. Il ignore s'il vaut quelque chose au théâtre, dira-t-il juste après avoir de nouveau fait rire les gens, juste après avoir cuvé une cuite.

Il passera sa licence de chasse et ne braconnera plus à travers les terrains de chasse du pays. Il tombera amoureux et voudra épouser la jeune Karla, il faut quelqu'un de travailleur à la ferme, dira grand-mère, car il est temps de passer la main. Le jour de ses noces, il sentira le froid monter en lui, l'engourdissement qui, enfant déjà, le prenait, le sentiment d'être étranger, l'angoisse d'être à deux, à trois ou à quatre. Il aura le sentiment d'avoir pris pour femme une servante incapable de l'aider, il ne se réjouira pas comme au jour de ses fiançailles, il n'invitera pas sa femme à danser, il ne la cherchera pas lorsqu'elle sera allée s'enfermer aux toilettes pour pleurer. Il voudra la blesser, il la repoussera, dès le début, pour que tout reste inchangé, pour que sa femme connaisse le désespoir et voie son amour mis à l'épreuve. Il travaillera dans les bois des voisins et arrondira ses fins de mois, des années durant dans les hivers froids il tirera avec son cheval les arbres équarris des forêts du comte. Il regardera ses enfants jouer et ne saura pas s'il doit les craindre ou les chérir.

Assis chez les voisins, il racontera des histoires, le jour où il avait marché dans le nid de guêpes, celui où il était tombé du poirier, la branche cassée qui lui était entrée dans l'œil, son chien de chasse qui avait attrapé le blaireau, le renard qui avait saccagé son poulailler, les lièvres tués qu'il dissimulait aux chasseurs, la vipère cornue à qui il avait réussi à échapper, la laie qui s'était trouvée en travers de son chemin, la foudre qui était tombée dans les sapins, le coq de bruyère qu'il avait touché et le grand cerf qu'il avait manqué. Il plantera les arbres fruitiers comme il l'a appris, à l'abri du vent, et repérera les courants d'air froid néfastes. Il taillera les pommiers pour leur donner des formes parfaites. Il greffera cerisiers et poiriers, conservera à la cave, enveloppés dans un linge, les rameaux préparés, le printemps venu il les coupera et les greffera. Une fois qu'il aura enduit l'entaille d'un produit et ligaturé la soudure, il parlera doucement aux arbres pour les convaincre d'accepter les greffons. Il déterminera l'exposition des champs, sortira le fumier de l'étable et labourera le sol, il passera la terre entre ses doigts pour juger si elle n'est ni trop humide ni trop sèche, si le sol risque d'être trop meuble et les mottes de se briser. Avec son double brabant, il creusera des sillons bien droits et à nous qui sommes postés au treuil, il nous fera signe en nous criant quand mettre le moteur en marche, quand l'arrêter. Il hersera le champ et épandra la semence, il fauchera le blé et le mettra en gerbes. Plus tard, il arrêtera les céréales et laissera la luzerne envahir le champ, il vendra le cheval et s'achètera un tracteur, il palpera et flattera le ventre de ses trois vaches quand elles seront pleines, avec ma mère il veillera les vaches au moment du vêlage, disposera sur le sol de la litière propre et sèche, il attendra qu'apparaissent les pattes avant du veau, puis sa tête, si la tête reste trop longtemps invisible et si le veau est placé de travers il ira chercher Pepi, il ôtera le mucus de la tête du veau nouveau-né. Chaque année, il tuera deux cochons, il étourdira les bêtes d'un coup de pistolet d'abattage, leur tranchera la gorge, recueillera le sang dans un baquet et fera porter le baquet à la cuisine. Il raclera la peau des cochons, les hissera par les pattes arrière à une échelle, coupera la tête, ouvrira le ventre, extraira les viscères, suspendra à un crochet les intestins et la fraise, sciera en deux moitiés l'animal qu'il tapotera du haut en bas en le couvrant d'éloges. Il emportera les boyaux dans une charrette jusqu'au ruisseau où ils seront lavés, raclés avec une tige en bois jusqu'à être translucides, les tripes claires dans le seau blanc, une corde visqueuse. Il emportera dans la réserve non chauffée l'animal devenu viande et le découpera en morceaux. Il tâtera la couche de graisse, les épaules, le dos, il caressera le ventre, la brave bête, la bonne viande. Il ajoutera à la viande coupée et hachée son mélange spécial d'épices en espérant que la saucisse sera bonne cette année, que le jambon fera le délice du palais. En hiver, il distillera son alcool de quetsches, jour et nuit il chauffera l'alambic avec le moût, contrôlera le refroidissement, goûtera le distillat, au second passage il ne quittera pas le feu des yeux afin que le cœur, objet de sa passion de bouilleur, s'écoule longuement. Avec un couteau, il gravera dans le mur de son brûloir le nombre de litres obtenus. Il plantera des palissades et construira des barrières, il fauchera l'herbe et rentrera le foin. Il réparera les outils, remplacera les manches des fourches, taillera avec un rabot racloir les dents en bois du râteau, polira sur son établi planches et plinthes, enduira les bords de colle, affilera ses faux. Il construira une maison.

Le travail accompli, il traversera la cour, épuisé, s'asseyera sur le seuil de la maison ou s'assoupira derrière la table de la cuisine. Il se sentira sans valeur et privé de parole. Ses maux de tête et d'estomac feront de lui un corps gémissant qui se barre la route à soi-même et voudrait s'éliminer.

Il regardera ses enfants, ne les poussera pas au travail, il ne donnera aucun ordre, de temps en temps seulement il les priera de faire quelque chose, il laissera le commandement à sa femme, il se réjouira de leurs efforts au travail, se résignera à les voir récalcitrants et ne prendra pas cela au sérieux, il recherchera leur affection et croira que leur jeunesse l'en prive. Il perdra confiance, sera content que quiconque se montre aimable avec lui, il ne pourra l'oublier, il s'étonnera lui, le moindre geste serviable et respectueux le touchera.

Il croira à la mort, car la mort, comme la violence, peut tout changer. Il voudra jeter sa vie par la fenêtre, comme il dira, jetons-nous par la fenêtre, débarrassons le plancher, disparaissons à force de rire, de boire, de travailler. Que pourrait-il bien arriver s'il monte sur son tracteur et démarre, complètement saoul, s'il fait descendre par la pente raide les troncs d'arbres attachés par un câble et que les roues avant du tracteur se soulèvent, que pourrait-il bien arriver si, lui qui ne voit que d'un œil, il utilise la scie circulaire. Quand le plaindra-t-on enfin, quand prêtera-t-on attention à ce qu'il accomplit ?

Si seulement il n'y avait pas cette inertie qui exige de lui toujours plus d'efforts au fil des ans. Il fait du surplace, il ne sait comment dompter la résistance intérieure, comment triompher de l'engourdissement qui le tient captif. Comment supporter la détérioration que l'on se cause soi-même, l'assèchement de son corps ?

Dès que ses forces commenceront à s'étioler, des branches sèches apparaîtront sur les arbres fruitiers, leurs cimes deviendront trop denses, les pousses de l'année vieilliront, les bêtes seront moins nombreuses à l'étable, les prairies en métayage seront rendues à leur propriétaire. À peine aura-t-il cessé de travailler en forêt que les aires de coupe des paysans se transformeront en versants grossièrement déboisés où l'abattage des arbres ressemblera à un saccage.

Il abandonnera la chasse, il ne tiendra plus la cadence des jeunes, avec un seul œil il ne pourra plus viser. Ses colonies d'abeilles seront touchées par les parasites, le sol des ruchers sera jonché de pattes d'abeilles, de déchets de cire, d'abeilles mutilées. Il prendra les abeilles une à une et grattera leurs ailes rabougries pour ôter les larves de parasite, un abdomen se détachera d'un thorax.

Un jour d'été, il enterrera sa volonté de paysan. Ce dimanche-là, je le passerai avec lui.

Sa meilleure vache était sur le point de vêler. Lui et ma mère n'arrivaient pas à tomber d'accord pour décider du moment où redescendre la bête de l'alpage pour la mettre dans l'étable.

Ce dimanche matin-là, il veut aller la voir et ne la trouve pas, il l'appelle et arpente le pâturage, il remarque une clôture cassée au-dessus d'une pente escarpée et dangereuse, les herbes et les buissons écrasées, il me crie de l'accompagner. Il faut descendre, dit-il, peut-être que la vache est tombée dans le précipice au moment où le travail a commencé. En nous retenant aux noisetiers et aux barbes-de-bouc, nous glissons sur le versant abrupt jusqu'au torrent où nous trouvons la vache étendue dans l'eau, ne tenant pas sur ses pattes, le veau à moitié sorti de la vulve, inerte et froid, noyé en route vers la vie, le mucus lavé par l'eau courante, le pelage visqueux blême, trempé. Mon père gémit et retire le veau mort de la vache. Ça fait combien de temps qu'elle est dans l'eau, se lamente-t-il, combien de temps. L'animal essaie de se lever et nous lance un regard de détresse. Mon père passe le bras autour du cou de la vache, lève-toi, allez, lève-toi, il supplie l'animal qui se redresse à nouveau, mais ses pieds et ses attaches se dérobent. Elle a la fièvre, dit mon père, il faut aller chercher Pepi et la sortir de l'eau.

Quand Pepi arrive avec son tracteur et comprend que lui et mon père ne pourront pas, à eux deux, sortir la vache du lit du torrent, on appelle d'autres voisins à la rescousse. Mon père est dans l'eau avec ses chaussures, mouillé jusqu'au genou, il tremble. J'appuie mon front sur le chanfrein de la vache et je vois monter de son dos frémissant une légère vapeur blanche. Ses yeux expriment l'affliction si profonde de la créature que les hommes ne regardent plus cet animal dont la vue leur rappellerait quelque chose qu'ils ne pourraient supporter en cet instant.

Je retourne à la maison, vacillante, puis, chaussée de bottes en caoutchouc, je regagne l'endroit du malheur.

Dans l'intervalle, les hommes ont essayé de remettre la vache sur ses pattes, mais les blessures qu'elle s'est infligées en chutant sont trop graves. Pour Pepi, on va être obligé de l'abattre, il n'y a plus rien à faire ! Mon père se mouche dans son mouchoir. Il pleure. Va chercher le pistolet, débarrassons-nous de ça au plus vite, demande-t-il à Pepi en posant la main sur les bourrelets qui plissent le front de la vache.

Pepi va chercher l'arme et, lorsqu'il est de nouveau debout dans l'eau, il dit à mon père qu'une vache qui vêle ne peut pas mourir, il n'aime pas faire ça, il le fait seulement par amitié, il doit faire un gros effort sur soi, c'est trop dur.

Je me détourne, je ne veux plus rien voir.

L'instant d'après, la vache mourante est soulevée et tirée de l'eau avec le tracteur et déposée sur la route, près d'elle le veau mort et l'arrière-faix, on couvre d'une bâche tout ce malheur.

Les hommes rentrent chez eux.

Mon père dit qu'il n'en peut plus, que jamais il ne pardonnera à ma mère d'avoir laissé la vache sur le pâturage, même Pepi n'avait pas pu s'empêcher de pleurer au moment d'abattre la bête.

Quand ma mère rentre, le jour est déjà tombé. Elle descend de sa mobylette et se précipite dans la cuisine, elle a vu la vache morte avec son veau sur le bas-côté et elle s'est arrêtée, dit-elle en haletant, elle a appelé la vache par son nom, lui a soulevé la tête et l'a regardée, mon Dieu, c'était un fantôme qu'elle avait vu, dit ma mère, son cœur s'était serré, comment cela avait pu arriver !

La dispute entre mes parents s'envenime et je quitte la maison.

Je descends lentement la route d'accès.

La propriété est plongée dans le noir. La forêt semble glisser dans un précipice, le bruit du torrent est parsemé de petites aiguilles douloureuses dans mes oreilles. Je passe devant la vache recouverte, je m'arrête, sans descendre du véhicule.

Cette nuit-là, je rêve que les vallées et les versants sont retournés vers l'intérieur de la montagne comme la doublure d'un manteau. L'obscurité qui m'entourait sur mon chemin vers la ville persiste dans la montagne. La lumière du jour est concentrée en de petits soleils qui, je le sais, plongent parfois tout dans une lumière aveuglante, puis se retirent. Ils restent accrochés au-dessus du firmament comme des balles jaunes en apesanteur. J'ai hâte d'arriver à la maison car il est arrivé quelque chose de terrible. Je sais que ma mère, assise dans la grande salle, pourrait m'aider. Je veux la rejoindre et j'ouvre brusquement la porte. Un être terrifiant, mi-fille, mi-saurien, me saute dessus. Je le projette contre le mur, contre le rocher, contre la montagne. J'appelle ma mère, mais elle reste loin de moi. Au moment où je n'arrive plus à me déplacer, je me mets à planer et je glisse dans le néant.

Mes parents décident de vendre la dernière vache. Mon père attrape une pneumonie et reste deux semaines sans sortir de la maison. Tout ça l'a atteint jusqu'aux os, dit ma mère. Ils ont décidé d'arrêter l'élevage, ils doivent se limiter à l'essentiel, à ce dont ils sont encore capables, dit-elle.

Les poumons de mon père dépérissent et à force de manquer d'air il perd aussi du poids. Après la pneumonie dont il vient à bout, son thorax ressemble à la carapace d'un scarabée d'où dépassent une tête rentrée dans les épaules et deux bras et deux jambes comme les pattes graciles d'un insecte. La cage thoracique de mon père appuie contre la colonne vertébrale tordue comme une corbeille en osier. Son pas se fait plus court et plus lent. Son visage se sillonne de grosses rides. Les os, c'est cela qui est marquant chez mon père, ses genoux pointus, ses avant-bras maigres, ses doigts épuisés. Les trajets qu'il est encore capable d'accomplir sont de plus en plus courts et plus rares. Il hésite longuement avant de se décider à aller en forêt couper du bois de chauffe, de réparer une clôture ou de conduire à leur abri les moutons qui ont remplacé les vaches. Bientôt, il est obligé de faire halte au milieu de la cour et de se pencher en avant par manque d'air lorsqu'il va chercher du marc à la cave ou va voir les colonies d'abeilles malades. Nous essayons de le persuader de porter la bouteille d'oxygène maniable qu'il branche le soir, il marcherait plus facilement, mais il refuse d'accepter son déclin, comme si c'était en dessous de sa dignité. Quand il ne se sent pas bien, il lui arrive de se retenir à l'un des quetschiers qui bordent la cour.

Dans l'avant-dernière année de sa vie, une réparation symbolique est versée à mon père par le Fonds national autrichien d'indemnisation des victimes du national-socialisme. Il est surtout content que sa souffrance ait été prise en compte. Il veut utiliser l'argent pour faire réparer le tracteur, dit-il. S'il tarde encore, le tracteur pourrait bien rendre l'âme avant lui.

Au printemps, il se lance dans l'ultime et prudente tentative de tailler un pommier et d'ôter du sommet ce qui a cassé sous le poids de la neige. Il fait l'effet d'un vieil enfant qui ne désirerait rien davantage que passer la journée entière dans les arbres mais qui doit redescendre de l'échelle en bois pour ne pas risquer une chute. Au début de l'été, il doit s'avouer battu et rester alité. On lui branche l'alimentation en oxygène. C'est tout juste s'il arrive à aller aux toilettes ou à la salle de bain sans oxygène. Ma mère et mon frère lui ont installé un lit dans le séjour pour qu'il prenne part à la vie de tous les jours et que les visiteurs puissent s'asseoir près de lui sans être gênés ni avoir l'impression d'être dans une chambre de malade. Les boîtes de médicament s'entassent sur le guéridon que ma mère a placé près du lit. Mon père répugne à être soigné par ma mère, mais elle a décidé de s'occuper de lui. Qu'il le veuille ou non, qu'elle le veuille ou non, elle croit accomplir ainsi son devoir en supportant la proximité créée par la maladie.

Mon père souffre. Son visage est légèrement bouffi à cause des médicaments tandis que ses mains sont plus douces et plus molles. Quand il se redresse dans son lit, il nous regarde comme quelqu'un qui sourirait en se noyant, dont la tête sort de l'eau avec la certitude de bientôt couler. Il ne veut pas transférer la propriété de la ferme, il est indécis, répond-il quand j'insiste, il ne voit aucun avenir pour le domaine et n'a pas envie de penser au déclin de son exploitation. À nous de nous entendre après sa mort.

Il commence à s'intéresser à mon travail et pose des questions, veut savoir ce que je fais au théâtre, en quoi consiste ma mission de conseillère artistique, si je gagne assez, si le public carinthien apprécie notre travail. Un jour, il raconte avoir vu à la télévision l'opéra *Nabucco*. Une retransmission du Staatsoper, dit mon père, du Staatsoper de Vienne ! Dans une scène, on voyait les photos de Juifs viennois assassinés, brandies sur des panneaux. Ça lui avait beaucoup plu, imagine ça, des Juifs viennois, dit-il.

Quand nous sommes assis le dimanche autour de notre vieille table paysanne et plongeons nos cuillers dans la soupe aux nouilles, il nous regarde, secoue la tête et dit en feignant le sérieux, vous êtes des crétins, tous autant que vous êtes, tous des crétins ! Nos cuillers à soupe restent en l'air un instant. Je ne peux m'empêcher d'éclater de rire, ce qui lui fait particulièrement plaisir, surtout parce que ma mère fait la grimace.

Mon père s'anime seulement quand ses cousines et cousins lui rendent visite. Ces frivoles parents arrivent même à le convaincre de jouer de l'accordéon, ce qui l'épuise. Mais que ne ferait-on pas pour défier la maladie, se dit-il, même s'il ne reste après cette fête débordante qu'un sourire douloureux auquel il force à grand-peine son visage. Il ne peut plus jouer aux cartes mais il aime regarder ses fils et voisins jouer aux cartes. Le week-end, il demande à Bertl, son successeur à la chasse, de lui raconter ce qu'il y a de neuf au terrain de chasse, quel animal on a vu sortir de la forêt ou ce qu'on entend entreprendre pour éviter l'abroutissement.

Un jour, mon père a la visite de sa cousine Kati qui prépare avec ma mère un spectacle de chant. Les femmes ont fondé un duo pour présenter leurs propres poèmes mis en musique, pour chanter des chants à Marie et des chants partisans.

Comme Kati, ma mère en est venue à mettre ses poèmes en musique et à rêver d'un livre. Un jour, je voudrais avoir un livre à moi, dit-elle en me glissant sur le plateau de la table un de ses textes ou quelques poèmes pour que je les lise.

Ce jour-là, quand je demande à mon père comment il va, il dit, mais comment veux-tu que j'aille. Ça fait deux heures que j'entends les femmes qui répètent à côté de moi. Ce n'est pas vraiment un plaisir.

Avec les voix que vous avez, vous allez faire fuir les gens, raille-t-il. Après des geignements pareils, l'assistance va s'éclaircir. Bon, maintenant arrête de la ramener et tais-toi. On vous chante quelque chose ?

Oui, dit mon père d'un ton malicieux, il aimerait bien réentendre la chanson de Katrca. Les femmes se placent au pied du lit de malade et entonnent la chanson : *Pihljaj vetrič mi hladan doli na Koroško plan, tam, kjer dom moj prazen zdaj stoji, hiti tja oj vetrič ti ! Ne bom njegovega več vinca pil, v njegovi senci se ne bom hladil, njegove njive ne bom več oral, le nesi zadnji mu pozdrav ! Ko boš izpolnil mojo mi željo, takrat, o vetrič, mene več ne bo. Življenje svoje sem že dokončal. Bom v tuji zemlji mirno spal.* Souffle vers la prairie de Carinthie, ô brise bien-aimée, là où se dresse ma maison vide, hélas, cours-y, ma brise. Plus jamais je ne boirai de vin, plus jamais l'ombre de la maison ne me rafraîchira, plus jamais je ne travaillerai mon champ. Porte là-bas mon dernier salut ! Quand tu auras exaucé mon souhait, brise bien-aimée, moi je ne serai plus. J'aurai terminé ma vie et reposerai, paisible, en terre étrangère.

Mon père est satisfait. Après s'être rassise, Kati dit avoir les larmes aux yeux à chaque fois qu'elle chante cette chanson car elle ne peut pas s'empêcher de penser à Katrca et à Urša, sa propre mère qui est morte, et qui était la sœur de Katrca. Katrca avait envoyé ce poème peu de temps avant de mourir depuis le camp de concentration de Ravensbrück en priant Urša de le mettre en musique pour qu'il ne sombre pas dans l'oubli. Sa mère avait trouvé une mélodie pour ce poème, raconte Kati. Elle avait mis beaucoup de poèmes en musique, surtout les siens. Or sa mère ne savait pas écrire, elle était analphabète. Elle composait des textes pendant la journée en travaillant au champ et, le soir, elle les dictait à son mari. C'est ainsi qu'étaient nés des pièces de théâtre, des récits et des poèmes. C'était sa mère, Urša, le vrai poète de la famille, une meilleure poétesse qu'elle, Kati, dit celle-ci, elle doit bien le reconnaître même si ces derniers temps elle aussi écrit beaucoup.

Un nid de poètes dans notre famille, on devient fou, dit mon père en nous lançant un regard malicieux à ma mère et à moi. Dans cette famille, on se croirait à la foire, un poète chasse l'autre, des poèmes partout. D'ailleurs, lui aussi a écrit un poème, à douze ans, chez les partisans. Il se rappelle encore une strophe, dit-il : *Ko pasel sem jaz kravce, je prišel policist, v oreh me je obesil in mislil, da sem list.* Je montais les vaches à l'alpage, un policier est arrivé, il m'a pendu à un noyer, il m'avait pris pour le feuillage. Mon père s'assied dans son lit et sourit.

Vers la fin de l'automne, le corps de mon père est pris dans un étau de douleurs qui le comprime impitoyablement. Sa lutte pour la vie éprouve nos nerfs. L'idée qu'il souffre nous est à peine supportable et nous commençons à en vouloir au médecin de famille qui passe régulièrement de ne pas pouvoir atténuer les douleurs de mon père. À aucun prix mon père ne veut être emmené à l'hôpital, il veut mourir chez lui, il le souhaite expressément, dit-il. Désormais, il peut à peine bouger, à peine se redresser. Il fait ses besoins couché. Ça ne lui plaît pas, mais il ne peut pas s'empêcher de gémir tout haut de temps en temps, dit-il, tellement il a mal. Le moindre contact est une torture et nos mains désemparées qui veulent le secourir sont pour lui un châtiment.

Voisins et membres de la famille lui rendent visite pour causer avec lui, disent-ils. Ils apportent du vin, car mon père a déclaré une fois vouloir boire chaque jour un ou deux verres. C'est nécessaire, prétend-il. Si seulement il était sûr de pouvoir le supporter, il voudrait vider une bouteille entière d'alcool de quetsches.

Mon souhait est que mon père meure paisiblement, mais il est loin d'être d'accord avec ce qui l'attend. Je me figure même qu'il cherche mon aide par ses regards. Dans la table de nuit de ma chambre, dit-il un jour, il y a un cahier de Mici. Prends-le. C'est pour toi. Je me garde de lui demander s'il est tourmenté par l'idée qu'il ait pu trahir Mici à l'époque, sous les coups de la police. Il n'a jamais parlé de Mici mais il a conservé son petit cahier. Pourquoi est-ce que je ne lui pose pas la question ! Son inquiétude tient-elle à ma mère, avec laquelle il a vécu dans une union faite de discorde et de reproches ? Veut-il se réconcilier avec elle, la force lui manque-t-il pour cela ? Son angoisse est-elle une ultime rébellion contre la perte de la vie dont il sent en lui un reste misérable ou bien quelque chose de non dit, de plus ancien, qui lui serre la gorge ? Je ne le saurai jamais.

Le 3 janvier, jour de son anniversaire, nous boirons un verre de vin avec lui.

Trois jours plus tard, le visage de mon père sera blême et exsangue. Il me racontera que la veille, jour de sa fête, ses cousines et cousins sont venus. Ils ont chanté et ri, quel cirque, dit-il. La fête l'avait tellement épuisé qu'il en mourrait probablement. Il me demandera de vérifier combien de bouteilles de vin on lui a offertes. Je vais dans la pièce du fond et je compte les bouteilles. Trente-trois, dis-je. Alors il va lui falloir vivre encore longtemps, dit mon père avec un sourire forcé.

Le lendemain matin, mon frère me dit au téléphone que mon père est mort. Il est décédé au petit matin.

Quand j'arrive à la maison, mon père gît en costume noir sur le lit de malade. Ma mère l'a lavé et habillé. Quand j'entre, elle se lève du lit de malade et désigne le mort de la main. Le voilà, dit-elle en pleurant. Il en a fini.

La commune nous autorise à exposer le corps de mon père à la maison. Une exception, la dernière.

Quand on livre le cercueil, Pepi est là, il s'arrête sur le seuil et récite une vieille prière d'adieu qu'il est désormais le seul à connaître. Avec mon frère, il met en place sous la fenêtre sud de la pièce des tréteaux pour le catafalque. Mon père est mis en bière et le cercueil hissé sur le catafalque. Je lui peigne une dernière fois les cheveux. En lui caressant la tête, j'ai l'impression de toucher une pierre. Ma mère croise les doigts de mon père et place une croix en bois entre ses mains jointes.

La lumière blanche de ce matin d'hiver inonde le cercueil où repose le défunt. La pièce ressemble à un large vaisseau dérivant lentement en haute mer. La lumière aveuglante, les bruits du quotidien, retenus, les chuchotements dans la cuisine, les larmes muettes, la lumière de la neige au soleil, les taches violacées sur les avant-bras de mon père, le blanc des linceuls, la bordure en dentelle crochetée, la porte ouverte, les plaintes du chien attaché dehors à sa chaîne, qui a flairé la mort, la lenteur des mouvements, la délicatesse enfin possible, qui ne veut plus se déguiser, délicatesse espérée depuis si longtemps.

La pièce n'est pas encore remplie par les veilleurs, par les fleurs, couronnes et cierges, nous avons encore le temps d'attirer le défunt vers nous afin de le délivrer ensuite. Nul ne sait quand il se séparera du mort, mais chacun s'adonne à cette activité cachée. Je profite des interruptions entre les prières et des heures pendant lesquelles seuls des visiteurs isolés sont dans la pièce pour observer la silhouette inanimée de mon père, sa peau d'un jaune laiteux, les yeux enfoncés dans les orbites. Il paraît s'être figé dans son dernier souffle et avoir été pris d'angoisse. On dirait qu'il a retenu en lui ce souffle, le dernier, qu'il l'a gelé, mis de côté, qu'il a gardé pour plus tard, pour on ne sait quand, ce souffle décisif.

Les deux jours qui suivent, les gens affluent à la maison pour dire adieu à mon père. Nous sommes occupés à accueillir les visiteurs qui, eux, nous aident par leur présence à garder contenance.

La veille au soir de l'enterrement, ma mère vient me rejoindre à côté du cercueil. Sans un mot, elle me met la main sur la cuisse et appuie son épaule contre moi, le geste d'une sœur. Est-elle revenue à moi comme une sœur, me demandé-je, et je m'apprête à la prendre dans mes bras. Ça va aller, dis-je au moment où elle se relève pour partir à la cuisine.

Le jour de l'enterrement de mon père, les porteurs de cercueil se présentent de bonne heure. Ce sont des chasseurs de Lepena. Nous mangeons encore une soupe auprès du défunt dont le cercueil a été scellé entre-temps. Pepi récite de nouveau l'ancienne prière. Le cercueil est passé par la fenêtre du séjour et posé sur le seuil de la maison. On invite le mort à se séparer de son foyer et de sa famille. On le porte à pas lents à travers la cour et on l'invite de nouveau à se défaire de ses prairies, ses champs et ses coteaux.

Après la messe, quand les fossoyeurs descendent mon père dans la fosse et que le cercueil touche le fond, je crois entendre une expiration qui sort brusquement de moi ou du cercueil. Une expiration qui jaillit littéralement d'un petit gosier sombre et bondit au loin. Je jette un regard effrayé dans la tombe. Est-ce mon expiration à moi ou celle de mon père, est-ce mon soulagement d'en avoir fini avec sa mort ou bien est-ce la respiration de mon père, ce souffle bloqué, conservé, bâillonné, qui se libère, qui se défait de toute étreinte et s'éloigne en flottant ?

D'accord, je suis d'accord, me dis-je en retournant en ville.

Je rêve que les terres d'où je m'enfuis sont gelées. Le ciel est un glacier où la vallée apparaît comme un mirage. Des déchirures lumineuses traversent la surface glacée telles des bordures de cristal. Une carapace d'air gelé a enfermé la vallée qui s'étend en dessous et demeure figée dans son exiguïté. Crabes, escargots, méduses, sangsues, vers et divers amphibies se déplacent sur la surface gelée. L'eau qui dans son habit de cristal s'est déposée sur les collines, les arbres et les domaines, qui s'est blottie contre toutes choses, protectrice, souple et floconneuse, commence à bouger. Je me dis que d'un instant à l'autre, au moindre souffle, elle s'évaporera, sera emportée, pulvérisée, ou s'écoulera. Rien ne peut rester tel quel.

Plus tard, j'entends monter vers moi, venant du fond de la vallée, un bruit de plus en plus fort et soudain je vois l'eau se soulever. Viens, dis-je à mon frère, viens, il faut partir, il faut quitter la maison ! Nous montons vite vers la forêt, nous passons sur le versant planté de vieux quietschiers, comme jadis quand notre père nous poursuivait avec le fusil. Nous regardons la maison qui se remplit d'eau, nous entendons, tout en bas dans la masse de la montagne, le corps d'airain qui s'effondre. Les gisements sont éteints, plus rien ne montera à la surface, les galeries sont noyées.

Ensuite l'eau s'écoule et nous regagnons notre habitation. Des auréoles et des traînées de terre se dessinent sur les murs, l'inondation s'est peinte sur le mur. Les fenêtres sont fermées et les vitres intactes. Je suis étonnée que les fenêtres aient résisté à ces masses d'eau, il faut ranger, tout ranger, dis-je à mon frère !

L'enterrement de mon père passé, mes réflexions tournent à l'angoisse.

Debout devant sa tombe, je finis par garder le silence habituel, laisser les choses en suspens, ce qui caractérisait nos conversations.

À la maison, nous sommes assis l'un en face de l'autre, chacun des enfants portant le poids de son père à lui, chacun avec sa propre figure paternelle autour du cou, et nous nous regardons fixement, fatigués de ce poids paternel, épuisés par les histoires et les souvenirs qui, lorsque nous nous les racontons, sonnent comme autant de reproches, tu n'en sais rien, ou bien tu n'as aucune idée de ce que papa et moi, et ainsi de suite. Et aussi ceci, les échos et sensations différents, les moments de rébellion, le deuil mêlé à la déception.

Ma mère a atteint le comble d'un épuisement accumulé depuis des mois, voire des années, un état qui la fait errer dans la maison, tendue, irritable. Elle croit avoir réussi à tenir, elle se croit arrivée à destination. Elle se sent être celle qui doit s'occuper de tout et considère que les témoins que nous sommes ne reconnaissons pas suffisamment ses efforts. Elle a accompagné mon père jusqu'à la mort. C'est à elle qu'était allé son dernier regard, dit-elle en secouant la tête d'effroi, à la pensée de tout ce qui est insoluble et imprononçable.

Moi enfant de mon père-enfant, ridicule, simplement ridicule que de m'enchaîner, moi et ma vie, au passé à cause de lui, de mettre ma vie en jeu, me dis-je en souhaitant laisser tout sans y toucher, écarter de moi le refoulé, ce qui me lie, ce qui pèse. Je décide que cela doit rester quelque temps en friche et prendre de l'âge.

Mais on ne me laisse pas tranquille. Dans l'oublieuse Carinthie j'apprends à ne pas oublier. Le sol sur lequel je me tiens doit avoir un dessous invisible imbibé de ce qui a été, d'où je semble pousser, sur lequel je suis constamment projetée. Prise régulièrement d'une sorte de vertige, la région invoque son histoire qui n'est rien d'autre qu'un fantôme de justification lui permettant de se croire être du bon côté. Aucun de ceux qui ont été écrasés par le national-socialisme ne figure dans ce portrait que la région donne d'elle-même.

Il m'arrive de tressaillir en pensée, tout est encore là, me dis-je, tout. Il y a en moi et autour de moi un abcès invisible ou visible, audible ou inaudible, comme si j'étais un microbe, une étincelle de conscience, une roue qui devient chaîne ou balle qui bondit, un champ qui s'épanouit ou se désintègre. Je semble être rivée au centre d'un antagonisme que le nazisme et la résistance au nazisme ont produit dans les gens de cette région, un antagonisme aussi absolu que la douleur. Seul le ressent celui qui le subit.

Dans la table de nuit de mon père où est aussi rangée la clarinette inutilisée depuis longtemps, je trouve le cahier bleu de Mici avec les chansons et, gardé en dessous, le livret de camp de grand-mère, à la couverture rouge tachée.

Étourdie, je m'assieds sur le lit. Ce petit legs repose lourdement dans ma main. Mici a noté avec exaltation dans son petit cahier des chants slovènes, des poèmes, des lettres en vers à son amoureux et à ses tantes Katrca, Urša, Leni, Malka et Angela, faisant de la langue écrite une ivresse sonore, un chant ininterrompu. L'unique objet qui soit resté d'elle.

Je commence à lire dans le livret de camp de grand-mère, je l'ai souvent eu entre les mains, enfant.

Des souvenirs de la chambre de grand-mère reviennent, des souvenirs de cette lumière laiteuse très particulière qui transformait ce qu'elle me racontait, et que je ne comprenais pas, en des multiples instants de proximité qui voletaient comme une fine poussière et, la nuit d'après, s'étaient déjà posés sur les objets comme si rien ne les avait jamais remués.

Au début, grand-mère écrit d'une écriture décidée, ses mots sont maladroits, ils ne sont pas faits pour être notés, mais racontés. Même si elle savait à peine écrire et si ni l'orthographe ni la syntaxe de ses phrases ne sont correctes, elle devait avoir la conviction qu'il lui fallait préserver son histoire.

Je bilo u tork opoldne 12 Oktober je locitev od hise in od temalih Sinov Tonček in Zdravko. Toje bilo hudo zamene ker jas nisem kriva nic. C'était mardi 12 octobre midi, c'était la séparation de mes petits, Tonček et Zdravko. C'était difficile pour moi car je ne suis pas coupable, écrit grand-mère.

Elle avait d'abord été détenue pendant deux heures à la prison d'Eisenkappel, après quoi on l'avait emmenée à Klagenfurt, et au bout de trois semaines, le 2 novembre à six heures du matin, de Klagenfurt à Maribor. C'était merveilleux, *čudovito*, écrit-elle, les enfants qui crachaient sur nous dans la rue et poussaient des cris horribles. À Maribor, on leur avait servi à souper, des navets et des patates. À trois heures du matin un bon café et du bon pain. Une tranche de pain, un peu de fromage blanc et une cuiller de confiture, voilà les provisions qu'on pouvait prendre pour le voyage jusqu'à Vienne. À Vienne, *Ven*, écrit grand-mère, elle avait dû dormir sur un sol en béton. Le manger était mauvais, seulement de la soupe de patates, mais pas de cuiller, elle avait dû mettre les doigts pour sortir les morceaux de patate de la soupe. Au bout de dix jours, on avait continué vers Prague, *Prak*, écrit grand-mère, là il y avait le fléau des punaises, le manger était mauvais, pas de souper, le matin seulement un peu de café, et puis on avait continué, et encore continué, sans eau jusqu'à Berlin. On les avait laissés une nuit et un jour sans manger. Ce n'était pas si mal qu'elle soit tombée malade et que le mal de gorge l'ait empêchée d'avaler. Et puis on avait continué jusqu'à Ravensbrück, là, ça avait été bizarre, note-t-elle, l'homme n'est pas une bête !

Les mots lui manquent, remarque-t-elle, pour tout ce qui est arrivé de désolant ensuite. Pour un an et demi de camp de concentration, elle n'a pas besoin de plus que trois petites pages, et ensuite elle écrit *rajža*, le voyage, le 28 avril, et elle entend par là le début de l'errance qui la reconduisit des mois plus tard à Lepena. Le 14 mai, Mirow, le premier nom de lieu avant Wesenberg et Rheinsberg, déjà d'une écriture fébrile qui laisse deviner son excitation. Elle écrit à l'oreille les noms des lieux où elle s'arrête ou qu'elle traverse au retour. Plus son voyage dure, plus les noms des villages et villes se disloquent. Elle les note dans le wagon à bestiaux, plus tard dans le compartiment du train. Les lieux de survie ont l'air détruit par les bombes, comme le furent précisément les villes évoquées par grand-mère. Le 15 août, Dresde, *Tresten*, écrit grand-mère. Après quelques noms à peine déchiffrables apparaît Bratislava, écrit correctement, puis Budapest, le 24 août *Subotica*, étions d'excellente humeur, écrit-elle. Il y avait beaucoup de viande à manger et beaucoup d'eau-de-vie, le 25 passé aux bains, le week-end à fêter et à danser, raconte-t-elle, plus tard elle écrit *Belkad*, elle entend par là Belgrade, belle ville, constate grand-mère, le 30 août matinée triste à la gare de *Zagreb*, puis *Vellenje* et *Slovenkrac* pour Slovenji Gradec, ensuite *Hrevelje*, pour le domaine Hrevelnik à Lepena. Elle clôt son récit de voyage par ce bout de phrase, à la maison c'était l'angoisse oui ou non, *doma toje blo strah jabol ne*.

Je pose sur mon bureau les photographies qu'elle m'a léguées. Dans les jeunes années de grand-mère, ses sentiments se manifestent impétueusement. Le regard qu'elle lance à l'appareil photo révèle l'assurance d'une fille de riche fermier. Sa fougue difficilement domptée et sa fierté sont presque palpables. Dans les années vingt, elle porte des robes claires et des chemisiers imprimés dont les cols sont entièrement bordés de dentelle. Passé quelques fausses couches, elle fait plus sérieuse et plus ronde. Mariée, elle est vêtue dans les grandes occasions de robes sombres avec bas en coton ou de vêtements élégants avec sac à main en cuir, gants en cuir et chaussures faites sur mesure. L'été, elle tente de recouvrir sa fine chevelure avec des chapeaux de paille et de cacher dans l'ombre son visage sévère, ainsi qu'elle me l'avait raconté un jour. J'étais encore fière, à l'époque, disait-elle, mais déjà vieillie par le travail, cet éreintement.

Après la guerre, l'éclat des yeux de grand-mère est tourné vers l'intérieur. Son sourire paraît las, épuisé, plus jamais plein de vie. Comparé au passé, son maintien a perdu son assurance. Les chapeaux de paille sont remplacés par des fichus qu'elle noue exactement sous le menton pour que les pointes dépassent bien droit dans son cou. Elle n'est pas peu fière de ses élégants foulards en viscose brillante ou en soie. Elle a beaucoup maigri et, comme elle a toujours froid, porte constamment sous son costume un tricot en laine ou un gilet. Sur les photos de mariage, avec son visage anguleux et son gros nez, elle ressemble toujours à un clou planté au beau milieu d'une joyeuse compagnie, comme un vestige du passé refusant de s'insérer dans le présent. Sa silhouette donne l'impression qu'elle a été plusieurs fois expulsée hors de la vie et puis ramenée, qu'elle a repris la vie, pas par joie, mais du moins par dévouement, pas par conviction profonde, mais par devoir.

À la maison, grand-mère porte un fichu en coton noué dans la nuque, des vêtements usés, des bas en laine et des blouses imprimées qu'elle n'échange que les dimanches et jours de fêtes contre des tabliers en satin noir et des chemisiers plus élégants. Par le passé, elle croyait devoir représenter quelque chose, et puis ensuite j'ai eu l'impression d'avoir été biffée, dit-elle. Les photographies montrent aussi la métamorphose de mon père, de l'enfant au jeune homme. Son visage qui s'est transformé après l'arrestation de grand-mère et l'interrogatoire par la police, le caractère enfantin qui s'est retiré et a fini par disparaître pour se changer en quelque chose de dur, d'amer et de buté, la blessure qui s'est faite une place en mon père et a continué à le parasiter.

Un jour, je parle à Tonči du livret de camp de grand-mère et de mes allées et venues incertaines dans le passé familial. Il m'écoute volontiers et m'apporte un classeur en faisant la remarque que, selon lui, les papiers de grand-mère sont à leur place auprès de moi.

Parmi de vieilles factures et lettres, je trouve dans le classeur le bulletin scolaire de grand-mère de 1914, où il est indiqué qu'elle a manqué 256 demi-journées de classe avec un mot d'excuse et 23 sans. Alors combien de jours est-elle donc allée à l'école ? Je trouve la décision du tribunal de grande instance de Klagenfurt en décembre 1947 sur la restitution à leur propriétaire légal des biens immobiliers confisqués sous le Reich allemand, donc à mon grand-père Michael, et en dessous la cuiller de grand-mère à Ravensbrück et son *Certificate of Residence*, délivré le jour de son quarante et unième anniversaire, le 6 septembre 1945, après son retour du camp de concentration, et encore des lettres de ses amies du camp, la requête présentée par grand-mère en 1950 pour devenir bénéficiaire d'une pension de victime, la notification par le gouvernement régional de Carinthie selon laquelle sa requête pour l'octroi d'une pension de victime a été rejetée par la commission carinthienne attendu que l'expertise médicale diligentée n'a pas permis de constater des dommages à sa santé dans les proportions requises ; ensuite la contestation par grand-mère de cette notification, contestation rédigée par quelqu'un qui savait écrire, l'énumération des souffrances qu'elle endure à la suite de son séjour en camp, troubles nerveux, difficultés pour respirer, jambes et articulations enflées et douloureuses, incapacité à travailler des jours durant, graves céphalées, violentes contractions pendant les règles, tout cela elle note l'avoir déjà raconté au fonctionnaire de la gendarmerie qui était de service et a rédigé la déposition recueillie, et je me représente la situation, grand-mère devant décrire ses souffrances à un fonctionnaire de gendarmerie indifférent et ne parlant pas slovène ; la réponse du ministère des Affaires sociales de Vienne, fin mai 1951, indiquant qu'une pension de victime lui est accordée, la réclamation adressée par grand-mère le 6 octobre 1951 au bureau du gouvernement régional de Carinthie pour savoir pourquoi la pension de victime ne lui a pas été versée, un courrier de novembre 1953 au gouvernement régional de Carinthie demandant pourquoi l'indemnité accordée pour la période de captivité n'a pas été virée, la réponse du gouvernement régional de Carinthie selon laquelle la notification du versement de l'indemnité pour période de captivité ne sera exécutoire qu'en octobre 1953 et ne sera pas transmise au ministère fédéral de l'Administration sociale pour paiement avant cette date, puis, une page plus loin, survenant sans qu'on l'attende, la bénédiction de la maison écrite par mon arrière-grand-mère, une formule assez puissante pour pouvoir protéger la maisonnée des orages, de la foudre et du tonnerre, de la grêle et du feu, des malédictions, de la calomnie et de la peste, mais pas de tout le reste.

Les barrières de protection que j'essayais d'édifier entre moi et ma famille cèdent de nouveau. Pendant quelque temps, j'ai l'impression d'être totalement submergée par le passé, de me perdre sous son poids. Puis je décide de donner une forme écrite à ces fragments, souvenirs, récits, à ce qui est présent et à ce qui est absent, à me réinventer de mémoire, à me conquérir par l'écriture un corps qui puisse être composé d'air et d'intuition, de parfums et d'odeurs, de voix et de bruits, de choses passées, rêvées, de traces.

Je pourrais ramener l'irréversible et constater qu'il est revenu sous une forme différente, qu'il a changé et qu'il m'a changée. Je pourrais réarticuler ce qui est tombé de part et d'autre et a été pulvérisé pour laisser transparaître ce qui se trouve dessous. Ce qui a été, je pourrais l'entourer d'un corps invisible qui le scelle et le maintienne.

Je prends la décision d'aller à Ravensbrück, le camp que j'ai déjà si souvent parcouru en pensée au point de croire le connaître. Je veux parcourir de nouveau le récit de grand-mère afin de prendre congé d'un lieu familier.

Le jour où grand-mère a été transférée au camp de concentration, je foule à Fürstenberg sur la Havel la route des Nations, qui mène au camp.

Autour de moi, le paysage automnal est hostile, on le dirait d'hier alors qu'il est le présent, rien que le présent. Je pense aux yeux de grand-mère, qui pourraient avoir parcouru ce paysage au soir du 13 novembre. Eut-elle le temps de regarder le terme de son voyage, d'examiner l'automne brandebourgeois, gris, brun jaune, les feuilles jaunes des bouleaux accrochées aux branches comme des fanions colorés ?

Après une assez longue marche, le lac, le Schwedtsee, brille sur ma droite, de sa surface nue et immobile. Tout à coup, le bâtiment de la Kommandantur se dresse devant moi.

Le premier regard par la porte du camp, le lieu vide, l'esplanade balayée de ses baraquements, le gravier noir, le feuillage couleur rouille, les rues du camp nettoyées, l'allée solitaire bordée de peupliers.

La place de l'appel me paraît plus petite que je ne l'imaginais, visible presque d'un seul coup d'œil. Enfant, quand grand-mère racontait, je voyais un champ immense s'étendant jusqu'à l'horizon, un monde de captivité et de mort.

Je tourne autour de l'emplacement vide et aplani où se trouvait l'intendance. Les sanitaires pour la procédure d'arrivée, aujourd'hui un endroit herbeux, la cuisine des détenues, la place de l'appel, aujourd'hui terrain couvert de gravier, l'emplacement des baraquements, aujourd'hui rien d'autre qu'une pelouse, Blocks 5 à 7, est-il écrit sur le panneau, le block 6, celui des politiques, spectre des récits de grand-mère, était au centre, derrière le tilleul qui n'était pas là à l'époque. Le block des Juifs, le 11, à côté du block 12, au premier plan l'infirmerie, derrière les bâtiments industriels, les ateliers de confection. Invisible et interdit d'accès, le terrain Siemens pour *le travail réglementaire*, le camp des hommes, le campement, avec ceux qui attendent le gaz. Restée en état, la trinité maçonnée de la mort, le bâtiment avec les cellules, aujourd'hui musée, où resplendissent les vers de Katrca au-dessus des noms des femmes yougoslaves mortes à Ravensbrück, le crématoire, le champ de tombes, la chambre à gaz marquée par la pierre commémorative.

Dans mes oreilles résonne le souffle de grand-mère quand elle parlait. *Čudno, čudno*, ce qui peut arriver aux gens, disait-elle.

Dans les archives, je trouve la liste du convoi du 13 novembre 43 au soir, nom et numéro de matricule de grand-mère, les noms des voisines, de Paula Maloveršnik, des paysans Pegrin, des femmes de chez Kach, Maria et Anna Rotter, des Polonaises, des Juives, une Tchèque, je trouve la liste des arrivées du 30 novembre 43, le jour où Mici fut amenée à Ravensbrück. Elle fut transférée en même temps que 64 femmes via Leipzig, par un *convoi spécial pour Fürstenberg transportant des personnes en détention préventive pour cause d'encombrement de la prison du poste de police de Leipzig*. Avec elle, des femmes de Ličkov, Dnjepropetrovsk, Krowno, Krasnodar, Kursk, Glauchau,

Karlsbad, Wurzen, Kaliningrad, Prague, Ebensee, Vienne, Pörtschach, d'Ebriach, de Lepena, de Koprein et Waidisch, Magdalena Kölich, la fermière du domaine Mozgan, Maria Paul et sa fille, Amalia Paul, Johanna Grubelnik d'Ebriach. Dans le livret du block 16 je trouve Malka logée avec les Polonaises.

À Ravensbrück, les femmes des vallées retrouvèrent les femmes de l'Europe entière, traînées depuis les confins de la Carinthie jusqu'à un centre de la guerre où se croisèrent les vies des Européennes, conduites depuis la Carinthie isolée jusqu'à un foyer de la mort. Les femmes des vallées, qu'avaient-elles en commun avec les Polonaises, les Tchèques, les Juives d'Italie, de Roumanie, de Hongrie, avec les Françaises, les Belges, avec les Russes, les Ukrainiennes, les Tziganes, les Croates, les Lettonnes, avec les Autrichiennes, les Allemandes des régions de l'Est, les Norvégiennes, les Serbes, les Slovènes, les Hollandaises et les Danoises, que pourraient-elles raconter, à partir de ce lieu où elles avaient pris la mesure de la guerre ? Je suis encline à imaginer que les femmes du camp pourraient fort bien énumérer davantage de choses qui les rassemblent que les historiographies nationales n'oseraient jamais en formuler ni en penser.

Je quitte le terrain du camp. Aucun soulagement ne se manifeste lorsque je laisse se fermer derrière moi la porte de la Kommandantur, pas de soupir, pas de réconfort. C'est le lieu qui était actif en grand-mère, dans le champ magnétique duquel elle vivait, par rapport auquel elle s'orientait, qui la déterminait et accaparait ses sensations. Le fantôme s'estompe désormais dans mon dos, une apparition qui s'évanouit, une surface friable dont les bords se défont, sous laquelle l'histoire s'obscurcit, dans laquelle les récits de grand-mère sonnent comme les échos d'une époque depuis longtemps révolue.

L'ange de l'histoire aura volé au-dessus de moi. Ses ailes auront projeté une ombre sur le territoire du camp. Je n'ai pas pu voir dans la pénombre sa face horrifiée, j'ai seulement cru un bref instant entendre un battement d'ailes, un coup de vent dans ses ailes d'ange où s'étaient empêtrés les tempêtes de ce qui est à venir.

Pendant un instant je me suis sentie comme un enfant qui a couru pour échapper au temps, le temps qui, derrière moi, glisse comme un glacier invisible, lent et lourd, sur tout ce qui a jamais eu lieu, qui enfouit sous lui, broie et réduit en poudre tout ce qui semblait inamovible. À chaque pas je m'enfonce plus encore dans le présent, je me heurte, je me cogne à moi-même, je perçois ma voix, la voix d'une femme que je connais, voix restée longtemps sans émerger du fouillis des phrases, voix qui se tenait cachée.

L'ange de l'oubli a dû oublier d'effacer de ma mémoire les traces du passé. Il m'a fait traverser une mer où flottaient vestiges et fragments. Il a fait s'entrechoquer mes phrases avec des ruines et des débris charriés par les eaux pour qu'elles se blessent, pour qu'elles s'affûtent. Il a définitivement chassé l'image de l'angelot accrochée au-dessus de mon lit. Je ne le verrai pas, cet ange. Il restera sans forme. Il disparaîtra dans les livres. Il sera un récit.

Des années après, grand-mère revient dans mon rêve. Je ne l'attendais pas et je me sens prise sur le fait. Elle est assise sur le sentier forestier derrière notre maison et, avec la laine qu'elle a filée, elle a tissé des baldaquins en forme d'entonnoirs qui ressemblent à des arborescences de cellules nerveuses et avec lesquels elle attrape des voix. Quelques-unes déjà, dit-elle, sont entrées dans ses filets. Il suffit d'être patient et de ne pas perdre espoir. Les entonnoirs en laine filée sont plus grands qu'elle. Je m'approche d'elle. D'un signe de la main, grand-mère me fait comprendre que je ne dois pas faire de bruit. Pas si fort, dit-elle, sinon on n'entend rien.

POSTFACE

Les Slovènes d'Autriche (Carinthie)

*Être Slovène en Autriche n'a été chose facile à aucun moment de l'Histoire. Mais vouloir rester Slovène a été particulièrement difficile**.

L'Ange de l'oubli de Maja Haderlap, qui raconte la jeunesse d'une femme et l'histoire d'une famille, évoque par là même l'histoire douloureuse d'un peuple, celle des Slovènes de Carinthie au XXe siècle. La Carinthie, le plus méridional des neuf *Länder* de l'Autriche actuelle, à la frontière de l'Italie et de la Slovénie, est une région biculturelle marquée par la double culture slovène et allemande. L'apport slovène est essentiel dans le paysage linguistique, les noms, les toponymes, la musique populaire et la vie culturelle. Cependant, ressortissants germanophones et slovénophones divergent dans leur façon de raconter l'histoire du XXe siècle, notamment celle de la persécution par le régime nazi et celle de la résistance anti-hitlérienne des Slovènes de Carinthie qui fut, sur le sol autrichien, la seule activité de résistance armée qui ait réussi à inquiéter la machine de guerre hitlérienne. Ce combat antinazi au sein des partisans de Tito ne s'explique que dans le cadre d'un conflit de nationalités hérité du XIXe siècle et exacerbé par la politique national-socialiste d'homogénéisation ethnique.

L'éveil national slovène à la fin du XVIIIe et au début du XIXe siècle, de nature culturelle, prit avec le "printemps des peuples" de 1848-1849 une tournure politique qui créa la

* HAAS Hans, STUHLPFARRER Karl, *Österreich und seine Slowenen*, Vienne, Löcker u. Wögenstein, 1977, quatrième de couverture.

ligne de clivage entre un nationalisme slovène d'émancipation sociale et un nationalisme allemand aux accents colonisateurs et pangermaniques. En Carinthie, région peuplée à un tiers par des Autrichiens slovénophones, la pratique de la langue est désormais considérée comme un signal politique, renvoyant à des visions du monde opposées : l'instituteur national-allemand et libéral s'opposait au curé national-slovène représentant de la minorité slovène, paysanne, catholique, fidèle à la dynastie des Habsbourg.

Après la Première Guerre mondiale et le démembrement de la monarchie austro-hongroise, le peuple des Slovènes se trouva réparti sur quatre États successeurs ; en Italie, en Autriche et en Hongrie, ils représentaient désormais une minorité linguistique, tandis que le royaume des Slaves du Sud, la future Yougoslavie, accordait à leur territoire une certaine autonomie par rapport à Belgrade. À l'intérieur de la nouvelle République d'Autriche, dont la langue officielle est désormais l'allemand, les Slovènes ne sont plus – comme auparavant sous la monarchie – l'une des neuf nationalités aux droits égaux selon l'article XIX des *Staatsgrundgesetze* de 1867 (la constitution de la partie autrichienne de l'Autriche-Hongrie), mais ils acquièrent le statut de minorité autochtone protégée. Les droits des minorités, fixés aussi bien dans le Traité de Saint-Germain-en-Laye (le traité de paix concernant l'Autriche après la Première Guerre mondiale) que dans la Constitution fédérale autrichienne de 1920, renvoient cependant au principe numérique et individuel et non pas au principe territorial. Pour obtenir des droits, les Slovènes de Carinthie furent donc, pour la première fois de leur histoire, obligés de prouver leur existence dans une région qu'ils habitaient depuis des siècles.

Dans l'entre-deux-guerres, un climat de plus en plus antislovène s'installa parmi la majorité germanophone en Carinthie, attisé d'abord par des confrontations armées en 1918 et 1919 lors du processus de démembrement de la double monarchie : d'un côté, l'État successeur – le royaume des Serbes, Croates et Slovènes – revendique, selon le principe de l'autodétermination des peuples, l'annexion du sud de la Carinthie, majoritairement slovène ; de l'autre, la jeune République autrichienne cherche à défendre les frontières historiques de l'ancien pays de la couronne de la Carinthie. Dans le même temps, le Traité de Saint-Germain fixe un référendum pour clarifier la question de la frontière méridionale de l'État autrichien. Le 10 octobre 1920, après une campagne promettant aux Slovènes de Carinthie la protection de leur culture et de leur langue, près de 60 % des voix d'une population composée à 75 % de Slovènes se prononcent en faveur de l'État autrichien. C'est donc grâce à sa population slovène que la Carinthie demeure après 1920 "libre et unie" (*frei und ungeteilt*), selon le slogan de l'époque. Le vote en faveur de l'État autrichien fut cependant interprété comme un vote pour la culture allemande distinguant désormais les "bons" Slovènes – ceux ayant voté pour l'Autriche – des "mauvais" – les "Slovènes nationaux" ayant trahi l'Autriche. On cherche alors à diviser la minorité slovène afin d'assimiler définitivement les "fidèles au pays" (*Heimattreue*) et à criminaliser les "traîtres à la patrie" (*Vaterlandsverräter*). La politique de germanisation des nazis trouva ainsi un terrain préparé par une tradition politique et sociale presque centenaire qui consistait à marginaliser la population slovène, notamment ceux et celles qui cherchaient à maintenir leur identité slovène et à défendre les droits des minorités.

Avec l'annexion de l'Autriche à l'Allemagne hitlérienne à la suite de l'invasion du 13 mars 1938, les nazis poursuivirent la germanisation et leur objectif d'éliminer à moyen terme l'élément slovène au sud de l'Autriche. Le recensement populaire de 1939 accentua la division de la population slovène entre les citoyens de langue maternelle slovène (*Muttersprache*), mais prêts à l'assimilation, et les citoyens slovénophones qui se réclamaient de la culture et de l'appartenance au peuple slovène (*Volkszugehörigkeit*), et qui devinrent par la suite les cibles de persécutions et de déportations. En apparence, la vie de la minorité slovène ne changea guère entre 1938 et 1941. Les mutations, les arrestations de quelques personnalités demeurent des cas isolés. Les mesures intimidatrices et discriminatoires se multiplient cependant, au niveau culturel, notamment scolaire, mais aussi administratif et économique. À partir de 1939, à la suite des accords entre Hitler et Mussolini, la population slovène est susceptible de "déplacement" afin de céder sa place à une population germanophone venant d'Italie ayant "opté" pour une installation dans le Reich allemand, avec l'objectif de réaliser l'homogénéisation linguistique et culturelle de la Carinthie. Par ailleurs, le régime mobilise bien sûr les jeunes issus de la minorité slovène pour se battre au nom de la Grande Allemagne. Mais dès le début de la guerre, un nombre toujours croissant de Slovènes de Carinthie ont refusé la mobilisation ou déserté la Wehrmacht : le plus souvent lors d'une permission, ils passent dans un premier temps en Yougoslavie pour revenir, après la défaite yougoslave, dans les forêts aux alentours de leur village natal ("cadres verts"), souvent pour rejoindre ensuite le réseau des partisans de Tito. Après l'attaque et la défaite rapide de la Yougoslavie en avril 1941, les mesures anti-slovènes en Carinthie prennent une dimension persécutrice. Dorénavant, en vertu de la devise nazie "Le Carinthien parle allemand", les noms et inscriptions slaves sont germanisés ou supprimés, et la langue slovène strictement interdite à l'église. Le destin des Slovènes de Carinthie est désormais étroitement lié à celui des Slovènes yougoslaves sous occupation allemande – soumis à une germanisation radicale, à l'expulsion, voire à la déportation. Pendant la rafle des 14 et 15 avril 1942, 225 familles slovènes de Carinthie sont arrêtées, chassées de leur maison, et déportées pour la plupart vers des camps de travail en Allemagne. À partir de cet événement majeur dans la mémoire collective des Slovènes carinthiens, une bonne partie de la population slovène bascule de l'attentisme vers la résistance anti-hitlérienne active ou passive. Le paradoxal engagement des Slovènes de Carinthie – en majorité des catholiques conservateurs de milieu paysan – dans le combat anti-hitlérien au sein d'un mouvement de résistance révolutionnaire communiste, devient alors intelligible, moins comme une lutte politique menée contre un ennemi dit de classe que comme un combat de survie ou une attitude de révolte consécutive aux humiliations subies et aux persécutions des membres de la famille.

Après la guerre, l'Autriche fut rétablie dans ses anciennes frontières ; toutefois elle est considérée comme coresponsable des crimes de guerre et occupée par les Alliés. Lors des négociations d'après-guerre pour une Autriche libre, souveraine et démocratique, la participation des Slovènes de Carinthie à la libération de l'Autriche, voire la résistance anti-hitlérienne slovène, fit partie de l'argumentaire des dirigeants autrichiens vis-à-vis des Alliés et joua son rôle lors de la rédaction du Traité d'État de 1955, notamment à l'article 7 sur les droits des minorités autochtones, mais également à l'article 19 qui fixe le droit à la mémoire des victimes et des résistants.

Mais une fois le Traité d'État signé, l'ambiance consensuelle de déculpabilisation, qui fit des Autrichiens des victimes du nazisme n'ayant "accompli que leur devoir", tendait à faire passer à l'arrière-plan le travail de mémoire concernant la résistance anti-hitlérienne et à marginaliser les véritables victimes. Dans ce dispositif de la narration historiographique, la résistance en Carinthie est stigmatisée comme une importation communiste yougoslave, menée par des Slovènes venus de l'autre côté de la chaîne montagneuse des *Karawanken* ayant recruté par la force, menacé et violenté la population locale. On occulte le lien entre résistance armée et déportation. On atténue l'effet de la persécution qui stimulait, au sein de la minorité slovène, la désobéissance et la volonté de résistance. De surcroît, en Carinthie, la mémoire antifasciste semble à jamais marquée par la dimension nationale, où la peur de l'Autre, aussi absurde soit-elle, fait perdurer l'image forgée d'abord par la propagande nazie, ensuite par l'anticommunisme, d'un partisan slovène traître et terroriste pendant la guerre puis adversaire de l'intégrité et de l'unité autrichiennes après 1945. Confinée à la sphère associative et privée, la mémoire antifasciste demeure cependant essentielle à deux niveaux pour les anciens partisans et leurs familles, et au-delà, pour la minorité slovène et enfin pour l'histoire de l'Autriche. D'abord, même douloureuse car controversée au sein même de la communauté des Slovènes de Carinthie, c'est un repère identitaire qui renforce la conscience collective du groupe autochtone. Ensuite, la visibilité extérieure, vis-à-vis de l'État autrichien, permet aux Slovènes de Carinthie de s'appuyer sur leur histoire antifasciste pour mieux articuler au niveau politique leurs droits en tant que minorité – voire l'application de ces droits. La culture de la mémoire revient de nos jours avant tout aux derniers témoins, aux intellectuels, aux artistes et aux écrivains comme Lipej Kolenik, Anton Haderlap, Peter Handke, Maja Haderlap. Cette mémoire en mal de transmission a trouvé des voix qui la portent désormais bien au-delà de l'Autriche et de l'aire germanophone par l'intermédiaire du roman *L'Ange de l'oubli* de Maja Haderlap et – dans un registre très différent – de la pièce *Toujours la tempête* de Peter Handke.

Ute Weinmann

BIBLIOTHÈQUE ALLEMANDE
dirigée par Nicole Bary

Marcel BEYER
Kaltenburg

Volker BRAUN
Le Grand Bousillage

Sherko FATAH
En zone frontalière
Petit Oncle
Le Navire obscur
Un voleur de Bagdad

Fritz Rudolph FRIES
Les Nouveaux Mondes d'Alexandre

Roman GRAF
Monsieur Blanc

Maja HADERLAP
L'Ange de l'oubli

Christoph HEIN
La Mise à mort
Le Jeu de Napoléon
La Fin de Horn
L'Ami étranger
Willenbrock
Dès le tout début
Prise de territoire
Paula T. une femme allemande

Stephan HEYM
Chronique du roi David

Wolfgang HILBIG
Provisoire

Jochen JUNG
Venezuela
Une lame si douce

Gerhard KÖPF
La Chouette, le facteur et le perroquet
Le Fou de Hemingway

Angela KRAUSS
À tire-d'aile

Kristof MAGNUSSON
C'était pas ma faute

Andreas MAIER
Le Mardi de la forêt

Herta MÜLLER
La Convocation

Melinda NADJ ABONJI
Pigeon, vole

Christoph PETERS
Hanna endormie

Elisabeth REICHART
Viens, traverse le lac

SAÏD
Paysages d'une mère lointaine

Evelyn SCHLAG
L'Ordre divin des désirs

Ruth Schweikert
Ohio

Erich Wolfgang Skwara
Esquisse d'un retour

Galsan Tschinag
Ciel bleu
Le Monde gris
Vingt jours et un
Sous la montagne blanche
L'Enfant élu
Chaman

Cet ouvrage a été composé par
FACOMPO
à Lisieux (Calvados)

Impression réalisée par
Corlet, Imprimeur, S.A.
14110 Condé-sur-Noireau

Nº d'édition : 2038001 – Nº d'impression : 172918
Dépôt légal : août 2015

Imprimé en France